GUYUAN
YU YUANFANG

徽风京韵散文系列

故园与远方
——78级同窗散文三人行

时代出版传媒股份有限公司
安徽文艺出版社

尉天骄　金　科　任启亮◎著

三位作者合影,1998年拍摄于北京。从左至右分别为金科、尉天骄、任启亮

徽风京韵散文系列

故园与远方
——78级同窗散文三人行

尉天骄　金　科　任启亮 ◎著

时代出版传媒股份有限公司
安徽文艺出版社

图书在版编目（CIP）数据

故园与远方：78级同窗散文三人行/尉天骄，金科，任启亮著．—合肥：安徽文艺出版社，2020.4
（徽风京韵散文系列）

ISBN 978-7-5396-6848-2

Ⅰ．①故… Ⅱ．①尉… ②金… ③任… Ⅲ．①散文集－中国－当代 Ⅳ．①I267

中国版本图书馆CIP数据核字(2019)第300851号

出 版 人：段晓静
责任编辑：姚爱云　　韦 亚　　　　装帧设计：张诚鑫

出版发行：时代出版传媒股份有限公司　www.press-mart.com
　　　　　安徽文艺出版社　www.awpub.com
地　　址：合肥市翡翠路1118号　　邮政编码：230071
营 销 部：(0551)63533889
印　　制：安徽新华印刷股份有限公司　(0551)65859551

开本：880×1230　1/32　印张：10.25　字数：250千字
版次：2020年4月第1版　2020年4月第1次印刷
定价：48.00元

（如发现印装质量问题，影响阅读，请与出版社联系调换）

版权所有，侵权必究

序：热爱生活是他们文学共同的根
王宗仁

这本书，凝聚了三位同学的友情和文学情感。尉天骄、金科、任启亮三人，大学同窗，毕业之后分居各地，工作岗位不同，几十年来，友情一直延续，也共同保持着散文写作的热情。这很难得，也很有特色。

三位作者从青年至眼下仍然扯不断的联系，包括见面时的忆旧、书信往来以及在文学写作中的交流，只是他们"散文三人行"可以触摸得到的表面动因。深层的渊源则是，他们内心深处对今天新生活、对人生、对世界永不衰竭的激情和挚爱，春风般地推开了三人的心灵之门。他们结伴而行，是对这个世界有浓郁的爱的一种表现，三人在表露自己心迹的同时，也在美化着我们的社会。他们在各自的作品里寻找到了心灵共通的东西，得到的是一种心灵的默契。

热爱今天的生活是他们文学共同的根。

我从三人的散文里各找一篇，谈谈他们写作上的特点。

"在虚弱的时候,我写了一本书!"这是我读尉天骄散文《访〈飘〉作者的故居》后,停留在脑海里令我久久难忘的话。这句话是《飘》的作者玛格丽特·米切尔说的。世界名著《飘》,以及据此改编的电影《乱世佳人》,读过、看过的人肯定不会少。为什么作者要说她"虚弱"时写了这本书?我反复琢磨,这"虚弱"二字是什么含义呢?她为什么"虚弱"?是真的"虚弱"吗?

与其说这是米切尔创作《飘》时的心情,倒不如说这彰扬了她的一种精神,是引领她向上向强的不甘寂寞、不甘示弱的精神。"虚弱"到了极致,就会爆发动力,使人摆脱"虚弱"的动力。当然,说"虚弱",并不排除米切尔当时面临的真实状况。"我"是个多面体,包括个体自我、社会自我、意识自我、身体自我,"我"的颜色不一样,一般人都会有。这也是米切尔努力探索的"主体"。在风平浪静甚至绚丽的时代,很难看清真实的自我。只有到最深邃的黑暗中去探寻,方可看清自我的才能。米切尔当年写作环境的简陋和苦涩恐怕是今天任何一个作家都难以面对的:"一间很小的隔间……从门上的玻璃看过去,很小的空间,堪称蜗居,一张床,床尾对着窗户,窗下摆一张桌子……卧室连着厨房,厨房大约4平方米,局促到只能容纳两个人,一个小灶台,一个洗碗池,上面挂着一些勺、铲之类……"

世上哪有什么岁月静好,只是因为有人在为你负重前行!

米切尔就是在这样的环境里负重前行——写作。她"一生只写了一本《飘》,却让她名扬天下。从 1936 年出版之日起,这部以美国南北战争为背景的浪漫史,打破当时所有出版纪录,1937 年获得普利策奖。小说被翻译成数十种文字,畅销不衰。有人说,在美国,《飘》的阅读量仅次于《圣经》"。

米切尔创作《飘》的经历虽然异常艰难,但她成功了。这意味着她心无挂碍和杂念,在貌似快被艰难困苦压倒的时候,她把写作当成一次反省和修身的机会,也意味着她通过写作与广大读者分享她在生活中的收获和喜悦。这,大概就是尉天骄创作这篇散文的初衷吧!

我历来主张散文也要写好人物,不一定有曲折的故事,但是人物必不可少。有了人物,作者寄托的情感、思想及情趣,才容易摸得着,是立体的、鲜明生动的。当然,散文中的人物不同于小说里的人物。散文只是截取最能触动人心的一角或一件事,不必追溯人物的既往或是一个完整的事件。只抓一点,不及其余。即留空白,其目的是使读者举一反三地产生联想。但是空白留得太多或太少,就难以去想象了。读了金科的散文《我的维吾尔族兄弟》,文中那位马哈木提给我留下了很难抹去的印象。这位兄弟好客、爽快、幽默,是一位典型的很有情趣的维吾尔族兄弟。金科按照汉族习惯叫他老马,有时还叫他库尔班大叔,他都笑呵呵地应答。作者弃繁就简,用简约的文字重点记述了他和"库尔班大叔"的几次交往,每次着重写一个侧面,文字不多,点其"眼睛"——这是借用画家的一句话,画出眼睛的神,这个人的像就出来了。他和"库尔班大叔"的交往看似吃吃喝喝,几乎都是在饭桌上与饮酒有关——这是维吾尔族人饭桌上少不了的程序——作者得到的却是酒足饭饱之外的收获。小小说《一箱葡萄》就是在这样的交往中,被创作出来了。看似意外却是情理之中的收获。这篇小小说在《北京文学》上发表后,被选入了中考试卷,与朱自清、铁凝、冯骥才等作家的作品站在了一起。它的成功创作启迪我们:凡是经过的事都应该珍惜,积累。对作家来说,无用的经历几乎没有。当时也许无用,指不定什么时候会大有用处。所以,作家要时时处处做有心人!

金科创作《一箱葡萄》的原始素材是怎样获取的呢?他在文中这样写道:"那次去新疆,正是瓜果飘香的时节。临别时,马哈木提送给我一箱吐鲁番葡萄。当我提着这箱葡萄到机场时,捆扎的绳子却突然断了,葡萄散落了一地。登机在即,我手忙脚乱地赶紧捡拾,还是浪费了不少。"就这么简单,正是这"突然散落的一箱葡萄,却触发了我的灵感",后来写出了《一箱葡萄》。

金科这篇小小说的成功创作启发我们:文学的灵感往往比写作技巧更重要。作家要沉到生活底层去,但是还要走出生活,由此及彼、由表及里地联想,才可以创作出"源于生活又高于生活"的好作品。

读了任启亮的散文《从新德里到老德里》,我饶有兴趣地捕捉到了"味道"二字。文中写道:"从孟买飞新德里,一下飞机就有不一样的感觉……新建的机场,航站楼气派、现代、设施先进……空气中弥漫着的味道,让人想到北京的重度雾霾天。"读到"北京的重度雾霾天"一句,我的心像被铁钳夹疼了!那是有别于北京雾霾的清新的"味道"呀!一下子就把北京雾霾送上了"被告席"。作者继续展示新德里的"味道":"马路基本平坦,街道宽阔,相对整洁,绿树成荫,鲜花盛开,与我们到过的印度其他城市还是不一样的感觉。城市的楼房都不高,掩隐在树木之间,听说按照规划要求,所有建筑不准超过树的高度。不难想象,一个建筑与树木相伴成长的城市,一定是一座生长在树中、生长在绿中、生长在花鸟世界的城市。"读到"所有建筑不准超过树的高度"一句时,我的心又一次震颤了一下,不过不再是因为疼痛,而是惊喜,或者说是羡慕。当然,我不由自主地又想到了"北京的重度雾霾天"。试想,如果我们的京城能"生长在花鸟世界"该多好呀!

真实是任启亮这篇散文的灵魂。有一说一,有二说二,好就是好,尤其要说到别国的好,而且还带出自己家园的短,这不但需要勇气,还需要对自己祖国真诚热爱的深情。我们不以己长去揭他人之短,亦不以他人之短张扬自己之长。以往,当听到有人说"外国的月亮是圆的"时,总会有人跟着责怪"这是不爱自己的家园",对自己家园缺少感情。当然,外国的"月亮"不都是圆的。任启亮说印度的"月圆",并不妨碍他揭示印度的"月缺",这在他的散文里有充分的揭示,我理解这是他说的印度的另一种"味道"。那是在与新德里仅有"印度门"之隔的老德里,情况竟然会是那样不堪入目:"道路越来越窄,坑坑洼洼,不停地颠簸,扬起一路的尘土;汽车、拖拉机、三轮车挤成一团,互不相让,红绿灯成了摆设……路旁建筑破旧简陋,残缺不全;成片成片的贫民窟更是惨不忍睹,低矮的土坯房缺门少窗,顶破墙残,让我想起50年前家乡生产队的牛棚。"作者还写了路边商贩的叫卖,写了面壁小解的男人,写了成群结队觅食的流浪狗……他着重写了那里的乞丐,乞丐简直成为老德里的重要标志:"他们衣衫不整、蓬头垢面,多是 10 多岁的孩子,也有抱着婴儿的妇女,伸出黑黢黢的手讨钱……我们的车只要停下,无论遇到红灯还是堵车,都有一帮人冲过来,不停地拍打着车窗……遇到这种情况一定不能开窗,也不能给钱,车窗打开就很难再关上,给了钱你就更难以摆脱。"

前面写新德里的清新"味道"是真实的,后面呈现老德里的浑浊"味道"也是真实的。文章写到真实的顶头,就会闪出光亮。任启亮在揭老德里的"伤疤"时,仿佛用笔尖在挖坑,把真实的自己埋进去,长出来的是一片光亮。它也是散文写作中的光亮,这种光亮可以掀起读者内心的涟漪。这种光亮与作家内心有关,与精神有关,给读者留下了清晰而难以磨灭的烙印。

在介绍《同窗散文三人行》一书的文字中,有这样一句话:从这本书里"或许可以听到一段历史的回声,也闪耀着一代人的心灵之光"。愿这回声、这心灵之光,在更大的范围更多的读者心中回荡、闪烁!

2019 年 4 月 10 日于望柳庄

(王宗仁,著名散文家,鲁迅文学奖获得者,中国散文学会名誉会长)

目录 Contents

序：热爱生活是他们文学共同的根　王宗仁 / 001

尉天骄卷

异域见闻

　　访《飘》作者的故居 / 003

　　美国人的理由 / 009

　　能占的便宜与不能占的便宜 / 013

　　访宋氏三姐妹的母校 / 016

　　美国南方的"千岛湖" / 022

　　复活节州长官邸半日游 / 027

　　在美国幼儿园感受父亲节 / 032

　　哇！泥浆跑 / 036

水文化随笔

　　水在什么情况下是美的 / 039

　　从"近水"到"亲水" / 045

　　"水中求生"与"水中求乐" / 052

　　工具虽"旧"，文化常新 / 058

　　昔为神兽　今成遗产 / 065

　　城市河湖也是文化遗产 / 074

流淌在唐诗中的瀑布 / 080

　　十年洱海月更明 / 088

岁月回味

　　陋室与绿荫 / 094

　　耳边的蝉声会消失吗？/ 104

　　南京的山林之趣 / 109

金科卷

故园梦影

　　包河闲话 / 115

　　儿时的那本《红岩》/ 124

　　退兵记 / 128

　　知青父母 / 134

　　母校明月照我还 / 138

　　美妙的归宿 / 141

　　关于祖父的五块展板 / 144

蜀中札记

　　人在他乡 / 151

　　微风斜雨 / 160

　　处女作记趣 / 164

　　2019年的春节 / 167

　　重访君子故里 / 171

　　我和蜀中的三老作家 / 175

序《何承朴自传》/ 186

同窗书话 / 189

我的精神还乡(节选)/ 193

行游拾穗

至公堂随想 / 197

我的维吾尔族兄弟 / 202

从雨果故居到安妮故居 / 206

印在钱币上的女作家 / 211

胡爷爷,胡伯伯 / 214

国王、国歌和国旗 / 218

任启亮卷

故乡情怀

故乡是淮北 / 223

遥远的杏树林 / 233

挂在空中的"菜篮子" / 237

写春联 / 243

瓜田的诱惑 / 247

母亲蒸馒头 / 252

张允玲老师 / 256

娟子 / 261

双料先生 / 266

考大学 / 271

旅途风景

  博山雨后／277

  初识皖南／281

  亚龙湾听涛／287

  观瀑维多利亚／291

  赞比西河落日／295

  未曾想到／299

  从新德里到老德里／303

  "导游"安娜／310

后记／316

尉天骄卷

尉天骄，1949年11月出生于江苏徐州，籍贯安徽砀山。淮北师范大学本科毕业，南京大学研究生毕业。曾任淮北师范大学中文系主任。现为河海大学教授、博士生导师，中国写作学会副会长，中国写作学会现代写作学委员会会长，中华水文化研究会副会长等。专业领域为文艺评论、文化学。个人著作和主编教材7种。除学术论文、评论文章之外，也致力于散文创作，在海内外报刊发表散文近百篇。

异域见闻

访《飘》作者的故居

到美国佐治亚州,听很多人介绍首府亚特兰大时,都要说到这个城市有可口可乐、达美航空、UPS 快递、CNN(美国有线新闻)等大企业的总部,但我更感兴趣的是小说《飘》诞生在这里,老想着要去看看。旅游网站介绍亚城名人,总会提到《飘》的作者玛格丽特·米切尔、黑人民权运动领袖马丁·路德·金以及美国前总统吉米·卡特等。

米切尔故居就在亚特兰大的桃树大街(Peach Tree Street)与第十街交叉处 990 号。作家毕竟是一个城市的骄傲,桃树大街边上就有指示牌,第三行写着"玛格丽特·米切尔故居"。

来到这里实地看了才发现,之前在网上读到的一些游览文章,普遍出现两点错误,也许是以讹传讹:其一,说故居在郊区一个幽静的小镇上,其实故居所在的那一片地方叫 Mid Town(中城),就是我们通常说的中心区。其二,说故居是一栋两层小楼,其实房子是建在一个斜坡上,从后门(不开放)看是两层楼,从前门看是三层。

故居是一座独立的红砖小楼,起初是一处公寓,曾被焚毁,后来修建成故居兼米切尔博物馆,准备于1996年奥运会期间开放,但突然又被焚毁。而后德国奔驰公司出资450万美元重修,1999年12月15日重新开馆。中国观众熟知的是根据小说《飘》改编的电影《乱世佳人》,它曾获得过奥斯卡金像奖。重新开馆那天,正好是《乱世佳人》在亚特兰大举行首映式60周年纪念日。现在米切尔故居门口的招贴画上,以小红楼为衬底,还印着电影中郝思嘉与白瑞德相拥的镜头,上方是一行大字:"《飘》的诞生地。"

从一楼进门,不太大的厅里,售票兼卖纪念品。门票13美元一张,纪念品主要是书和文化衫、钥匙扣之类。只有门票是我需要的,把门票作为纪念品就够了。

从卖纪念品处后面绕过去就是博物馆,其实说"博照馆"更准确,因为其中主要就是照片。西方作家不像中国作家留下很多手稿,算是实物,他们很早就使用打字机了。墙上挂着米切尔不同时期的照片,其中一张黑白肖像照,梳短发,很精神。还有很多《飘》的不同文字译本的照片,其中有傅东华先生的中译本,大约是这部小说最早在中国面世的中译本。有一幅照片镶在小镜框里,照片上,米切尔坐在打字机前,下面有一句她的话:"在虚弱的时候,我写了一本书。"左侧墙上是一张巨幅照片,那是当年《乱世佳人》亚特兰大首映式上,米切尔和制片人塞尔兹尼克、女主角的扮演者费雯丽、男主角的扮演者克拉克的合影。

印象最深的是一张照片上作者1915年说的一段话:"我希望通过一些途径出名:演说、艺术、写作、士兵、斗士、国家的管理者以及其他。"

旅游指南上说,每年都有世界各地的游客来故居参观。我去的那天,人不多,一起进来的有一拨大约是欧洲的游客,高个子白人讲解员滔滔不绝,听者也很专注。可惜我听不懂,主要靠自己看。

别的地方也有少量实物。一间很小的隔间,放着两台打字机,一台对着窗户,一台对着墙。据说这是米切尔历经10年写作《飘》用过的打字机。房子都烧毁过,打字机是否为原物,不免令人怀疑。不妨把它们作为文化符号来看吧,就像中国作家的故居,展品中的那支笔真是作家当年使用过的?打字机标志作家的身份嘛,何必认真!

相连的卧室不开放,从门上方的玻璃看过去,很小的空间,堪称蜗居,一张床,床尾对着窗户,窗下摆一张桌子。窃以为,这间卧室可能才是当年作家的写作之处,打字机是后来搬到那个小隔间的。卧室连着厨房,厨房大约4平方米,局促到只能容纳两个人,一个小灶台,一个洗碗池,上面挂着一些勺、铲之类,全然没有现在美国厨房的宽敞大气。只能从一块小玻璃看进去,实在不好拍照。20世纪20年代,美国居住条件不如现在,作家一般都是清贫的,这样的环境应当是真实状况。

回到售票的厅里,从楼梯走上二楼,有三个小的空房间。看到网友以前参观拍的照片,展示了很多内容,我去看时,里面除了几张照片挂在墙上,几把椅子摆在像前,可谓空空如也。还有一个很小的洗手间,连着一个锅炉房。三楼不开放,也不必去了。这里不是米切尔的私人住宅,当年这里是一座公寓,小小的空间,住了 10 户人家。从 1925 到 1932 年,米切尔一直住在这幢楼一层的 1 号房间。二楼、三楼本来就不是她住的。

小楼对面,院子另一边,有一个小房间,里面有几排椅子,一台电视机在放《乱世佳人》的碟片。进去时一个人也没有,看了一眼就离开了。

玛格丽特·米切尔一生只写了一本《飘》,却让她名扬天下。从 1936 年出版之日起,这部以美国南北战争为背景的浪漫史,打破当时所有出版纪录,1937 年获得普利策奖。小说被翻译成数十种文字,畅销不衰。有人说,在美国,《飘》的阅读量仅次于《圣经》。

南北战争期间,亚特兰大是南军的大本营。有人说,如果在那场战争中南方获胜,美国的首都也许就不是华盛顿了。《飘》中描写的南方种植园一派和平安然的景象,黑奴幸福,庄园主悠然自乐,但这些内容放在种族问题背景下自然引起争论。这也就注定了《飘》的作者与黑人脱不了"缘分",以至于死亡和死后都与黑人相连。其一是,米切尔就是在门口这条桃树街上,被一名黑人出租车司机撞倒不治而亡的,但这位黑人"的哥"听说后悔恨不已,后来抱着一本《飘》自杀。其二是,故居第二次被焚烧,据说是黑人纵的火,至今没有破案,也许永远成为悬案。前者被解释为文学可以超越种族,受到对立阵营的热爱;后者被认为是体现了黑人对《飘》所宣扬的南方庄园生活和蓄奴制度的不满。两种解释，也许各有道理。

其实，一般人（尤其是外国读者）看《飘》时并不特别关注种族对立问题，我当年就是这样的。20世纪80年代初期，我听说学校图书馆新进了《飘》，赶快跑去抢来。一个亲戚听说了，希望能够先睹为快，要我用挂号信寄去，他看完后再用挂号信寄给我，可见这部小说当时的诱人魅力。看小说时，印象最深的是郝思嘉那股拼死奋斗、不肯认输的精神，甚至有点不择手段。很多大学生，尤其是女大学生，就直言特别喜欢郝思嘉，我听到不止一个人这么说。我想主要是个人奋斗的精神感染人，让人受到鼓舞。米切尔生前曾对友人说："我经常在想，为什么读者会喜欢这本书。或许因为它写的是一个象征勇敢的故事，才引起读者的共鸣吧。我相信，这个世界，只要有勇气，就不会毁灭。"体现在小说中，就是郝思嘉说的那句广为传诵的名言："无论如何，明天又是另外一天了。"对生活永远充满希望，永远不放弃奋斗，这也许是《飘》打动广大读者的最重要的情感力量。

今天的人们再看《飘》及其作者，已经有了更为超然的态度。米切尔故居基金会主席玛丽·罗斯·泰勒为拯救故居做出了最多的努力。她认为，围绕米切尔故居的去留所产生的辩论是亚特兰大不能正视历史的象征。她主张用历史来激励人们以更真诚的态度看待战前种族关系，而不是赞美南北战争之前南方的荣耀。就是她说服德国奔驰公司出资重修了故居。

米切尔故居北边，隔一条街，美联储分行高高的大楼赫然屹立,街东边矗立着一家玻璃幕墙的五星级宾馆。那天阳光灿烂,在故居外面拍照时,蓝天背景下的红色楼房很是上镜,同时不免担心这座小楼还能存在多久。也许是我多虑,回头想想看,在寸土寸金的市区中心,这座孤零零的小楼还没被"开发"推倒;被人烧毁之后,外国大企业还愿意捐款重建,这些已经表明了《飘》在亚城乃至世界人民心中的地位。听说最近的三任市长都支持保护这座故居。希望这座小红楼能够永远给亚城的文化留下一个亲切的纪念,它虽然孤单,但并不寒碜,作为一道风景,我感觉丝毫不逊色于四周的高楼大厦。

发表于2015年5月25日法国《欧洲时报》

美国人的理由

通常我们做或者不做某件事,要向别人说明时,总得有个理由。中国古话"一把尺子量到底",意味着衡量事情的尺度应当是一样的,无论到哪里,大家都认可。来到美国后发现,这里不光衡量长度的尺子跟我们不一样(我们习惯用公制,他们通用英制),就连衡量事情的标准也和我们有些差别。

住处厨房的水管出水不畅,本来约好了人来修。快到时间了,那人突然一个电话说不来了,理由是:"天气异常,孩子不能去上学,要在家里照看孩子。"乍一听真是匪夷所思,这理由也太个人化了吧,谁不能编出这样的借口来搪塞?儿子说,这个理由非常充分,因为这里的法律规定,未成年人(尤其是幼儿)不能单独待在家里。而天气异常是大家都看到的,遇到这种情况,学校会通知学生不要来上学,大人就需要在家监护孩子。国内媒体不是常有孩子被锁在家里自己玩火、爬阳台、爬窗口出事的报道吗?在美国,要出这样的事情,大人就要吃官司了。

早些日子,亚特兰大下了一场雪,这在美国南方不常见。四望白雪皑皑,但路上积雪不是太厚。天一亮,儿子他们就在网上看到大学停课的通知,其实准确地说是学校"关门",不仅课停了,连办公室、实验室、图书馆……都不开门了,这消息自然引起一片欢腾。后来听说,除了医院,市内的超市、商店、麦当劳之类的餐馆,统统关门大吉。问:"这点雪为何造成服务瘫痪?"答曰:"理由主要就一个——不能开车。"按照我们的标准,这场雪不至于不能开车啊!马路上不是还有车在跑吗?再问:"超市、餐馆关门,老板岂不是受到损失吗?"知情者告知:"老板不傻,他们心里有本账的。这里的法律规定,员工在上班路上出了事,老板要负责任。万一哪个员工雪后开车上班出了事,老板的损失比停业要大多了。所以,老板宁肯选择关门。"

当然,这里雪天不上班有个基本出发点是,美国南方下雪少,市政部门没有铲雪车之类的除雪器械,偶遇下雪天,"不能开车"就成了不上班的响当当的理由。如果在经常下雪的美国北部、东北部,一下雪就出动铲雪车清理道路,情况就另当别论了。

大热天的,家里空调坏了。大人还可以凑合,小孩子睡不好觉就要吵闹。下午 4 点,修空调的人来了,拉美裔的男人,干活挺麻利,半个多小时修好,开始制冷了。和国内修空调、热水器的工人很相似,都是抓紧干完就走,可能是计件工资制的刺激。他对儿子说,这几天特别忙,有时要到晚上 10 点才干完。前天儿子与他们公司联系,问可不可以快点派人来修,可以多给点钱。结果"被咆哮了",回答是:"你把存折给我也不行,把房子给我也不行,我们就是这样做生意的,人少,派不过来,只有等。"这也是美国人的道理。从好处说,是不让"加塞",不收"小费";从坏处说,是人少,缺乏技工。

吃快餐时又听说了一个状告麦当劳的事。某人向法院状告麦当劳让他得了肥胖症、高血压、高血脂……要向麦当劳索赔。理由是:麦当劳快餐比别的快餐便宜,所以吸引他更多到麦当劳消费;而且店铺开到家门口,让他不需选择,一出门就能买到,自然吃麦当劳就最多,所以麦当劳要对他目前的健康状况负责……这可真是太新鲜了!物价便宜,店铺普及,我们都把它看作商业经营的成功,在这里居然成了被控告的理由,这不有点像"刁民讲歪理"吗?据说这个官司现在还没有结果(美国法院审理程序繁杂,进度很慢),但法院受理了,至少表明他的理由还是能够被接受的。

还听说一个白人学生状告大学的事,是大学课堂上老师讲的一个典型案例。这里很多大学(特别是公立大学)为了显示种族多样性,招生时往往留出一定名额用于招收拉美裔、非洲裔的学生。有一个白人学生,论成绩本可以申请到一所较好的大学,但因为预留名额的原因,只能在白人的圈子里竞争,结果没有进入,只好退而求其次,到了另一所学校。这样,他内心就不平衡了:学校照顾了拉美裔、非洲裔学生,实际结果是对白人学生不公平,所以要状告学校。现在这位学生快要毕业了,跟上面的那件事情一样,官司还没有结果。不过法院受理了,表明他提出的也是一个可以拿出手的理由,至于这理歪不歪,那就是见仁见智的事了。

我们习惯的逻辑是：小道理服从大道理。大道理注重一般规律(如,要拿工资就得上班,是学生就得按时上学),用的是"大尺度";小道理注重人的价值,体现人情、人性,是具体性的"小尺寸"。中国古话说："尺有所短,寸有所长。""大尺度"是否也有衡量不准确、不细致、不到位的时候？"小尺寸"是否也有它合理的逻辑呢？看起来,社会对于个人的"小理由""小尺寸"不能简单一刀切,而是需要给予应有的理解和尊重。

写于2014年

能占的便宜与不能占的便宜

美国很多超市,买东西可以自己结账(self-checkout)。把买的东西在电脑前一一扫描,然后刷卡付钱,付现金也可以,投币进去,还能找钱,然后打印发票。结账台的指示牌上明白地写着步骤:扫描—付款—离开,照此办理即可。扫描时如果出现酒类商品,就会有人过来查看,要求出示驾驶证(以示是成年人),此举是为了防止未成年人买酒。

一般超市都有两种柜台,一种自己结账,一种由收银员结账,后者主要是照顾不会扫描的顾客(如老年人、外国游客等)。设置自己结账的理由很好理解:超市使用机器比使用人便宜,可以节约经营成本。但也不是所有超市都如此,有些超市就是一律由收银员结账。有一次,儿子在一家家居超市买了一块长木板和一些工具,顺便买了几颗木螺丝,不能放在购物车里,就装在了口袋里。木板又重又长,不好搬上收银台,就请超市服务人员来扫描,然后自己扫描要买的工具等,最后把那几颗木螺丝也掏出来扫描。这时听到超市服务人员对儿子说:"感谢你的诚实。"我问儿子:"如果买的东西没扫描(不论是故意还是疏忽),出门时是否像中国超市一样会发出报警声?"答曰:"不会,特别是这种小东西,根本无人知道。"问:"那会不会有人借此占便宜?"答曰:"在美国,想这样占便宜,处处都有机会。"听说,平时的确也有人想办法钻空子。有人要去面试,没有像样的西服,就到服装店里买一套,穿一次,然后去退货,只要有发票,原价退还。聚会时缺少几个蜡烛台,到超市买几个,用完后,擦干净去退掉,等于一分钱没花白用了。但诚实的人不会这么做。美国社会非常重视诚信,一旦发现作假,诚信记录上就会留下污点,以后租房、办卡、贷款、求职、办护照、办签证等都会有影响。在网上看到,一个外国留学生,乘地铁出站时,几次都是紧随前面的人冲过去,不用刷卡。但不知怎么被记录下了,到求职时被翻出老账,屡遭拒绝。因此,一般人都明白,贪图一点小便宜,代价会很昂贵的。

我又问:"原价退货就那么容易吗?不问你理由吗?不检查吗?"答曰:"不需要理由,一般也不检查。"没几天,我就亲身经历了一次。儿子买了一台剪草坪的机器,用蓄电池的,回来一用,发现才剪了一半电池就没有电了,要再充电,显然,这台机器不适合大的草坪。于是到店里要求换一个带长线插电源的。原来那台已经用过,尽管擦了,还是不免带有草屑之类的东西,但店家看也没看就收下了。计算差价后,付账,搬了台新的,走人。大约前提是相信你没有把机器搞坏,也没有留下什么零配件。

也有些便宜是明明白白送给你的,商家各种各样的优惠,可以名正言顺地去"占"。比如购物刷卡可以积分，积的分不像国内的一些商家，到头来给你换两瓶矿泉水、一袋洗衣粉之类，而是实实在在的钱。有一次，儿子在一家超市买的东西多，应当付160多美元，结账时他的一张什么卡的积分换成钱抵销了绝大部分，简直令人难以置信的是，最后只付了5美元！我们当然是喜出望外。其他方面比如音乐会、体育比赛，通常门票价格不菲，但一般会有少量优惠票或干脆就是赠送票在大学网站上公布，先到先得。很多留学生熟悉了门路，常常用这样的办法得到门票。听几位留学生说，他们有位同学在这方面特别有经验，其父母来美国两次往返，都是通过优惠的方式拿到超低价机票和免费机票。他们说，这叫作"合理合法地把美国的优惠政策用足"。

写于2014年

访宋氏三姐妹的母校

中国古话:"山不在高,有仙则名;水不在深,有龙则灵。"套用到大学上,可以说,校不在大,出了名校友则广为人知。美国南方佐治亚州的卫斯理安女子学院就是这样,至少在中国人心目中是赫赫有名的,因为它是宋氏三姐妹(宋霭龄、宋庆龄、宋美龄)的母校。

卫斯理安女子学院在佐治亚州的梅肯(Macon)市,跟澳门的英语拼写 Macao 很相似。梅肯市是梅肯县的县治。美国的地名,不光跟英国有很多雷同,本国之内也多有重复的,叫"梅肯"的县,在美国就不止一个,除了佐治亚州之外,田纳西州、北卡罗来纳州、伊利诺伊州都有梅肯县,大概是以当年的一个议员的名字命名的,反正你用我也用。佐治亚州的梅肯在州首府亚特兰大以南 81 英里(约 130 公里)。这里被称为"世界樱花之都",据说有 30 万株樱花!华盛顿的樱花够有名吧,才几千株。每年的三、四月间,梅肯都要举办樱花节。我们去的时候时节已过,此行也不是为了看樱花,主要想去看看宋氏三姐妹的母校,顺便观访其他大学。

沿75号公路一路南下,一个多小时就到了。百年以前,美国南方是重要的棉花产地,梅肯的纺织业曾经兴盛一时,但现在胜景不再。市区人口30万,只能算是一个小城。有一些现代工业,但比不上亚特兰大这样的大都市。俗话说,"富不富,看房屋",中外一样。在梅肯看到的民居,大多是一层的平房,散落在树林中、草坪上,两层的独立别墅较少,比亚特兰大的民居明显陈旧一些,如同南方农民,朴实,带点沧桑。市区街道的格局大概相当于中国北方县城的样子,多为双向两车道,车流不太拥挤。

卫斯理安女子学院,英文名称Wesleyan College,并不带"女子"字样。坐落在梅肯市北郊,紧靠一条马路,没有围墙,也没有栏杆,靠草坪与外面隔开。学校没有巍峨的大门,光看到的一边就有好几个门,其中一个可能算是正门,两边各一个两米左右的门垛,两扇不高的铁栏杆门八字形开着,其余的校门就是一个个入口。当然更没有门卫,任何人都可以随意出入。也没有校牌,只在门垛上的大理石上刻着校名"Wesleyan College"。总之,貌不惊人,甚至走到跟前还不知道。

学院历史还是有点长度的。学院创立于1836年,据说是全球第一家专门向女生颁发学位的高等学府。原名为佐治亚女子学院,1843年改名为卫斯理安女子学院,附属于联合卫理公会教堂。网上说,卫斯理安学院"位于美国一座环境优美且历史悠久的南方小城,当地气候清爽宜人"。去了才有了实地体验,"环境优美",主要是树木多,幽静娴雅,很多大树冠盖庞大,草坪一片连一片。不仅卫斯理安校园,梅肯市也如此,这是美国南部的普遍特点。至于说气候清爽,我们这次在盛夏季节来,没有体会到。亚特兰大被人戏称为"hotland"(热地),梅肯也一样,夏日时节艳阳似火。下午4点了,一出汽车,热浪还是扑面而来。好在满校园都是大树,一到绿荫下顿感凉爽不少。令人印象深刻的是,一条道路两旁站立着很多高大的中国特色树种——银杏,不知何年所植,今已亭亭如盖,估计有近百年的历史,让我有着海外逢故人的亲切感。

看学校介绍和导游图,校园占地200英亩(约80万9371平方米),格局大约相当于我国一个中专学校,四周绿茵环绕,建筑是维多利亚风格,据说已被列入美国国家历史遗迹名录。美国建国不到300年,100多年的东西归入文化遗产,并不奇怪。当初学院规模不大,仅有一幢主楼,学生自然不多,一般都是南美富裕人家的小姐。后来才增建了配套建筑。20世纪初,主楼由希腊文艺复兴时代的建筑风格改为维多利亚风格,又增盖了双层斜坡式楼顶,使之成为"教育用房之最完美的大厦"。1900年,学院又建了一座附属建筑,为新入学的学生提供住处。校园内环境清静、舒适,为来此读书的女孩子提供了良好的学习条件和生活条件。

正是暑假期间,天气又炎热,卫斯理安校园内很少遇到行人。只看到几个中国面孔的女孩子,打着遮阳伞,向教学楼走去,也许是中国留学生暑期待在学校,也可能是来此地学习英语的短训班学员。校园内有一个小湖,水平如镜,绿树环绕。一群灰天鹅在湖边草坪上悠闲散步,身材肥硕,步态优雅俨若绅士,一点都不怕人,看来是喂养日久,早就以此为家,乐不思"迁"了,学生一放假,它们就是这里的主人。

该学院虽为女校,却把马术作为体育必修课程。校园边上就有养马场,几匹马在马厩中悠闲地吃草,这在别的学校很少见到。

宋霭龄、宋庆龄和宋美龄,都曾在卫斯理安女子学院读书。这所女子学院也因培养了宋氏三姐妹而名声大振。宋氏三姐妹中的老大霭龄1904年来此读书,1909年毕业回国;庆龄1908年来,1913年毕业回国;美龄是跟着二姐一起来的,当时年龄太小,无法在学校注册,就在其父的友人家里学习,相当于"预习"。当时还是清光绪年间,从中国来美国,都是乘船先到西海岸,然后再来南部,对三位女子来说,留学之路可谓漫长。至于她们的父亲为什么选择这所学校,原因尚不清楚。宋氏三姐妹对母校很有感情,宋庆龄还为母校做过捐赠。

其实,宋氏三姐妹真正在卫斯理安女子学院共同读书的时光,就是1908—1909年间。后来,宋美龄在卫斯理安女子学院就读一年后,因为两个姐姐都毕业回国了,为了跟当时在哈佛大学就读的哥哥离得更近一些,就转入美国东北部波士顿的韦尔斯利学院(Wellesley College)。这所学院是由信奉天主教的人士创办的,与美国基督教卫斯理安各教派毫无关系。因为音译接近,特别是宋美龄在这两所学校都读过书,所以,人们经常会把两个学校混为一谈,以为宋氏三姐妹的母校是波士顿的韦尔斯利学院。网上有资料在介绍卫斯理安女子学院时,说它与普林斯顿大学、耶鲁大学等校入选最佳私立大学前10名,很可能是把梅肯的卫斯理安女子学院与波士顿的韦尔斯利学院混为一谈,张冠李戴了。

上述两所女子学院都属于文理学院,有的文理学院是男女同校,但它们仍然是单纯的女子学校。美国的文理学院(college)与综合性大学(university)、科技大学(institute)、社区学院(communitycollege)不一样,文理学院以通识教育为主,课程内容主要是自然科学、社会科学、人文与艺术学科,没有医学、工程、财经等应用学科。有的将其翻译为"人文学院",给人的印象是纯粹文科教育,可能形成误导。文理学院主要提供学士学位教育,一般不开设研究生课程。但不要因此小看它。很多综合性大学的研究生院实力很强,但本科教育不受重视,本科生读书期间很少能见到教授,特别是名教授。而文理学院的特点是精英化教育,小班教学,教授走进课堂,师生互动频繁、联系密切,因此保证了人才培养的质量,很多毕业生进入重要岗位就业或升入名校的研究生院深造,像希拉里·克林顿就是从韦尔斯利学院毕业后进入耶鲁大学读研究生的。这些年,国内很多"学院"纷纷升格为"大学",在本科教育基础上追求硕士点,有了硕士点又想上博士点,让学生和家长形成了固定印象,认为学院总是比大学低一个层次。其实在本科教育方面,著名的文理学院并不输于综合性大学。全美现有400多所文理学院,生存之道就是保持特色、错位竞争。波士顿的韦尔斯利学院一直被认为是全美极棒的女子学院之一,多年来在全美文理学院一直名列前10位,中国老一辈作家冰心、美国前国务卿奥尔布莱特和希拉里·克林顿等都是这所学校的毕业生。而梅肯的这所卫斯理安女子学院,排名在 150 名左右,算是中等偏上。100 多年前,它也许是一所贵族学校,如今不再贵族,但仍有个性,虽为教会所办,但对学生的宗教信仰没有要求。它不追求规模,一直保持小而精的特色。

梅肯市有 5 所大学,要论历史、规模,卫斯理安女子学院都不是排在前面的。同一个市里的摩斯大学(Mercer University)也是私立学校,创建于 1883 年,比它早 3 年。摩斯大学现有学生 8000 多名(也说有 9000 名),卫斯理安女子学院才 600 多人。摩斯大学授予学士、硕士、博士学位,是综合性大学,而卫斯理安女子学院只授予学士学位。前者建校比它早,规模比它大,学位比它高,但在中国的知名度远不如它。除了著名校友的历史影响,卫斯理安女子学院现在也与中国联系密切。它与广州大学合作建立了孔子学院,一进校园,老远就看到孔子学院大大的招牌。学院网站专门有中文视频,由中国学生用中文介绍学校,这些是其他很多大学所没有的。这所学校与中国的特殊渊源和密切关系已成为它的一个亮点,网上资料显示,在近年来中国留学生较多选择的学校中,卫斯理安女子学院排名一直靠前。

发表于 2015 年 9 月 20 日法国《欧洲时报》

美国南方的"千岛湖"

浙江省的千岛湖中外闻名,到了美国才知道,南部佐治亚州的亚特兰大也有一个"千岛湖",就是拉尼尔湖(Lake Lanier)。这个湖跟浙江千岛湖一样,都是人工湖,形成于60年前——美国陆军工程兵于1956年在查特胡奇河(Chattahoochee River)建造拦水坝而形成湖面,河边很多小山包淹没在水里,成为"千岛"。亚特兰大的宣传材料喜欢将其称为"城中湖",其实它跟杭州西湖、南京玄武湖、扬州瘦西湖这样的城中湖不完全一样。这里所说的"城",是包含了15个县在内的"大亚特兰大"的概念,从这个意义上说,拉尼尔湖是在亚特兰大"城内"。浙江千岛湖距离最近的城市杭州还有近200公里,而拉尼尔湖散布于亚特兰大东北部五个县之间,水坝坐落在亚特兰大市东北郊的布福德(Buford),距亚特兰大市中心不过80公里。湖水面积约150平方公里,当然比不上浙江千岛湖580平方公里那样浩瀚,但水域面积是杭州西湖的20多倍,是南京玄武湖的30多倍,也是一个巨大的湖面。湖水呈带状绵延展开,水面宽阔,清澈幽深。湖岸总长1114公里,曲曲弯弯的湖岸,星罗棋布的小岛,若没有导航仪,开船在湖上十有八九会迷失方向,找不到回家的路。有人曾经整整一天围着拉尼尔湖转悠,只看了它的十分之一还不到。

湖水对于任何一座城市都是珍贵财富,而且是能够衍生出财富的"资本"。拉尼尔湖形成之后就成了著名风景区,给亚特兰大增添了一道美景,也为民众的快乐生活提供了基础条件。这里交通方便,有高速公路通往市区,80公里在家家有车的美国人眼里实在不算远。临水而居、戏水而乐历来为人向往,湖边豪宅连绵,一个比一个气派,很多价值超过150万美元,而在亚特兰大市区,一座普通的独体别墅不过30万美元左右。周边还有19个公园、17个高尔夫球场,可知水上休闲和运动项目多么丰富!1996年亚特兰大百年奥运会的皮划艇等水上赛事就在这里举办。

游艇码头也沿湖岸排展开来。这样的码头类似于"私家停车场",是游艇上等玩家的专用停泊地。听说美国玩划艇、游艇的分几个等级:最普通的是把划艇放在汽车顶上,跟放辆自行车一样,载到水边就放下来,这种划艇就是一两个人玩玩,不可能太大。再高档一点的是汽车后面挂一个平板拖车,船放在上面,拉来拉去。最高档的就是拥有私家码头了,泊船靠岸,随时等候主人解缆,可想而知,价格肯定不菲。

当然,1000多公里的湖岸不可能全被富豪占据,绝大部分水面和滨水区域还是大众游乐之地。湖里有观光游船,可乘几百人,摩托艇在滑过水面玩刺激,小帆船在湖面任意漂荡,也有一人的小划艇可供悠闲挥桨。湖边树木茂密,树林里爱热闹的人结伙成群,烧烤、跳舞、野餐,有的带着煤气罐、桌子、食材、饮料,一大群人围着烧烤、畅饮。也有人找个清静地方安静垂钓,或者躺在吊床上悠闲晃荡。夏日的周末,这里更是游人如织。人造的细沙浅滩上,大人小孩快乐地戏水、冲凉,湖滨俨然一个游乐场。

湖边还有一道特殊的风景——房车。很多房车停在湖边一住几个月,甚至半年,旁边是自家小车。房车内生活设施齐全,停车区域内,水、电、下水道一应俱全,来了就可以接上。采购生活用品则靠自家小车。临水而居,湖边垂钓,现捕现杀,自烹自享,其乐融融,比瓦尔登湖边的梭罗更为惬意自在。

水危机是全球性问题,在缺水地区更有切身体会。美国西海岸的加利福尼亚州,经济发展和人口增加都很快,水资源压力更大,节约水资源的意识也强。在洛杉矶国际机场,我见到一个引人注目的节水广告牌,上面写着:"Water isn't angry about your 20 minutes shower, just disappointed. Keep shower to 5 minutes or less to save 5,500 GAL a year."(你淋浴20分钟,水不是愤怒而是失望。淋浴5分钟或更短,一年可以节水5500加仑。)下面还有"save the drop"(节约每一滴水)。国际机场做这样的广告,可见节水成为弥漫在人们周围的一种文化氛围。

佐治亚州地处美国东南部,年降水量比加利福尼亚州多一些,但随着城市扩张、经济发展,水当然也成为宝贵资源,拉尼尔湖也引发了水资源之争。60年前准备在亚特兰大建造大坝时,陆军工程兵部队提交的报告说,水坝应发挥四种功能:防洪、发电、确保下游航行、保证亚特兰大获得充足且日益增加的供水。大湖形成之后,已经成为亚特兰大地区的基本用水来源,充足的水源促进了城市的快速发展。有关资料显示,1960—2008年的40多年间,亚特兰大市区人口从100万多一点,增长到约580万,成为美国第十大城市群,拉尼尔湖成了亚特兰大的"圣湖"。特别是,当年建造布福德大坝是联邦政府埋的单,亚特兰大市一分钱未花,却从水坝和水库中获益最多,也没有人监督亚特兰大地区的扩张,这当然让附近的州很难心理平衡。

佐治亚州要求美国陆军工程兵部队减少对下游的放水量,引起了别的州的不满。反对者对此质问:"难道会吵的孩子就一定有糖吃吗?"他们说,即使不讨论下游的生存问题,仍然允许亚特兰大挥霍更多的水,也是不明智的。有人比喻说,就如同你把信用卡借给别人,他对你承诺只用一次,但实际上他已经刷卡上瘾。尤其是佐治亚州的近邻阿拉巴马州与佛罗里达州,它们与佐治亚州一样地处美国南部,气候炎热,对水的需求不亚于佐治亚州,查特胡奇河又是佐治亚州与阿拉巴马州的界河,因此三个州围绕拉尼尔湖的水资源之争一直没有停止,有人将其喻为"三个胖子在一场盛宴上争夺一串葡萄"。目前,佐治亚州和其他几个州的水资源谈判还在进行中,甚至将官司打到联邦法院,但至今还没有解决问题的良策。

2007年,美国东南部大旱,佐治亚州州长率领100多名议员在州政府大楼前,非常虔诚地祈求上帝降一场大雨,缓解已经严重危及佐治亚州乃至整个东南部的大旱。接下来一周的美国《时代周刊》却抨击了州长和州议员,批评他们只知道依赖仁慈的主,却缺乏节水意识。当东南部大旱时,州长和当选的议员竟在户外公园建造了一个人工雪山,这一景点需要100万加仑的水,这难道也是上帝的意旨?批评者还指出,灌溉佐治亚州的棉花农场浪费了很多水,他们却熟视无睹。看来,无论是谁,即使你靠着一个浩瀚的大湖,只想用水而不节水,总会受人诟病的。多年前,佐治亚州政府已经提出警告,要求亚特兰大市民节约用水。目前,该市很多小区、道路边上的公共草坪的浇灌,都采用自动喷灌,由电脑控制时间和水量。一些农场种植的蔬菜和水果,在塑料地膜下面都设置了滴灌系统。可见节约水资源已经逐渐引起了社会的重视。

发表于2016年10月8日法国《欧洲时报》

复活节州长官邸半日游

报名去佐治亚州州长家参加"Easter Egg Hunt"(复活节捡蛋),电子邮件告知获准,我们全家很高兴。复活节是西方传统节日,日期不固定,2016 年的复活节是 3 月 27 日,过了春分月满后的第一个周日,但州长家的"捡蛋"活动安排在 3 月 19 日,周六。所谓"捡蛋",就是在草坪上放一些塑料鸡蛋,让游客们去捡——小孩子们特别喜欢这种活动——还有一些其他活动。佐治亚州每年都举办这项活动,已经形成惯例了,人们主要是到州长官邸的大院子里玩玩。州政府网站提前两周通知,网上报名,先到先得。儿媳报名抢到,但一时之间忙乱,把我和妻子的名字都拼错了,而且没料到儿子出差能回来,没有给他报名。因此,出发前要我们带上护照以便证明身份,儿子能否进去还不敢肯定。

州长官邸位于佐治亚州首府亚特兰大市的富尔顿县(Fulton County)。富尔顿是佐治亚州 100 多个县之一,县治就在亚特兰大,可称为亚特兰大市的"首县"。这是亚特兰大的富人区,凭眼睛也能看得出来，不光房子大、院子大、草坪也大，且更整齐。亚特兰大是森林城市，几乎每个县的道路两边都是树木绵延成林，但在别的县区，大片树木是原生态。富尔顿县路边的树木显然经过修整，更加整齐养眼。

网上公布，"捡蛋"活动上午10点开始。我们9点30分开车出发，10点多到达。其时官邸里面车子停了一排又一排。我们做好打算，实在进不去就在外面看看热闹，反正一道矮矮的铁栏杆围墙也挡不住视线。等到进入大门，两个警察简单问了预约的名字，也没问人数，只记下了车牌号，就放行了。一个类似保安的非洲裔男子指示何处可以停车。

官邸是一幢美国南方风格的花园别墅，跟好莱坞电影中的南方庄园一样，地势高敞，开阔气派。官邸门前广场飘着三面旗帜，一个大喷泉射出圆圆的造型。县里一般人家的草坪这时还是黄草覆盖，刚刚冒出一点绿意，而官邸的草坪却是常绿的，四面铺展开来，看来耗资不菲。院子里几十棵老树冠盖硕大，几株绿油油的广玉兰蹿到四五层楼高，总也有百年历史。梨花、桃花、樱花开满枝头，比县里一般地方的花木开放得早些。是否因为官邸地势高敞，"向阳花木易为春"？

参加活动的人很多，服务人员统一着浅绿色T恤，上面写着"Governor mansion volunteer, Easter Egg Hunt, 3. 19. 2016"（州长官邸志愿者，复活节捡蛋，2016年3月19日）。两个帅气的白人小伙子热情地告诉我们，10点钟活动一开始，放在草坪上的（塑料）鸡蛋就被欢乐的人们一抢而光了，但接下来还有很多活动都很有趣,包括跟州长夫妇合影。

官邸主楼两层,四方形,一圈都是走廊,罗马柱,东西各一个阳台。目测一下,每个阳台长宽各有 10 多米,面积 100 多平方米。东部的阳台敞开,有一个花坛。两排长桌,专门提供熟鸡蛋和彩笔给孩子们画画,小孩子兴致勃勃地涂鸦。西边的阳台带顶棚,顶棚下摆着多种点心:饼干、蛋糕、蛋卷、爆米花,还有饮料和水,供游人享用,大人小孩边吃边玩。阳台北边有一个 10 多米长的走廊,上面紫藤缠绕,向阳的地方已经开出了几串紫色的花,再过半个月一定花团锦簇。走廊外面是一个用透明大布蒙着的长方形,提示牌告知,那是室内游泳池的上盖,不能走进去踩的,边上有人站着护卫。顶棚西边不远处,一棵高大的梨树,白色的落花飘飘扬扬撒在绿色草坪上,游人身上也落了很多花瓣。

我们一家包括小孩子在周围玩。房子周围,很多神话故事里仙子、公主造型的美少女专门陪孩子们照相。还有好多迪士尼卡通片中的人物晃来晃去,供人合影。最多的是"兔子",复活节的主要角色。还有"钢铁侠"勇武威猛,"米老鼠"活泼可爱,"小狗"憨态可掬。"大牛"也在人群里晃来晃去,"牛"身上写着"Eat more chikin"(多吃鸡。chikin 是模仿小孩子的发音)。听说这是一家专门经营鸡肉的餐饮店的广告。不光小孩子喜欢和他们照相,大人也一样,我们就不断和这些卡通人物一起照相。我还问一位威武的警察可否合影,他很乐意地和我并肩微笑拍照。

想进入州长官邸的人起初在外面排了很长的队,后来人少了,我们也进到了里面。一楼有厨房,几位戴着白帽的厨师忙着做点心。一个有100多平方米的舞厅,四面挂着一些人物的画像,应该是历届州长。现任州长和夫人专门在此与游客合影,后面一个由人装扮的高高的"白兔"固定不变。州长夫妇分坐两边,中间留给小孩子或者妈妈。我们一家人也跟州长夫妇合了影。有专人用游客的手机为人拍照,另有人用相机拍。两天以后,就可以在州政府的网站下载照片。合影结束,州长夫妇和每一家都握手致意。合影结束即可走出官邸。二楼是州长办公室和卧室,不让参观。

12点过后,游人渐渐驱车离开,活动基本结束。晚上看了网站,州长名叫Nathan. Deal(内森·迪尔),佐治亚州本地人,1942年出生,今已74岁,有四个子女、六个孙辈,在中国早该回家含饴弄孙了。但看网上照片,至少从2011年起,此君就作为州长参加"复活节捡蛋"活动了。不知这算不算老人政治?在美国,个人收入属于隐私,询问是不礼貌的,但公职人员不在此列。州长的工资在网站上公布,年薪13万多美元。这个收入大约相当于一个普通体力工人的3倍,比一个技术工人工资高不了多少,跟一般大学教授的年薪差不多,而和企业家、牙医、律师相比,就要低不少了。如果不考虑汇率,13万的年薪,比中国的省(部)长要低,大约相当于大学四级教授的工资。

那天和一个中国留学生家庭聊天,其父和我年纪差不多,对州长阔绰豪华的官邸很是称赞,感慨地说,在中国任何一个省(区),哪怕是地广人稀的边远省份,省长也不会住这样宽大的庄园,"这州长一定很有钱"。他儿子告诉父亲,这处官邸现在是州长住着的,但不是州长的私产,任职入住,离职搬走,天经地义,跟州长有钱没钱关系不大。

　　一群中国来的家长都在议论,州长夫妇从 10 点开始,坚持两个小时当"活道具",也真不容易。大家还比较惊奇的是"入门"的简便,网上报名只是为了控制人数,没有任何审查手续,需要提供的就四项信息:报名者及同行成人的名字、同行儿童人数、电话号码、电子邮箱。难道不怕混进来坏人甚至刺客? 要知道,半个世纪之前,这个国家可是连总统都被刺杀过不止一次的。20 年前亚特兰大百年奥运会、3 年前波士顿马拉松比赛,也都发生过爆炸案。而今天进入官邸时,简单问问就放行了,连安检都没有,在我们看来太粗心,太没有安全防范意识了! 但熙熙攘攘几百上千号人,白人、亚裔、非洲裔、拉美裔,还有我们这样的外国旅游者,半天下来,没有发生任何问题。从网上看,这项活动已经持续多年,也没有听说出过什么乱子。一些没有赶上参加的留学生要我们把照片发去分享,表示明年要早点报名,争取也去"捡蛋",大人小孩到州长官邸乐一乐。

写于 2016 年 4 月

在美国幼儿园感受父亲节

进入 6 月份,儿童们的活动多了。这几天在美国看微信,国内幼儿园庆祝六一节啦,搞毕业活动啦,都很热闹。有朋友发微信说,参加了孙子的幼儿园毕业典礼,还配了照片和视频,堪称"高大上",仪式感很强。这位六十多岁的教授感动得热泪盈眶。这很好理解,看到孩子童年过得快乐,还有隆重的仪式见证他们的成长,当然为孩子的幸福感到喜悦。如果再联想到自己的童年,一对照,更有深刻的感触,流下泪水是自然而然的。有的幼儿园还组织毕业旅行,把活动延伸到了校园之外。深圳的孩子们坐船到海上观光一天,家长随行,唱歌跳舞,拍照聚餐,充满浓浓的欢乐。当然,所需费用要家长另掏腰包。这些活动,有的是学校组织的,有的是家长自发组织,为孩子庆祝,给孩子们增加欢乐感和幸福感,连我们间接分享的人都觉得很快乐。

美国的节日很多,五花八门,但不过六一国际儿童节,也没有统一的儿童节。在美国,六一期间,从政府到学校,都没有公众性的庆祝活动,商家当然也没有宣传、促销。不过,今年6月在美国,我见识了幼儿园的父亲节活动,觉得也很有意义。

西方的父亲节在每年六月的第三个周日,今年赶在6月18日。孙女的幼儿园两周前就通知,提前在周五(16日)中午庆祝节日,幼儿园举办一个午餐会,邀请爸爸参加,也邀请爷爷(姥爷)。孙女很早就郑重地告诉我:"爷爷,星期五要请你吃饭。"为此我还特意去买了一件新衣服。孙女上的是一家教会办的幼儿园,但不像有人顾虑的那样,要孩子做祷告等等。整个幼儿园,除了在一个不起眼的边上挂了一个木头的十字架,其他方面没有宗教色彩的内容,教室里贴的也都是儿童画。早上送孙女去幼儿园时,看到他们的活动厅里摆了十七八张桌子,洁白的台布已经铺好,每桌上飘着一个星条形的气球,是美国国旗的变形图案。

11点再到幼儿园时,他们班里很多孩子已经被爸爸带去吃饭了。午餐在一个大厅里,家长带着孩子走进大厅,各人自选座位。摆了十七八桌,没坐满。有当地人,有华人,还有韩国人及印巴人、中东人、拉美人。(写到这里忽然想起,不知什么原因,这家幼儿园,非洲裔的孩子很少,这次没有看到非洲裔家长。)幼儿园的老师满面笑容,跑来跑去地忙碌着,给每一位家长和小朋友送食物。看年龄,来宾主要是爸爸,也有爷爷(姥爷),还有妈妈跟着来的。邻座两位老先生,鹤发耀眼,肯定是爷爷辈的。我们同桌的,有白皮肤的美国父女一对、黑皮肤的拉美人父女一对、黄皮肤的亚洲人父女一对。

午餐会开始之前,幼儿园老师要求每个小朋友送给爸爸一件礼物。礼物都是一样的,用纸袋叠成男式衬衫的样子,打着领带,写着"Happy Father's Day 2017",下面是小朋友的名字。很明显,这是老师帮助制作的。打开来,里面是一个镜框,装着孩子的照片,拍照的孩子拿着一样的纸板,写着同样的话:"Dady, I'm NUTS about you! Happy Father's Day 2017."前面的话大致意思是:"爸爸,我是你的疯狂粉丝。"蛮时髦的。

午餐的饭菜其实挺简单,家长每人一个一次性盘子,两个热狗,一勺土豆泥,一片西瓜,一杯冰镇橙汁。小朋友的是几块炸肉团、土豆泥、西瓜片。不够吃还可以再要。每个座位上还有一粒圆巧克力。桌子中间放的是炸薯片等小零食,自己拆开享用。其间,老师拿着平板电脑轮流给每一家照相,还有老师来和小朋友合影。

午餐进行了半小时,老师召集小朋友都到舞台上,为爸爸献歌。孩子们一个个唱得欢乐而投入,有的还活跃得边唱边跳。我听不懂歌词,大约是祝爸爸节日快乐吧。奶声奶气的童声回荡在大厅里,室外是炎炎夏季的骄阳,室内温馨、热情洋溢。合唱结束后,每个孩子快乐地回到爸爸身边。整个活动简朴、自然,没有庄严隆重的仪式,也没有声光电化的环境营造,四十多分钟,活动结束了。接着重新布置桌子,12点钟,还有几个班的爸爸要来。

5月份过母亲节也是这样,请妈妈们来午餐,也欢迎奶奶(姥姥)来。同样是要小朋友给妈妈送礼物、献歌。

我们常常听到"××要从娃娃抓起"的话,是说要从孩子早期着手,主要侧重的还是知识教育和才艺培养。其实情感、品德教育更要在幼儿阶段开始。幼儿园在父亲节(母亲节)组织一些活动,让孩子知道有一个属于爸爸(妈妈)的节日,从小就开始培养敬爱父母的意识,我觉得这样的做法挺好,值得国内的幼儿教育学习、借鉴。而且,我知道,这样的活动,不需要家长额外交费。

写于2017年6月

哇！泥浆跑

见过不同种类的运动，有考验体力和毅力的，有需要体力也需要技巧的，也有玩刺激的，但不管哪种运动，即使一身汗水，人总还是干干净净、清清爽爽的。一个偶然机会，在美国见到了一种另类运动，另类在哪里？不是一身汗水，而是一身泥水，"脏了吧唧"是其显著特色，名字叫作"泥浆跑"（Tough Mudder）。

上网查了一下资料：

泥浆跑，或译"泥巴硬汉""烂泥比赛"，是一项10—12英里的跨越障碍比赛，由英国特种部队设计，目的是测试你的体力、耐力、毅力和友谊精神。在长16—20公里的赛道中，主办方设置了20多道用于军事训练的路障，以此来测试参赛者的力量、耐力和毅力。有些环节还需要依靠同行伙伴间的配合才能完成。

泥浆跑，是最近几年来极为热门的运动项目之一。泥浆跑参赛费是每人155美元。该项活动是Will Dean在就读哈佛商学院的时候构思出来的，适合各个不同年龄段的人参加。泥浆跑已经成为社交媒体讨论的热门话题,并且越来越受欢迎。2012 年,创始人 Will Dean 预测,在不远的将来,"参与障碍赛和泥浆赛跑的人数会超过参加传统马拉松和半程马拉松的人数"。2013 年,这种情况在美国便初露端倪。

自 2010 年 5 月开启以来,泥浆跑已经被美国、澳大利亚和整个英国广为接受,到 2012 年,累计参赛选手达到 100 万。

那天去一个湖边玩,看标语才知道,这就是尔湾湖,尔湾市的主要水源。我早就在地图上看到,还想去看看呢,没想到今天无意间碰上了。一个山间水库,拦水坝看得清清楚楚,面积不大,一览无余,在我国的浙江、福建,很多乡里的水库都比它大。四边的山基本秃着。加州的山,不像中国南方的山满目葱茏,而是山体近乎赤裸。就这样,山脚下还停了很多房车,看来是冲着那片水域来的。湖边的一大片空地,汽车停得密密麻麻,每辆车收 15 美元停车费。

泥浆跑的起点在湖边的空地上,四个塑料的滑道,倾斜度很大,上面流着水,人排队等候进入,有人推一把,呼啦滑下去。下面是一个深深的泥水潭,新挖的,人扑通一声掉到水里,头都看不见了,又呼啦一下从水底冒出来,满头满脸都是泥浆,抓着绳子爬上岸,继续向前跑。中间一段平地,进入另一段,又有五六个新挖的坑,挖出的土在边上堆成一个个岗子,坑里满是泥水。参赛者一个接一个,从岗子上滑到泥水坑里,再爬到另一个岗子上,接着滑入下一个泥潭。一个个泥身"鬼脸",男男女女全无人样。最后经过一个堆满泡沫的区域,算是在里面洗洗。这是一个"finish"

(终点），边上有更衣室。参赛的人一队一队的，穿同样的 T 恤。比赛之前很整齐好看，比赛完了出来浑身如同泥猴。以前在煤矿，听说"矿井上来无丑俊"。现在看这泥浆跑，无论是帅哥还是美女，一坑泥巴把大伙抹平了。但他们一个个开心得很，笑哈哈地合影，还摆着各种姿势。

看赛事广告，整个比赛包含 20 个环节。最前面的几百米可能就是初级阶段，如果套用"半马"（半程马拉松）的说法，这可能只算是"十分之一泥（浆跑）"，新手热热身、体验体验就结束了。还有一些人接着往湖边跑，后面的环节可能更有挑战性，可惜没法跟上去看。

湖边的棚子下面，大树底下，很多人在吃喝玩乐，有的带着帐篷，支在草地上，还有乐队演唱。看热闹的比参赛的多多了。

在美国，但凡有个什么活动，都会有好多人围观，看比赛同时也在吃喝玩乐。这种泥浆跑，就像明代张岱《西湖七月半》所说，各色人等都有，参赛的、助阵的、观看的，也有并不为观看就是周末郊游的、卖东西的、唱歌演出的，更多人可能就是来凑个热闹。有人说，由此看出美国人生活的无聊，其实也能体现出他们生活的有闲、放松、会玩。泥浆跑是一种更贴近生活实际的玩法，考验人在异常环境下的适应能力。在中国，这项一身泥水的运动目前还很少见到，也许很快也要热起来。但肯定的是，只能在夏季玩，大冷天滚在泥浆里，比冬泳更寒冷，一般人还真接受不了。

写于 2017 年 6 月

水文化随笔

水在什么情况下是美的

我们通常说,水有非常重要的实用价值,水包含很多学问和理论。不仅如此,水还是美的事物,可以成为人们观赏、品味的景观。如果问:什么样的水是美的? 可能很多人的回答是:看着舒服就美。是的,"养眼"是美的重要因素,但还不是全部,因为美不仅仅限于视觉印象,更要有心灵的体验。通俗地说,美的水给人的感受是赏心悦目,通常是先"悦目",进而"赏心",让内心感到愉悦,精神得到升华。

美的水,可以是浩大的水体,如曹操描写的沧海:"秋风萧瑟,洪波涌起";杜甫诗中的洞庭湖:"气蒸云梦泽,波撼岳阳城";苏轼笔下的长江:"乱石穿空,惊涛拍岸,卷起千堆雪"。也可以是袖珍的水体,如柳宗元写的《小石潭记》,其实是永州偏僻之地竹林深处的一方小水潭,但在他笔下具有纯洁、幽静的美。美的水,还可以是细小的形态,例如一片粼粼波光也能让人心旷神怡。《孟子》

说,"观水有术,必观其澜",就是说要注意观察水的波澜。范仲淹《岳阳楼记》里的"浮光跃金,静影沉璧",就是写洞庭湖的水波,波浪也可以成为美的水景。

那么,水的美是它本身具有的吗?美学上有一派持"美在客观说"。按照此派观点,美是水本身具有的客观属性,不以人的意志为转移,无论人看到还是看不到,它都是美的。其实,这种说法有机械论的片面性,美毕竟不是纯粹客观的,它不能离开人的感受,完全不被人发现和感知的水无所谓美还是不美。

孔子赞叹过"智者乐水"。我们常常说,亲水是人的自然本性,在历史上,观水、咏水成为中华水文化的悠久传统。如果进一步问:水在任何情况下、在任何人看来都是美的吗?答案就不是那么简单了。

讨论这个问题,不妨从反面来看,水在这些情况下不是美的:

第一种情况,水在对人形成威胁时不是美的。美产生于和谐而不能产生于对抗、恐惧,特别不能产生于毁灭性的冲突。人类社会早期,人在自然面前还是匍匐状态,对大自然的很多现象只能顺从,不能控制和改变。滔滔洪流、连绵的暴雨、浩瀚的海水、宽阔而不知深浅的大河,在人看来都对自己形成威胁,甚至能带来灭顶之灾。这种情况下的水与人处于对立状态,人只能感到威胁,而不能从容地对它进行欣赏,当然也就不可能感受到水的美。在中国早期的神话中,《女娲补天》里暴雨与人形成冲突,威胁人的生活,因此才塑造出一个能够炼石补天的女英雄;《精卫填海》写女娃游玩于大海而淹死,大海是人类畏惧的对象,于是塑造出一只精卫鸟要将其填平。现代社会依然如此,滚滚洪水冲毁家园、堰塞湖即将溃坝之时,人总是感到水的可怕,没有人会认为这时候的水是美的。

第二种情况,水在遭受破坏时不能构成美。日月山水、花草树木等自然事物的美就在于其本来的样子。污染的河流,暴发蓝藻的湖泊、水土流失状态下裹挟着泥浆的水,都不是美的。这并不是说水的自然状貌不能改变,一经改变就不美了。水的自然形态固然可能是美的,但经过人类劳动改造过的水同样也可以很美(如北京颐和园的昆明湖)。这里的区别是,人对水的改变体现了正面的力量还是负面的力量,是积极的创造还是消极的破坏。就像绿化荒山与砍伐山林,两者都是人类的活动,但一个是积极的创造,一个是消极的毁坏,其结果就是美与丑的差别。

第三种情况,人在不持审美态度时,即使面对水也不容易发现它的美。人对现实事物有三种不同的态度,对水也是同样的:把水看作生活的必需,知道水对于生命的重要性,这是实用的态度(也叫功利的态度),它重视的是"用"。研究水之中的学问、理论、历史、规律,这是科学的态度(也叫学术的态度),它追求的是"真"。把水看作可以唤起美感的事物,从水中获得精神愉悦,这是审美的态度(也叫艺术的态度),它关注的是"美"。即使是同一个人,对水的态度也是会变化的。美国著名作家马克·吐温年轻时曾经在密西西比河上乘船旅行,看密西西比河的水总是充满诗情画意:有时波平如镜,有时浪涛滚滚,浪花时高时低,朝霞和晚霞照在水面上的反光与朝霞、晚霞有着色彩上的差别,云彩在河水中的倒影不断被船头切碎,水面经常有飞鸟掠过……显然,这时的河水在马克·吐温的心中是美的。后来他做了轮机手,驾驶船只在密西西比河上航行,时时要注意航行安全,要不断根据浪花、水流判断是否有暗礁;水面露出一段木头,要判断是被水淹死的树的树桩还是沉船的桅杆……此时的马克·吐温因为职责所系,只能用实用的心态看水流,再也无暇欣赏河水之美。面对同一条密西西比河,人的视角一变,水的美也就隐遁了。

讨论过了"水为什么不美"的几种情况,就容易理解"水在什么情况下是美的"了,那当然也是需要一定条件的。

首先,从人与水的关系来说,在两者和谐的状态下,水才会被人感觉到美。为什么旅游中容易感受到水的美,而且印象还挺深刻?因为游山观水时所接触的水,无论水体大小、力度强弱,都对"我"没有任何威胁,与"我"处于和谐状态,这样"我"就可以在从容的欣赏中体会水美在何处。即使在三峡大坝看泄洪,在钱塘江观潮,水势那么浩大,但人处于绝对安全的位置上,心中产生的不是对水的畏惧、惊恐,而是因水而产生的雄壮感和震撼力,唤起的是壮美的感受。同样,在平稳航行的船中悠然欣赏水的变化多姿,比在惊涛骇浪中颠簸于一叶小舟更能感受到水的美。

其次,从水自身来看,水未受到消极的破坏才是美的。自然美的水,通常保持着原生态的特点,如水质清澈,流水淙淙,海水蔚蓝,浪花朵朵……目前,随着工业化、城市化进程的加快,具有自然美的水越来越成为珍稀资源,需要到偏远地区甚至西部去寻找了。为什么四川九寨沟、黄龙,新疆喀纳斯那么吸引游客?自然美的水是一个重要原因。

最后,从人的角度来看,要具有审美的心境才可能发现水的美,这是很关键的一点。心境对于审美非常重要。公园是美的地方,假如一位妈妈在游园时小孩走失,万分焦急地在寻找孩子,此时再美的风景她都无暇顾及,因为没有欣赏美的心境。上面说过马克·吐温的经历,我们不能对马克·吐温后来的视角持责备态度。我们不是唯美主义者,不可能把审美放在压倒一切的位置上。应当说,实用的、科学的、审美的,三种态度各有优长,各有用处,不存在孰高孰低、何者雅何者俗的问题。审美只是人类生活的一部分,一般人不可能随时随地都把审美放在首要位置。最常见的实例是,在做水文测量时,就是要把科学态度放在第一位,不可能忽视测量工作而只顾欣赏水之美。

但是,话也要进一步说,实用的态度、科学的态度也不应当是唯一的。三种态度既有分工,也可以融合。建造一座房子,当然要讲究实用,结构、材料和建造要符合科学原理,同时也需要讲究美观,追求审美效果。具体到水来说,前面提到的马克·吐温的例子、妈妈在公园找孩子的例子,都是因客观条件的限制而不得不把审美态度暂时搁置,因此无可指责。但在我们的生活中,很多人是因为主观心态的局限而失去了对水的审美欣赏。何谓主观心态的局限?就是面对水而缺乏审美意识,只是习惯于从实用的、科学的角度看待水,即使长期接触水的人,也可能会有"审美是艺术家的事,与我无关"的想法。美学上有"距离产生美"的说法。距离太远,不容易唤起美感;但距离太近,也可能会对常见事物之美熟视无睹。一位画家到海滨写生,对住在海边的大爷夸奖大海之美,大爷却说,这海其实很平常,还不如他家园子里的菜值得看。这就是长期的实用思维导致了审美心态的麻木甚至是沉睡,以至于对近在眼前的事物感受不到其中的美。水利工作者天天与水打交道,具有"近水楼台"的优势,在从事用水、治水、管水实际工作的过程中,更有条件培养"欣赏水"的兴趣和能力。这也就是我们常说的,要珍爱"水之用",掌握"水之理",同时还要善于欣赏"水之美"。这很符合马克思主义美学的观点:在自己的劳动对象上发现美,感受到美,这对劳动者来说是幸福的,也体现了劳动者的修养。

上面说的"水之美",主要说的是水体的美,其实广义的"水之美"还应当包括与水有关的其他事物的美,如水工具的美、水工程的美、水环境的美、水事活动中人和事的美。特别是水工程的美,近年来引起了水利界的广泛关注,这个话题留待以后再谈。

发表于《江河》2015 年第 3 期

从"近水"到"亲水"

在中华水文化史上,《老子》的"上善若水"是对水本身发出的礼赞,《论语》的"智者乐水"则是对人类亲水感情的概括。有理论认为,生命诞生在水里,人天生就容易和水接近。诞生于欧洲的婴幼儿"水育"已有60年历史,这种活动的认识基础是——"每个孩子都爱水"。胎儿在母腹中的10个月,就是生活在水环境之中——为羊水所包围——因此形成了幼儿与生俱来的亲水性。成人更是如此,有水的地方总是具有吸引人的魅力。无论旅游还是居住,无论城市还是乡村,滨水的处所历来为人所向往,水景房、海景房价格之高是以人的心理需求为基础的。从这个意义上说,亲水是人类的自然本性,确有普遍事实的依据。

不过,真正的亲水,还不是"与生俱来"这么简单。

首先要分清,在与水接近时,表层的喜欢不等于深层的热爱。在英语里,"喜欢"是 like,而"爱"是 love。Like 体现了情感的爱好,比如喜欢吃火锅,喜欢打网球,喜欢一个牌子的衣服,但这只是对方唤起了自己的兴趣,而自己对对方并不负有责任。而 love 就不同了,意味着爱护和担当,比如,爱一本书,就尽量不损坏、不丢失;爱一个人,就会很在乎和他(她)的关系,努力让他(她)高兴;爱一项工作,就愿意为之投入时间和精力。这些都需要来自内心的理解和珍惜,与之建立感情的联系,发自内心地对其呵护,为之付出,甚至奉献。汉语的"亲爱"一词确实有道理,有了爱,才会亲近。亲水一定是建立在爱水的基础上的,反之就不是。在水资源匮乏地区,有人财大气粗,可以不计代价耗费大量自来水为自己的住处营造水景观。不能说主人不喜欢水,但这能说是真正的亲水吗?这类占有的心理造成了对水的挥霍和亵渎,内里并不包含爱的情感。

有朋友说,他喜欢到有水的地方旅游,觉得自己是个"爱水主义者"。不过,严格说来,接近水、因水而产生观感之娱,可以是亲水的起点,并不一定能真正到达。旅游通常被称作"游山玩水"。所谓"玩",无论"玩"什么,都是以有趣的事情打发无趣的时间。"玩水"的前提当然是感觉水的有趣:养眼悦目,还可与之温柔接触——可饮,可洗,可泼洒嬉戏,可入水游泳,那种或温柔或沁凉的感觉,只有在接触柔软的水时才能产生。我们把这种感受称为"感官之娱"——五官带来的快感。它确实能让人欢喜,给人带来愉悦,但还没有达到"智者乐水"之"乐"。曾经问几位去过九寨沟、黄果树、喀纳斯旅游的朋友,那里的水好在什么地方。得到的回答常常令人遗憾,几乎是千篇一律、笼而统之的——"瀑布很大,水很好看"。这样走马观"水"、浮光掠影的"玩",跟人的视觉、听觉、触觉相遇的只是水的表象（表面形象），水还没有走进人的情感世界，心灵的胶片没有感光。这也好比是，一本书，瞟了一眼，看到封面很漂亮，书里的丰富内容却没去读，更没到"理解"和"玩味"的地步。如此，获得的快乐感觉往往只是混沌的表象，而且印象短暂，很快就会被时间磨损得模糊不清。这跟真正的亲水还差了一段路呢！

现在，就让我们追随哲人、艺术家的脚步，翻开漂亮的"封面"，细心读一读亲水的内容。

美国有位设计大师曾说过，水是世间最美的景观。把水作为景观，欣赏其美的形态和变化，是走向亲水的可靠途径。观水，有人说是"不消耗水而消费水"，我倒愿意说是"不消耗水而享用水"。因为消费给人的感觉是要花钱，而很多水景观，特别是十几年来全国建成的水利风景区，很多是公益性的，不需要门票，这时的观水，完全是免费的心智享用。就水而言，它对于任何观水者都同样慷慨无私，不偏不倚地馈赠，但有人从中获得了美感享受，有人可能经常近水却熟视无睹。这就令人想起艺术家罗丹的话："我们的生活中不是缺少美，而是缺少发现美的眼睛。"荀子说过"水有气而无生"的话（原话是"水火有气而无生"），常常被理解成水是没有生命的存在物。其实，这句话反过来说就好理解了——"水无生而有气"，意思是，水虽然没有像植物、动物（包括人类）一样的生命，但是它有"气"。"气"就是自身的活动性。北宋画家郭熙在论绘画时把水称为"活物""活体"，也是重视水的活动性特征。他的一番对"水之变"的描述，代表了艺术家们观水的审美眼光(详见郭熙《林泉高致·山水训》)。在世界上的自然物质中,水是最富有活力的,千变万化,形态丰富。有的深厚平静,有的温柔滑顺,有的汪洋恣肆。有的波平如镜,映照天光云影;有的波光粼粼,碎银闪烁;有的回环往"曲",如玉带萦绕;有的激流映射,雪浪飞卷;有的则是狂潮滚滚,浊浪排空。有清泉石上的浅吟低唱,也有银河悬落、雷霆万钧的豪迈放歌……水的颜色,或澄澈碧绿,或古铜颜色(黄河),或孔雀蓝的鲜艳,或一望无际的蔚蓝……即使是同一水体,四季之间、四时之际也各有差异,各具生气,各显其美。看来,我们在接触水时,应当像读书一样认真"读水",细心品味。

"读水"的另一个途径是,把无生命的水人格化,从水的自然特征中引申出人格特征,体会其中丰富的文化内涵。《荀子》中有孔子赞美水的一段话,用现代汉语来表达,内容是这样的:

> 孔子在河边观赏东流之水,弟子子贡问:"君子见到水就注意观看,是为什么呢?"孔子对弟子详细解释了其中奥妙:水长流不息,泽被众生却不为自己索求什么,水好像人的高尚品德;不论在高处低处,水一定沿着一个河道流,这就像人的正义;水流啊流啊,从来没有流尽的时候,就像人对道的追求;水流在百仞之高的山巅,突然从高处跌落,但是它毫不畏惧,好像人的勇敢坚毅;用器物盛水,不论器物放得平不平,而水面总是平的,这就像执法的公平公正;粮食装满了,要用一个平的直尺("概")在上面刮一下,才能使上面达到平整,

但水满了,不需要用"概"来刮,自然就是平的,如同人的正直;再细小的缝隙,水都能渗进去,如同人的明察秋毫;不论从何处发源,水总是向着东方流去,好比人的志向,永远朝着一个方向;任何东西,放进水里洗了再拿出来,就变清洁了,这好像人的善于教化。水有着这么多的美德,因此君子见到水真是要认真观察,好好体会啊!

这段精彩的文字,是中国水文化史上"以水比德"的著名范例。《荀子》之后的几种典籍(如产生于汉代的《孔子家语》《说苑》),也有大体相同的内容(版本稍有差异),可见其影响广泛。在《荀子》之前,赞美水的名言佳句已有很多,而此番借孔子之口表达的赞美最全面、最深刻、最人格化。当然,今人还可以延伸,对水进行新的创造性观照。比如,水随圆就方,不择地而居,好像人很强的适应性,在任何环境都能顽强生存;水能载舟覆舟,如同善良而又勇敢的人民,肩头能承载社会,双手也能够改变历史;河水遇石阻挡发出哗哗水响,不就像勇敢者在遇到困难时豁达、乐观、自信的歌声吗?……

将水视为有生命的人,不仅古今一贯,而且中外相同。在印度著名诗人泰戈尔笔下,水就是我们人类身边的朋友、亲人。试看他的几首短诗:

> 露珠对湖水说道:"你是在荷叶下面的大露珠,我是荷叶上面的小露珠。"

河岸向河流说道："我不能留住你的波浪,让我保存你的足印在我心里吧。"

雨点与大地接吻,微语道："我们是你的思家的孩子,母亲,现在从天上回到你这里来了。"

第一首,露水与湖水,形体有大小之别,但本质相同,都是水的一部分。它们的关系让我们联想到人类社会很多类似的现象。第二首,从固定的河岸和流动的河水之间体会出了相亲相依不相忘的美好情怀,老师、母校和学生,部队和军人,不也是这样的关系吗?第三首尤其亲切,雨点落在地面这种常见的自然现象,被比喻为世间最美好的人生亲情,温馨的场景饱含着美的韵味和哲理启迪。有美学家说,水是世间第一流的写生画家,又是音域宽广的歌唱家,还是姿容曼妙的舞蹈家。这不仅突出了水的"活体"特征,还赋予了人的美好气质和才能。这些都很能给我们启迪,值得吸收和体会。

感觉到了的东西不一定能理解,理解了的东西才能更深刻地感觉到。全社会都知道水的实用价值,水利人尤其如此。而在知其"用"的基础上知其"美",热爱和亲近就会更加深入。社会上的职业何止三百六十行?千千万万的行当中,并不是每一行的劳动对象都能让人发现情趣、唤起审美情怀的,有时候就是"为稻粱谋",而岗位、饭碗并没有义务陶冶你的情操,唤起你的美感。但是,水是那么难得,不仅是人的劳动对象,还内在包含着情趣,能净化人的灵魂,给人带来审美愉悦。正是在这个意义上,马克思才说,在劳动对象上发现美,是劳动者的幸福。以水为业的水利人,应当珍惜这种独特的优越性。

  视角一变,我们都可以成为乐水的"智者",在与水的接近中走向真正的亲水。

          发表于《江河》2016年第4期

"水中求生"与"水中求乐"

生存是人的基本需要,快乐是生活的更高追求。回溯中华水文化历史,这两种生活现象都与水有着密切关系。人从水中,既能"求生",也能"求乐"。

人活着就要吃饭,这是最简单的硬道理。中国有句古话"土里刨食",其实,水里也能"捞食"。成书于战国时期的《管子》早就说得很明白了:"民之所生,衣与食也;食之所生,水与土也。"中国历来有"一方水土养一方人"的观念,土地能生长粮食,水里也出产鱼虾菱藕等等,海里除了鱼类,还出产盐。在民众心目中,水就成为土之外另一种可以供养生息的经济资源,也能使人赖以谋生,"靠水吃水"是合乎自然规律的生存智慧。《水浒传》里的阮氏三雄(阮小二、阮小五、阮小七),生活在梁山泊边上的石碣湖,没有一寸耕地,住处团团都是水,高埠上有七八间草房,就靠在水里打鱼鲜为生,用阮小五的话说:"这梁山泊是我弟兄们的衣食饭碗。"后来王伦等人占据了梁山泊,不许打鱼,"绝了我们的衣饭",生计大受影响。当然,水中求生的日子属于无奈,也充满艰辛和风险。范仲淹有一首《江上渔者》:"江上往来人,但爱鲈鱼美。君看一叶舟,出没风波里。"不过,水中捞食虽然艰难,毕竟也是人求生的一条路径。

旧时代,王权拥有天下的土地,所谓"普天之下,莫非王土"(《诗经·北山》)。那么,"水"在不在王权管控之中呢?阮小五说,他们以打鱼为生,"莫说官府,便是活阎王,也禁治不得"。这只是说,相对"土"而言,官府对水域的管理稍微松一些。实际上,水环境也不能超出王法,官府要从水中收取赋税。较早的记载从春秋时期就开始了,《管子·乘马》就明确记载,要把"水"按照"土"的比例收税:"流水,网罟得入焉,五而当一。泽,网罟得入焉,五而当一。"就是说,流水和低洼地,凡是能下网捕捞的,都要按土地五分之一的折算来缴纳赋税。南宋著名诗人范成大的《夏日田园杂兴》诗里就写道:"无力买田聊种水,近来湖面亦收租!"所谓"种水",就是江南一些穷人,失去土地、废了犁锄,靠一块水面采种菱藕之类谋生,但也无法躲过"水租"。这就表明,因为水和土地一样有物产功能,能养活人,贫苦民众从水中求生,而官府自然不会放过收取赋税的机会。

说到"水中求生",不能不说到历史上中国东南沿海地区长期生活着的一类特殊人群——疍民。他们一般在江海沿岸聚居,生活的最大特点就是在岸上没有一寸土地,"浮家江海",以舟为居,以渔为业,数百年来一直过着水上"游牧"生活,后人称其为"水上吉卜赛人"。"一生活计水边多""天公盼咐水生涯",就是他们的写照。福州一代的蜑民被称为"曲蹄",因其长年累月地生活于船上,腿脚不能伸直,大多落下罗圈腿,故得此歧视性的称呼。他们常见的姓氏也大都与水上生活有关,典型的如"江""池""浦"等取自生活地点,"翁"可能取自"渔翁"职业,"潘"则取自"水上之番人","欧"则取自"鸥鸟"。在中国传统的文化认同模式里,人在土地上生活是常规形态,土地的地位至高无上,土地是财富和地位的标志,所谓"一亩地,一亩天"。依照"人必与土地相附"的传统观念看来,水居生活不是正常的生活方式,相当于被主流社会惩罚、流放。历史上,蜑民一直深受歧视和压迫,甚至与娼优隶皂并列为贱民,不得读书应试,不得与陆上汉族通婚,甚至上岸不准穿鞋,绝大部分蜑民受教育程度极为低下。民国时期,孙中山曾以大总统名义指令不得歧视蜑民,但实际情况并未真正改变。20世纪50年代以来,蜑民的社会地位和生活状况发生了根本性改变。原来称其为"蜑族",新中国成立后进行民族确认,认为蜑民主要是古越人的后裔,基本是汉族,因此不再作为一个民族,而统称"蜑民"。从社会地位看,蜑民无疑是被主流社会排斥在外的边缘人群。但换一个角度看,正是水为这些失去了土地的社会底层人提供了生存的空间,"水中求生"延续了一代又一代。

如果说,水的物产功能对于个体的下层民众而言只是养家谋生,那么,水对于一国的经济价值确实是国之财富。众所周知,中华民族的传统观念是重土地的,古代衡量国之财富的标准,首先是土地和土地之上的城池。当时的战争叫"攻城略地",打败了仗,就要割地赔城。《孟子》说那时的战争是"争城以战,杀人盈城;争地以战,杀人盈野",可见土地和城池是当时战争主要的争夺目标。但古代也有一些思想家、政治家,在重视土的同时也同样重视水的价值。如前述管子就具有这种思想意识。大约到了战国时期,水为国之财富的意识更加明确。《墨子·公输》讲了一个很有意思的故事:楚国要攻打宋国,墨子劝说楚王不要攻宋。他把两国的基本资源作了对比,除了说到楚国方圆五千里,宋国才五百里之外,还特别说到两国水资源的悬殊:"荆(即楚国)有云梦,犀兕麋鹿满之,江汉之鱼鳖鼋鼍为天下富,而宋所谓无雉兔鲋鱼者也。"你的水域那么浩大,水产资源那么丰富,而宋国这么一个连兔子小鱼都不出产的穷地方,你楚国去打它,不像富人去偷穷人一样吗?可见,在墨子的思想认识里,水域的大小已经成为衡量国之财富的标准之一。汉代大辞赋家司马相如写过两篇著名的作品——《子虚赋》《上林赋》。"水为国之财富"的意识在作品里表现得更为充分。《子虚赋》写楚国的子虚出使齐国,向齐国夸耀楚国,特别说到楚的水域之大:"楚有七泽……臣之所见,盖特其小小者耳,名曰云梦。云梦者,方七百里。"一个最小最小的云梦泽尚且方圆七百里,水域浩瀚,而且水中物产特别丰富,子虚借此炫耀楚国的强盛和富有。齐国的乌有先生则不甘示弱,针锋相对地举出齐国的"渤澥"(渤海的港湾)、"孟诸"(大泽),说它们可以把八九个云梦吞于胸中,以本国水域的更加广大浩瀚,来压倒对方的气势。而《上林赋》里的亡是公(意即"没有这个人"),极力夸耀汉天子上林苑里的水:"丹水更其南,紫渊径其北,终始灞、浐,出入泾、渭……荡荡乎八川分流,相背而异态。"上林苑里流淌着八条大河,波光粼粼,波涛浩荡。言下之意,跟汉天子的上林苑相比,你们的水还值得一提吗?文学是社会生活的反映,尤其是社会心理的反映。这两篇辞赋,子虚、乌有先生、亡是公的名字就标示了虚构特色。但文中体现了把水环境作为社会财富看待的意识,水域面积与土地面积一样,是国之疆域的重要部分,水之大小和水产之丰盛与否,是衡量国家"硬实力"的标准之一。夸水就是夸"富(强)"。

很明显,下层穷人选择在水中讨生活属于无奈,而中国历史上还有一类人,他们主动逃离主流社会而有意选择"边缘化生活",这类人就是隐士。封建时代的失意文人、落魄官宦,很多人都怀着一种"隐士梦"。古代的隐士,起初是归隐山林乡野,最著名的是商周之际的伯夷、叔齐,不满周武王的以暴易暴,双双隐于首阳山,不食周粟而死。后来出现了另一种形式的隐居——隐于江湖。孔子在精神失落时就感慨"道不行,乘桴(就是小筏子)浮于海"。但他老夫子只是嘴上说说,终其一生并未真正付诸实践。开风气之先者大约是春秋时期的范蠡,史书说他辅佐越王勾践灭吴之后,急流勇退,隐姓埋名,西出姑苏,泛一叶扁舟于五湖之中,开创了"隐于水"的人生之路。后来,"归隐江湖"就成为与"归隐山林"同质而异形的生活方式,并在人文意义上逐渐超过了前者。因为从文化意义上说,归隐山林虽然隐蔽,但还是居于"土"之上,空间也受到限定,是"固定的隐居"。而归隐江湖脱离了"土",较多地摆脱了世俗社会的羁绊,具有空间上的流动性,属于"动态的隐居",更具有潇洒浪漫意味。当代著名国画家傅抱石有一幅题为《泛舟江湖》的作品，一人潇洒休闲地卧于小舟之上，题词是"帝王轻过眼，宇宙是我乡"，似乎人生在天地之间获得了心灵自由。

在隐士看来，水是城市、山野之外的另一种可以寄托身心的生活空间，归隐江湖，是一种带有自由性的"边缘化生存"。隐士不要靠打鱼、"种"水为生，而是利用水的流动，泛舟载酒，浪迹江湖，遨游山水，有的还携美姬同行，追求精神的解放和心灵的愉悦，因此在古代为很多文人所向往。总之，他们注重的不是水的物产功能，而是水的交通功能；不是"水中求生"，而是"水中求乐"。

现代社会的人当然不可能去做隐士，但是"隐居"之心，古今一致。现代人生活在喧嚣拥挤的城市，长期在钢筋混凝土"森林"、柏油马路之类刚性的"土环境"中转悠，在鸽子笼一样的狭小空间里天天看对面的楼房和窗户，久之都有转换生活空间的欲望，哪怕是短暂的一段时间。因此，亲水旅游和水上游乐，在心理上与古人"隐于水"有着某些内在的相似。现代人不是为了浪迹江湖，而是追求在短时间内从城市生活中"退隐"，体验生活的转换，从喧嚣拥挤的高楼、汽车、地铁、商场，转换到开放、柔性的水环境。这是一种软性的、流动的、开阔的、有意味的生活氛围，让人暂时忘却劳累和烦恼，放飞心情，拥抱自然。在亲水旅游中，更多的是欣赏优美的水体、水景，从中得到心灵的放松和愉悦。亲水旅游体现了现代人希望回归自然的追求，这不仅利用了水的交通功能，而且更多地发挥了水的美学功能。

发表于《江河》2015 年第 4 期

工具虽"旧",文化常新

人们与水打交道,除了借助可以挖掘、起重、运输等普通器具之外,还创造发明了许多水工具,用于汲水、渡水、治水、镇水等水事活动。每一种水工具的创造和使用,都凝结着人类的知识、能力和智慧。这些水工具,从实用角度看,是物质性器具,有功利效用;从文化角度看,是水文化的载体,标志着人类文化的演进,体现了人水关系中人的能动性和创造性。

《庄子·天地》讲过一个有趣的故事:孔子的弟子子贡南游,见一位种园老翁,抱着水瓮,沿一条通到井里的隧道,汲水浇园。子贡劝他说:"您这样费力多,工效又低,何不使用一种省力气的器具呢?这种器具'凿木为机,后重前轻,挈水若抽,数如泆汤,其名为槔。……有械于此,一日浸百畦,用力甚寡而见功多'。"子贡所说的,就是春秋时期出现的汲水工具——桔槔。没想到这位种园人竟这样回答:"我老师告诉我,使用器具的人一定会有'机心'(投机取巧之心),'机心'破坏了人心的纯洁和安宁,使'道'无所寄托。……我不是不知道(这东西),是羞于用它。"故事可能是虚构,但有真实的生活基础。春秋时期,水瓮是一种老式的汲水工具,桔槔则是新式的,它减轻了劳动强度,提高了生产效率,一般人都会乐于采用。但在信奉"无为""非智巧"的道家人看来,省力气的劳动会助长投机取巧的心理,对人心的纯洁产生负面影响,因而应当排斥,还是坚持使用老式工具为好。《庄子》借这个故事反映了深层次的哲学问题:工具改革了,发展了,其社会价值是正面的还是负面的? 如何看待技术进步的社会作用? 这种文化意识上的论争直到今天依然存在。

当今社会科技昌明,一般人都不会排斥随技术发展而出现的新工具。在我们的寻常词汇中,传统的、久远的东西常常被视为"老"的、"旧"的,而"老""旧"又不免带有"老化""落后""过时"等贬义。但是,"旧"工具总是意味着落伍,应当被时代抛弃吗? 似乎不能简单以"Yes"来回答,而是需要区别对待。一种工具,如果纯粹是用于功利目的的技术性产品,那么新的发明一出现,旧的很快就会遭到淘汰。在通信领域,当手机成为掌中之物时,BP机(寻呼机)、"大哥大"不是消失得无影无踪了吗? 但是,如果工具之中隐含着人文文化的内涵,"新""旧"之间可能就不是简单的更新换代,把"旧"的一扔了之,而可能是"新"有"新"的作用,"旧"有"旧"的价值,兼容并存,互不妨碍。正如法国文学家雨果所说,一位科学家可以使另一位科学家被人忘记,而一位文学家不会使另一位文学家被人忘记。这就是科技文化与人文文化的差异。很多水工具都包含着人文文化的内涵,随着现代科技的发展,它们的实用价值逐渐减少甚至完全消失,但功能并没有完全消亡,而是发生转换,成为有意味的文化载体,依然延续着水文化的历史血脉。

"旧"的水工具实现文化延续,有几种情况:一种是,水工具成为文化景观。很多工具,既是实用器物,也是知识载体和社会景观。汽车作为现代城市的一道风景固然亮眼,而马车在都市街头出现,可能更有悠远、深邃的历史文化意味。回到水工具来看,都江堰的卧铁,是古代用来标志河道深浅的治水工具,现在已不需要它来发挥实用功能,但它本身就是形象的知识、直观的历史,陈列于游览区内,成为吸引游人的重要景观,展示古人治水的文化智慧。抽水机的广泛使用,使得桔槔、辘轳、水车等工具的实用价值微乎其微,但它们"华丽转身",进入很多水利风景区,成为水文化的形象载体,唤起人们对前人汲水方式的兴趣,并想亲身体验一番。特别是水车,在传统农业社会,是水田种植不可缺少的工具。著名的电影插曲《九九艳阳天》里有句歌词"东风呀吹得(那个)风车转",风车通常就是与借助风力抽水的水车结为一体的,在南方农村,那可是典型的文化景观。历代作家留下了很多描写水车和车水劳动的篇章,如苏轼有诗《无锡道中赋水车》,把水车描写成像首尾相连的鸟、脱去皮肉只剩骨架的蛇,引水灌溉稻田,使农夫在天旱时节依然怀有丰收的信心,从中可以看出水车在当时的社会价值。随着电力抽水机的普遍使用,水车已经渐渐失去了实用功能。即使在南方农田,水车也很少见到,少数存放在博物馆、展览馆,供人们观赏。而在一些旅游景区,水车、水磨、水碓等水工具，却很能引起游人的关注，很多水利风景区建设也注意利用这类水工具营造文化景观。今天，它们不是作为劳动工具为人所用，而是作为一种文化载体长久存在于人们的乡愁之中，成为挥之不去的文化记忆。这种记忆有的弥散于文学艺术的想象空间。当代著名作家汪曾祺的家乡是苏北高邮，他的散文《故乡水》描写水乡的水车以及车水劳动，对水车充满了浓浓的乡情："我忽然好像闻到了一股修车轴用的新砍的桑木的气味和涂水车龙骨用的生桐油气味，这是过去初春的时候在农村处处可以闻到的气味。"有了文化想象的心情，更需要实体景观的激发和唤醒，很多水车就"复建"于现实之中。兰州市区黄河边上，建成了一处水车博览园，是当地著名人文景点，咿呀转动的水车呈现着地方文化的历史：明代嘉靖年间，兰州人段续在外宦游多年，返乡后把南方的水车引入兰州，促进了水车的发展，黄河两岸水车林立，至今已有近500年的历史，兰州因此被誉为"水车之都"。今天，建一群水车，主要不是为了实用，而是以这一生动载体，展示城市历史和水文化，供人观赏和回味。在汲水工具中，抽水机属于"新"事物，桔槔、辘轳、水车属于"老"工具、"旧"物件。新的效率高，旧的、老的有文化内涵，两者之间并不存在此消彼长的关系。当今时代，文化上的"怀旧"是社会普遍存在的精神需求。这类水工具正是以其直观生动的形态，在这方面慰藉人们心灵的。

另一种情况是，水工具体现为一种"慢生活"方式。这从船、筏的功能转换可以看出。筏和船通常被列入交通工具，但我觉得称作渡水工具可能更恰当，因为它们有时候是用于捕捞，而不是用作运输。《论语》中孔老夫子感慨:"道不行,乘桴浮于海。"桴,就是木筏,简陋的渡水工具。至于"达摩渡江"的"一苇",只是文学传说,"一苇"不具备真实的渡水功能。中国古人历来就偏爱"一叶扁舟"的自由自在,历代文人的咏叹不胜枚举。与汽车、高铁、飞机等现代交通工具相比,筏和船属于"慢的工具"。但快有快的好处,慢也有慢的意味。当代哲学家何兆武先生说,他当年考取长沙的中学,从家乡岳阳到省城,坐火车只要半天,乘船却要三天。他选择了水路,时间虽然长了些,但在途中见到很多有意思的景物和社会现象,直到老年回忆起来还兴趣盎然。这就是"慢生活"的意味。即使是在陆路、航空交通大为发展的今天,水路旅游依然以其特殊的韵味而受到人们的喜爱。无论中国还是外国,船总是水乡最具代表性的事物,是旅行者流动的居所,又是移动的建筑、变换的风景。与水文化密切相关的船文化,在中国也有着久远传统。无论是在线性的江、河之上,还是在点、面式的湖、海之中,船行于水上的那份诗意感受,是其他交通方式难以相比的。南京秦淮河泛舟夜游在文学家笔下具有诱人的韵味,其实质就是美学家所说的"慢慢走,欣赏啊"。《歌唱祖国》不是有两句经典歌词吗?"听惯了艄公的号子,看惯了船上的白帆",船的价值不仅在于渡水,船更是典型的文化景观,一种饱含着精神寄托的文化符号。在这个意义上说,风帆橹桨的木船(还有浙东一带的乌篷船),在现代社会,工具价值减退,而文化意义凸显。在水文化建设中,很多有水资源的旅游区,都会开发一些竹筏漂流、游船观光的文化项目,西北地区还有乘羊皮筏的特色旅游。江苏泰州市的溱湖，每年举办"会船节"，民间传说是纪念岳飞抗金时在湖上训练水军。清明翌日，千舟竞发，汇聚湖面，竹篙如林，画船亮丽，个个不同，场面甚为壮观。不为载客，不为捕捞，也不是竞技，就是缅怀历史，展示当地风情的"生活秀"，现已成为远近闻名的文化节日。在航行速度上，筏和船显然不具备优势，它们代表的不是效率，是历史和文化。现代社会，人们享受着高速度、高效率，同时也需要"慢生活"的放松和愉悦。

还有一种情况是，水工具内在的文化理念实现转型。众所周知，自来水普及以前，家庭用水的基本量具是水瓢（水舀）。水瓢作为一种用水工具，体现的是间断的、有限的供水。来自佛经故事的"弱水三千，只取一瓢饮"，"一瓢"的文化含义就是"有限"。随着自来水的普及，水瓢消失了，水龙头提供了源源不断的水流，给人们的生活、生产带来巨大的方便，这是科技催生的福祉。但阳光下万物皆有阴影，利害并存、福祸相依是世间普遍规律。加拿大传播学家麦克卢汉的一个著名观点——"媒介塑造人"，还是很有警示意义的。媒介就是人类与世界联系的渠道、工具，它不仅大大延伸了人的身体，拓展了人的感觉，而且塑造着人的习惯，无形之中约束着甚至控制着人的意识。手机普及，造就了千千万万"低头族"，离开手机就会感到不适应，这一社会现象已经被大家深刻认识到。而水龙头作为新的用水工具，也是同样的"双刃剑"，它也在不声不响之中改变着人的习惯，于潜移默化之中塑造了人的用水意识——似乎水龙头里的水是取之不尽用之不竭的，可以放心大胆地"无限"使用。这种用水习惯、用水意识与水资源紧缺的现状形成明显矛盾。为了实现可持续发展,有些场合的用水必须从"滔滔不绝"向断续、有限回归,节水龙头的诞生就体现了这一理念。我在美国加州见到,很多公用洗手间,提供卫生物品(洗手液、擦手纸、烘手器等)颇为大方,但水的使用很"小气",不论感应龙头还是按压龙头,每次出水一般持续5秒左右。加州水资源紧缺,居民对这种"有限制"的用水已经认可并自觉遵守。控制5秒左右的流水,相当于把水龙头变成一个小"水瓢",从本质上说,是从长流水向有限用水的回归,是传统用水理念的现代转型。毕竟,任何工具都是人的发明创造,目的是提高生产效率和生活质量。当意识到工具在使用过程中的负面影响时,人们就会想办法纠正它、弥补它,而纠正、弥补的手段通常还是要借助工具的改进和创新。这就是人与工具之间的辩证关系,在此过程中,人总是居于能动地位。至于水力工具、镇水工具的文化价值,也是有意思的话题,限于篇幅,此处不再展开,容另文陈说。

发表于《江河》2017 年第 3 期

昔为神兽　今成遗产

中国古代社会水灾频仍，在强大的自然力面前，人类的治水活动总是人力与神力的结合。在人力治水的同时，古人常常借助一些器物形象，希望得到神明的保佑和庇护。传统水文化观念中，有水必有水灵，一般认为大水泛滥是蛟龙作怪。古人为求伏波安澜、风调雨顺，无论江河湖海，甚至水塘、水井，都择地安置神物以镇水求安。用于镇水的，有建筑物（佛像、塔、庙、祠、亭），有器具（铁镬、石人、宝剑、铁旗杆），也有神兽（牛、龙、虎、爬虫），最为普遍的造型是牛。在中国大地上，从各流域到沿海各地，关于镇水牛的记载不计其数。

严格说来，镇水牛不能称为"工具"，因为工具总是施于实际功用的，而镇水主要是一种精神追求，所用之物称为"器物"可能更准确。

以牛镇水有来历

以牛镇水,起源甚早。传说当年大禹治水,每治好一处,就铸造铁牛一尊,沉入水中,以防洪灾发生。清代乾隆皇帝为颐和园镇水铜牛写的铭文里也肯定了这个起源:"夏禹治河,铁牛传颂,义重安澜,后人景从。"其实,这只是一个美好的传说,其科学性经不起推敲。众所周知,在中国历史上,到战国后期,铁器才用于生产和战争之中,夏禹时代选择的镇水神兽可能是牛,但不会是铁牛,更可能是石牛。

石牛镇水是史籍有载的,东晋常璩的地方志著作《华阳国志》卷三《蜀志》就写道:"(李冰)外作石犀五头以厌水精。……后转置犀牛二头,一在府市市桥门,今所谓石牛门是也;一在渊中,乃自湔堰上分穿羊摩江,灌江西。"同样的内容,汉代扬雄的《蜀王本纪》、北魏郦道元的《水经注》和清代《全唐文》都有记载,文字表述稍有差异。就是说,李冰在修建都江堰工程时,做了五尊石犀,用以镇压水怪。"犀",状貌如牛,青苍色,就是牛的形象,传说中老子的坐骑"青牛"就是犀。后来又做了两尊犀牛(一说为耕牛),一在成都城内,一在水利工程之中。可见在李冰时代人们就把牛作为镇水神兽,保护一方江河安澜,同时还有标志水位高程的实用价值。

为何选择牛作为镇水神兽,而不是别的动物呢?有人认为,中国以农立国,故与农业生产最为密切的牛自然容易成为镇水之神物。此说可作为一解，但也只是可能的"之一"。要说关系密切，除了牛之外，马、狗、羊也是农业社会与人类生活密切相关的家畜，而且各有其忠诚之处和可颂之德。古人选择镇水神兽，一开始也许出于与实际生活的贴近，但后来牛成为最固定、最常见的镇水神兽形象流传下来，其中还是有文化的讲究的。

"牛+金"的文化含义

铁器广泛使用之后，南北朝期间，有铸造铁器物置于水中以镇蛟龙的习俗。而铸造铁牛镇水，据学界研究是始于唐代。镇水神兽的形象依然以牛为主，材质从石变成铁。但石制的镇水牛依然有，山东滨州水文化博物馆就有一尊在当地发现的镇水石牛。也许是铁牛铸造耗材多，工艺复杂，造价也高，有的地方就地取材，以石为牛，也算是古代传统的延续。历史发展过程就是多样性的，并不是简单的"一刀切"。镇水牛的位置也由沉于水底而变为立于岸边，立于水滨无疑更能俯视水情，更好地发挥震慑水怪的作用。明清时期，镇水铁牛往往由皇帝下诏建造，清朝康熙、乾隆、道光、咸丰四代建造最多。典型的如长江荆江段郝穴铁牛、江苏洪泽湖铁牛、颐和园昆明湖东堤上的铜铸卧牛。乾隆不仅下诏在颐和园建造镇水铜牛，还为此写了《金牛铭》，其中特别强调："金写神牛，用镇悠永。巴邱淮水，共贯同条。……瑞应之符，逮于西海。"把金牛镇水作为普遍法则，淮河流域、巴邱洞庭乃至全国各地均应"照此办理"，以使祥瑞之兆四海普及。在思想文化方面,正如马克思所说,统治阶级的思想就是统治的思想,皇帝的意志当然就是国家意识形态。这就使金牛镇水成为国家意志的体现,影响所及,金牛镇水的做法逐渐在全国取得了主体地位,金牛成为各地镇水的首选。

即使在古人的观念里,金牛镇水也只是"两手抓"的其中一手。以长江防汛最为紧要的荆江段为例,乾隆五十三年(1788)十一月的"上谕"说:"本年湖北荆州被水,现经修筑堤工,加高培厚,并改建城垣,永资巩固。因思向来沿河险要之区多有铸造铁牛镇水滨者,盖因蛟龙畏铁,又牛属土,土能制水,是以铸铁肖形用示镇制。此次荆州被灾甚重,闻系蛟水为患。……于荆州万城堤及沙市等形势扼要处所,相度紧要顶冲,酌量铸置铁牛,以镇堤坝,亦预弭水患之一法。"可以看出,乾隆的治水思路也是"人力与神力结合",一方面要运用工程手段,另一方面还要借助"神力"的佑护。

相信"神力"有效的根本原因是受中国传统的"五行"观念的影响。"五行"是中国古代道家的一种系统观,认为宇宙万物由五种性质的基本事物构成,是为"五行"。"天有五行,水、火、金、木、土,分时化育,以成万物。"在世界观方面,其他民族也有"要素构成论"的观念,如古希腊哲学认为构成世界的四大要素是土、水、气、火;印度哲学认为,世界的基础是物质,物质的元素是"四大",即地、水、风、火,一切有生命的物类均由"四大"和合而成。不过,与古希腊、印度哲学不同的是,中国文化的"五行"不是静止的五种元素,更不是割裂的单独存在,而是彼此相生又相克,这种动态的联系构成生生不息、循环往复的大系统。

"五行"对中国人的影响极为深远,中医、堪舆(风水)、命理、相术、占卜等都和"五行"有着密切联系。单从治水角度来看,根据"五行"相生相克的规律,铁(铜)属金,金生水,水为金之子,子遇母,自然不敢造次;牛为坤,"五行"属土,土是水的克星。在古人的认识逻辑中,铁牛镇水,有着"双重保险"的含义。

古为"功用",今成文物

用现代科学眼光看,"借助神力治水"的行为本身当然带有迷信成分。明代于谦治理黄河时,在开封铸铁牛敬龙王以求安澜,结果黄河决口,连铁牛也被埋于泥沙之下。民国时期,国民政府委派的黄委会官员在治河时还要先敬神灵,占卜问卦。在科学昌明的当今,这些行为无疑应当摒弃,但镇水牛这种文化现象不能简单被视为封建糟粕。

马克思在评论古希腊神话时曾经说过:"任何神话都是用想象和借助想象以征服自然力,支配自然力,把自然力加以形象化;因而,随着这些自然力之实际被支配,神话也就消失了。"金牛镇水也是如此。在中国历史上,"神力大于人力"的意识既久远又广泛,因此,求神明保平安的治水行为是古代普遍存在的社会心理,迷信心理与良好愿望结为一体,这就是古人真实的文化信仰。现代科学技术高度发达,人类解决人水矛盾的能力大为增强,神牛镇水不再具有功利目的,而是转化为艺术的、文化的存在形式。

就像傣族的泼水节，最初是宗教仪式，现在成为文化习俗。

镇水牛作为民族历史遗存的文物，其形体、工艺都是传统文化的形象载体。中国地域广大，镇水牛造型往往丰富多彩。如北京颐和园十七孔桥东侧的镇水牛，通体用铜铸造，头西尾东，俯瞰昆明湖，与真牛大小一样，造型生动，形态逼真。铜也属"金"，造价当然比铁更昂贵，工艺更精美，这与皇家园林的美学水准是一致的。而且，这尊镇水牛的座基还是测量昆明湖水位高程的标尺，通过水位观察确保皇宫围墙安全。中华大地上的镇水牛，绝大多数是铁牛，造型往往各具地方特色，有水牛，有黄牛，有牦牛，还有犀牛。南方多为水牛造型，牛角弯大，形态憨厚。黄河流域多为黄牛造型，牛角尖短，体型肥硕。有实心的，大气磅礴，厚重浑朴，兼做建桥、泊船的地锚。如山西永济的四尊黄河铁牛，建造于唐开元十二年（724），故称为开元铁牛，长2.64米，宽1.65米，高1.32米，与真牛相似，推算每尊牛身实体在4立方米左右，重量在25吨左右（包括连体铁山、铁柱）。有的铸成"空腹"，以便运输和安置。铸造工艺方面各有优长，形象生动，工艺精良，无论从工艺还是从艺术角度看都堪称珍品。

镇水牛身上的铭文也不可忽视，它是历史的记载，也是精美的文学作品。铭文多为韵文，篇幅短小的如江苏洪泽湖的铁牛铭文，是一首七言诗："惟金克木蛟龙藏，惟土制水龟蛇降。铸犀作镇奠淮扬，永除昏垫报吾皇。"前二句揭示"原理"，后两句表达对效果的期望，简洁精练，朗朗上口。有的用仿《诗经》的四言体，如于谦为开封镇水铁牛撰写的铭文："百炼玄金，熔为真液。变幻灵犀,雄威赫奕。镇厥堤防,波涛永息。安若泰山,固若磐石。水怪潜形,冯夷敛迹。城府坚完,民无垫溺。风调雨顺,男耕女织。四时顺序,百神效职。亿万闾阎,措之枕席。惟天之体,惟帝之力。亦尔有庸,传之无极。"在想象中描绘了镇水铁牛的威力,肯定江河安澜、物阜民康既有天之佑、帝之力,也有铁牛的功劳。而前述乾隆为颐和园铜牛所作《金牛铭》也是四言体,篇幅更长一些。也有散文体的,如前述山西永济开元铁牛的铭文:"牛元壮硕,厥状雄特。所谓元大武此实称之,观其矫,昂首体蹲……其处有度,其优甚固。……且其肤泽晶莹,若灿金彩烂。初阳之照,旭汤乎!"湖北荆江郝穴铁牛的铭文则是韵文与散句结合的"骚体":"嶙嶙峋峋,与德贞纯。吐秘孕宝,守捍江滨。骇浪不作,怪族胥驯。翳千秋万世兮,福我下民。"湖湘是楚辞的发源地,这则铁牛铭文鲜明体现了所在地的楚韵风雅。

从书法角度看,铭文的字体多种多样,篆书、隶书、楷书均有,是书法艺术的珍品。

镇水金牛自建造以来,还衍生出了很多名家题咏、故事传说、民间歌谣和绘画等,丰富了地方文化、水文化的内容。

保护行业文化标识

总之,中华大地上的每一尊镇水牛,都可以视为一座纪念碑,镌刻着世代治理水患的努力。它们在古代被视为神兽,今天已经成为文化遗产,是守护水工程的"吉祥物",一望而知是华夏水利行业独有的传统标识。(股票行业"牛"的造型,是舶来品,不是中国传统文化。)这就是文化个性!

然而,历经岁月沧桑、战争灾难,金石之身也会湮没或被损毁,特别是经过"文革"浩劫,很多镇水牛被视为"四旧"而遭到毁坏。为了弘扬水文化传统,对现存的镇水牛应当加强保护。除了列入文物保护范围之外,还有其他多种途径:

沉没于地下的,可以组织力量发掘。如山西永济的黄河铁牛铸造于唐开元年间,元末以后因黄河变迁,逐渐为泥沙埋没。1988年5月,当地政府决定寻找、挖掘唐代铁牛。经过一年多的考察、勘测、走访、调查,确定了铁牛在地下埋没的位置,并于1989年3月破土动工,历时五个月,四尊铁牛全部出土。至此,这一稀世国宝终于重现于世,再展当年雄姿,为黄河流域新添了一处人文景观。

毁坏的可以重建。如浙江钱塘江镇海铁牛,铸于清雍正、乾隆年间,立于钱塘江北侧,与海塘共同构成"虚实"两道防线,防御海潮入侵,后毁于"文革"。为恢复镇海铁牛景观,文物部门根据资料重新设计,由有关部门资助,1986年6月铸造了一对铁牛,分别置于占鳌塔东西两侧。新铸的铁牛上仍保留了铁牛铭文:"唯金克木蛟龙藏,惟土制水龟蛇降。铸犀作镇奠宁塘,安澜永庆报圣皇。"江苏徐州黄河故道的镇水铁牛,建造于清嘉庆年间,毁于"文革"期间。1985年,徐州市筹资重铸了铁牛,于同年12月置于黄河故道新牌楼一侧,现成为该市黄河故道水利风景区引人注目的景点。

推陈出新也是弘扬铁牛文化的途径。一些水利工程新铸铁牛立于水滨,利用镇水牛的传统形象,取"牛"辛勤耕耘的品格,象征水利人奋进拼搏、为民造福的精神,将其内涵进行创造性转化,显示出水利工作的传统文化渊源,也为水利工程增添了文化内涵。

发表于《江河》2017年第4期

城市河湖也是文化遗产

我一直在思考:应当怎样表达水与城市的关系?说水是城市建立的基础,虽然直白,但的确符合事实;说某条河流是城市的母亲,有些滥情,却也是一个贴切的比喻;说水是城市的灵气,似乎显得缥缈,可是为古往今来的人们所认可。水与城市的关系,本来就可以从不同方面来认识,来形容,也许不能简单说哪一个最好。

换一个角度,我以为可以把城市河湖看作宝贵的文化遗产

河湖是"文化"吗?当然是。这不是概念的随意乱套。众所周知,文化是人类创造的。如果说一些乡村、山区的河流湖泊还较多保持着自然状貌,那么,城市的河湖一般都经过了相当历史跨度的人工营造,早已不是纯自然的物质的水,那沿河湖而建的街道、房舍,因水而生的传说、风情、民俗,早已把河湖变成了"文化的水"。河湖不仅为城市居民提供水源,排泄雨水,供船只航运,还是居民精神关注的对象、情感愉悦的来源,它们见证了一代代的世态人情、风云变迁,有的还进入文艺作品。河湖已经成为城市文化的载体,具有丰富的文化内涵。看得见的水体、物品是"显文化",内在包含的文化元素及其特性、意义是"潜文化",文化内涵是它们的总和。就像过春节,饺子是"显文化",但春节的意义不全在于饺子,端午节的意义不全在于粽子,中秋节的意义也不仅限于月饼,直观、具象的物品之外还有着更为深厚的人文意味和历史积淀。城市河湖也是同样的道理。

为什么说城市河湖是"遗产"?因为它们不是一次性消费的财富,而是具有代代相传的延续性和继承性。世界互联网大会在乌镇召开,宣传画的主背景——波光粼粼的河面、摇橹小船、两岸青砖黛瓦的民居,不是江南水乡延续了几百年的生活画面吗?我在以前的文章中说过,"水为国之财富"的思想在中国源远流长。但城市河流湖泊这种"财富"不像金银财宝那样越花越少,它是一种可以代代相传、长流不断的财富。人们常用"长流水"来比喻财富的持续性,其实"长流水"本身就是一种特殊的财富。按照经济学的观点,财富可以分为三类:作为使用价值的财富、作为交换价值的财富和作为资本的财富。其中,作为使用价值的财富是指对人有用、能够满足人的需要的物品,作为交换价值的财富是指能够用以交换使用价值的价值,作为资本的财富是指能够带来剩余价值的价值。作为财富的水,不论是水资源还是水环境,都具有使用价值,这是水的共性。但构成城市水环境的河湖不同于一般的水资源,它还有另一面:可以继承,可以保护,也可以营造,但不能购买(尤其不能整体性地购买),倒是可以作为"资本",一代代创造"可持续的价值"。从历史的动态意义上说,城市的河流湖泊,是一种可以世代延续的财富,是人类社会遗留下来的文化遗产,需要爱护、保护。

正反两面的实例最能说明城市河湖的珍贵

以杭州西湖为例,正反两面的历史事实最能说明问题。

先说几个正面的。一个是吴越王钱镠的故事。五代十国时期,钱镠以杭州为中心创建了吴越国,一时成为东南富庶之乡。钱镠要在杭州城内建造吴越王府,消息传开,有方士登门献策道:"如果仅仅改旧为新,国运能延续百年;如果填平西湖以建王府,三面云山一面城,王气可聚而不散,王府建在此处,藏而不露,国运将绵延千载,十倍于此。"应当说,这个主意对一个君王来说可是相当有诱惑力,谁不希望自己的政权千年永固?可是没想到钱镠拒绝了他的好意。钱镠的理由是:"百姓借西湖水以灌田,填平西湖就没有了水,无水即无民。没有了民,哪还有国?何况,古人早就有言,五百年必有王者兴,哪有千年不换人主的?我有国百年足矣!"于是,钱镠就在凤凰山的旧址上扩建王府,西湖没有被填埋。宁愿留西湖而享百年之国,不愿填西湖而垂祚千年,这当然是钱镠民本思想的体现,但要不要保留西湖是关键之举。后人因此有诗赞道:"牙城旧址扩篱藩,留得西湖翠浪翻。有国百年心愿足,祚无千载是名言。"苏轼也称赞钱镠"其有德于斯民甚厚"。

不妨设想,如果当年钱镠把西湖填平,杭州还是今天的杭州吗?还有唐代大诗人白居易与杭州的故事。白居易对杭州不是一般的喜爱,简直可以称为痴爱,他在《忆江南》词中写道:"江南忆,最忆是杭州。"他写过很多首关于杭州的诗歌。朝廷要调他入京,他满心不舍,写诗说:"未能抛得杭州去,一半勾留是此湖。"这话说得够明确了——西湖是杭州的灵魂。可以说,在历史上,西湖为杭州带来层层叠加的文化内涵,文化价值像滚雪球一样越来越丰厚。西湖作为举世闻名的旅游胜地,除了自然山水之外,使西湖具有代代相传的魅力的,还离不开它的"潜文化"——历代文人墨客的诗文、逸事、传说等西湖文化史迹。这些精神文化元素积淀丰厚,使得西湖不仅是一个公园,一片好看、好玩的湖水,更是一个充满魅力的文化场域,一个可以代代传承的文化宝地。

再说一个反面的实例。抗日战争期间,日军部队侵入杭州,指挥官是那个臭名昭著的战争恶魔松井石根,他准备调动上百架飞机轰炸杭州。据说有一个长期潜伏于中国并痴迷中国文化的日本间谍,秘密造访松井。于是,这个战争狂人就在地图上画了一道红线,把西湖圈在红线之内,并亲自写下手谕:"西湖美,禁炸,违令者,军法处。"当然,恶魔的"善心",归根结底出自日本军国主义者的狂妄心理——妄想长期占领中国,永远占有西湖。但由此可以看出,连侵略者也知道,西湖的美是历史积淀而成的,属于珍贵的文化遗产,一旦毁坏,无可挽回,要想拥有,只能原地保护。

杭州西湖被列入世界文化遗产,灵渠和大运河也先后进入世界文化遗产名录,说它们是文化遗产,自然没有异议。其实,即使没进入"世界级""国家级"行列,祖国城市的普通河湖,同样也是文化遗产,城市历史越长,河湖的文化内涵越丰厚。设想一下,南京城里如果秦淮河被填平,玄武湖、莫愁湖不复存在,今天即使有再多的高楼、再宽的马路、再新的汽车,南京还能是完美的吗?同样,成都的锦江,济南的大明湖和泉水群,昆明的滇池……到江南的乌镇、周庄、同里,"人家尽枕河……水港小桥多"的风貌,已经传承了千百年,风貌、韵味不是短时间赶造出来的,也不是靠钱就能堆成的,那些河湖都不仅仅是一条河道、一片水面,而是已经成为城市(镇)的血脉,在历史进程中长期积淀了丰厚的文化内涵,属于不可移动、难以复制的文化遗产。

是珍惜和保护,还是无视乃至毁坏

遗产,不论是有形的还是无形的,在后代都会面临两种可能:或被重视和保护,或被无视乃至毁坏。水环境也同样如此,只是被忽视的情况更为常见,特别是在城市化步伐加快的今天。除了水污染之外,人对水的伤害还体现为对河湖的侵犯。人水争地是现代城市建设中的常见行为,人对水的侵占,目的在于争地。人口增长引发的人水争地,历代都有。历史上的人水争地主要是为了农业生产的需要,填平水域以扩大种植和养殖面积。当今城市建设中普遍存在的人水争地,主要是为了获得建设(开发)的地盘和空间,填平水面修马路、建房屋;覆盖河面,敞开的明河变成不见天日的暗沟;填河而任意截断水流,千百年来形成的自然水网被切割得紊乱不堪。有的地方居然还把填平河流修路建房作为城市建设的"经验""智慧"。此类现象各地都有,有"公家"所为,也有居民个人所做。共同的后果是,很多城市的水名存实亡:"河滨街"只有街没有河;"三步两桥"看不到水,更见不到桥;"进香河"只剩下一段窄窄的、绝望的死水。临河开窗,水照花影,曾经多么美好、浪漫,到夏季全让给了乱哄哄的蚊蝇……当谈到老北京的城墙被拆除、某个古建筑被推倒时,我们感到文化遗产遭到毁坏,因此扼腕叹息,但对于城市河湖遭到侵害和破坏,好像还没有从文化遗产的角度来认真反思。

美国环境保护主义者利奥波德在《沙乡年鉴》中说,以往人们对自然的保护,要么出于功利,要么出于审美。但是人们对自然的审美常常只停留在欣赏自然风景的表面上,只有达到了一种在精神上同大自然交流的境界,对自然的体认才是更深刻的,要从表面的对大自然景色的欣赏,进入从精神上与大自然进行交融和渗透,"一定要懂得群山和河流的演讲"。套用他的话,我们也可以说,在城市生态环境的保护和建设中,一定要懂得河流、湖泊从历史那里带来的文化分量,要像爱护固体的古建筑一样,珍爱这份"流体"的文化遗产。在这方面,韩国首尔清溪川的治理是一个可以学习和借鉴的成功范例。

发表于《江河》2016年第5期

流淌在唐诗中的瀑布

瀑布,在水景观中最引人注目。有人也许对流水无动于衷,但看到瀑布总会心动神摇,甚至情不自禁地发出惊叹。地质学上把瀑布叫作"跌水",河水在流经断层、凹陷等地区时垂直地从高空跌落,形状转成直立,声音变得洪大,色彩更加明亮,瞬间之美形成永恒精彩。有人说,瀑布是江河走投无路时创造的奇迹。我觉得"走投无路"这个词低沉阴暗,形容瀑布太不适合,而愿意把瀑布看作流水面临险境勇敢一跳之后的华丽蜕变。从审美观赏角度看,跌水优于平面的流水。从天而降的水势创造出自然美的特殊境界,吸引人们去观赏,更赢得文艺家的青睐,历代延续,常写而常新。

山水诗在南朝时期兴起,到唐代形成一个诗歌流派。瀑布自然也是诗人们钟爱的题材,写瀑布的诗作可谓琳琅满目。有的泛写,不确指某处瀑布;有的专咏,从题目即可看出。在文人笔下,瀑布的景象不尽相同,充满野性的、跳跃灵动的、壮阔雄浑的、大智大勇的……赋予瀑布的总是正面的咏歌、赞美、敬仰,至今还没有看到对瀑布的负面描写。原因很好理解:瀑布美的特点太突出了,在它令人惊叹的自然美面前,任何人的审美感受都会被激发出来。以专写某一瀑布的诗歌来说,中国有很多著名瀑布,但有些在唐代还是"养在深闺人未知",即使"一生好入名山游"的李白,足迹也没能到达。如黄果树瀑布,到明代进入徐霞客的游记后才开始声名远播(徐霞客称之为"白水河瀑布");而黄山瀑布、雁荡山瀑布,也是唐代之后才渐成热门景观;至于东北镜泊湖瀑布、四川九寨沟瀑布群、广西德天瀑布,更是到了20世纪才为世人所熟知。较多进入唐人诗歌的,有庐山瀑布、壶口瀑布、天台山石梁瀑布。白居易有诗句"应似天台山上明月前,四十五尺瀑布泉",提到了天台山瀑布,但那是借来形容高档丝织品缭绫的,是修辞的喻体,不是诗歌表现的本体,诗的重心不是咏瀑布。关于壶口瀑布,有一种说法,李白"黄河之水天上来,奔流到海不复回",写的就是黄河上的壶口,但这只是"一说",并非定论。无论就诗本身还是从史实来看,更合乎诗情的理解是李白对黄河的源远流长作了大胆夸张,而锁定"黄河之水天上来"专指壶口一地,未免有些牵强。我利用电子手段检索《全唐诗》,就结果看,唐诗中写得最多的是庐山瀑布。在中华诗文传统中,庐山瀑布被称为"最诗意的瀑布",历代文人骚客在此赋诗题词,赞颂其壮观伟丽,给庐山瀑布带来了极高的声誉。以庐山瀑布为代表,其实也能够窥见唐诗咏瀑布的一斑。

唐诗中写到的瀑布,大致可以分为两大类:一类是以瀑布为描写重心,展现瀑布本身的景观之美,其中有着"以我观物"的审美感受,是"情寓于象中";另一类是以瀑布为寄托,借它来咏志言情,言在此而意在彼,诗人主观情感的投射比较明显,属于"意溢于象外"。

先看第一类。唐初名相张九龄所作《湖口望庐山瀑布》:

万丈红泉落,迢迢半紫氛。奔流下杂树,洒落出重云。日照虹霓似,天清风雨闻。灵山多秀色,空水共氤氲。

虽有比喻,基本手法是状物。诗人观察仔细,阳光照耀下瀑布颜色变幻,不是一色的纯白,而是幻化为"红泉""紫氛""虹霓"。在张九龄笔下,瀑布是那么空灵、秀雅、清润。李白有好几首诗写到庐山瀑布,与张九龄所咏为同一对象,但由于诗人的地位、心境、个性风格的差异,诗中蕴含的情趣也各有特色。李白诗中的瀑布,总体特征是大气磅礴、声威雄壮而又空灵悠远。有一首诗提到遥望香炉(峰)瀑布"银河倒挂三石梁"。专写庐山瀑布水的有两首,其一是五言古诗,这样描写瀑布:

西登香炉峰,南见瀑布水。挂流三百丈,喷壑数十里。欻(xū,迅速)如飞电来,隐若白虹起。初惊河汉落,半洒云天里。仰观势转雄,壮哉造化功。海风吹不断,江月照还空。空中乱潈(cōng,急流)射,左右洗青壁。飞珠散轻霞,流沫沸穹石。且谐宿所好,永愿辞人间。

以生动的细描,刻画了瀑布激流喷涌、飞珠溅玉的宏大气势,赞叹大自然的神奇造化。

最脍炙人口的当数第二首,是七言绝句:

> 日照香炉生紫烟,遥看瀑布挂前川。飞流直下三千尺,疑是银河落九天。

寻常诗句,妇孺能解,却成为咏瀑布的千古绝唱,集中显示了李白独特的创作才华——大胆夸张和奇特想象。两首诗都极言庐山瀑布之高,一说"三百丈",一说"三千尺",两者相同;都把瀑布喻为银河(河汉)从天而降。从科学角度看,"三千尺"等于一公里,不要说中国,全世界也没有落差如此之大的瀑布!但诗仙极言夸大,人们不觉荒诞却感到真实自然,情感逻辑取代了科学逻辑,这正是好诗的魅力!把瀑布与银河(河汉)联系起来,可能是李白很得意、很喜欢的一个比喻,在诗中多次使用。在中华传统文化里,银河是多么有诗情的意象!浩瀚,缥缈,晶晶闪亮,充满神话色彩。经此一比,瀑布不再是自然界的水流,而成为天上灿烂星汉的化身,璀璨、耀眼、神奇、空灵,引发悠远的深思和无限遐想。应当承认,精彩、奇异的比喻确实是天才的创造物,李白用"银河"赋予了瀑布华美的生命,成为文学修辞中的一个经典实例,后代诗人经常沿袭,连苏东坡都多次借用。

唐代有一位诗人徐凝,也写有一首庐山瀑布诗:

虚空落泉千仞直,雷奔入江不暂息。今古长如白练飞,一条界破青山色。

《东坡志林》"记游庐山"中写道,苏轼对李白庐山瀑布诗大为赞赏,这很正常,却把徐凝诗贬到地下,还踏上一只脚。东坡有绝句说道:

帝遣银河一派垂,古来惟有谪仙辞。飞流溅沫知多少,不与徐凝洗恶诗。

将谪仙(李白)的庐山瀑布诗奉为千古第一,显示李白诗无可争辩的卓越,以及苏东坡才识之高,这些都没有争议。给徐凝诗戴上一顶"恶诗"的烂帽子,似乎也一锤定音,其后诗家谈论多遵此见解。但总有不同声音。清代大诗人袁枚《随园诗话》就认为,"一条界破青山色"也是不错的诗句,东坡先生扬此抑彼,未免过激,有失得当,惜苏轼才气大,名气大,人为其名声所震,不敢质疑,正是所谓"随声者多,审音者少"。后人也有诗句为徐凝辩护:"匡庐瀑布天下奇,界破青山非恶诗。"就诗而论,"白练"无非日常所见之物,比喻的基础只是视觉印象的联想,而"银河"却显示了包揽宇宙的天才想象,思路从山间突然飞跃到遥远的九天。两相比较,把瀑布比作"白练",跟"银河"相比,不知要逊色多少个层级。但也不能因此而抹杀徐诗别处的亮点,最后一句"界破青山",确是对瀑布生动简洁的描写。想想看,葱茏幽绿的大山,被一道明亮的瀑布从高向下划"破",山水之间界限分明,色彩对比鲜明而又互相映衬,多富动态!多有画面感!这不正是高山瀑布的形象特点吗?一首绝句,能有一句精彩已属难得。苏大文豪评诗过于挑剔,崇拜诗仙一枝独秀,这没有错,李白的天才确实是高峰,但高度无法涵盖丰富性,山巅绝顶不能掩盖高原上诸峰的风光。公允地说,就咏瀑布而言,徐凝这首诗还算得上是传神之作,并不像苏轼贬的那样不堪。

再看第二类。托物言志本是中国诗歌的久远传统,瀑布在这里不是纯粹的观赏景物,而是有着生命活力和人格特征的人物。瀑布的形成有三个明显特点:出于深山,跳下悬崖,归入江河。诗人咏瀑布时,往往将瀑布的水流特征升华为人的生命特征、精神追求。唐代诗人顾况有《庐山瀑布歌送李顾》,用的是当时的"自由诗"——歌行体。诗云:

> 飘白霓,挂丹梯。应从织女机边落,不遣浔阳湖向西。火雷劈山珠喷日,五老峰前九江溢。九江悠悠万古情,古人行尽今人行。老人也欲上山去,上个深山无姓名。

李顾是一位画家,顾况是诗人兼画家、鉴赏家,二人结下友谊,也有共同的情怀。此诗写瀑布,前面状物,写瀑布的形状、声威、气势,结句却另有寄托。瀑布初为山中之水,出山而汇入江河。顾况却反寻常之意,仿佛要溯瀑布之源——藏于深山,隐姓埋名,终老此身。顾况在诗坛上是白居易的前辈,文名早盛,但因得罪权贵,仕途不顺,晚年隐居茅山。这首诗就是借瀑布向友人发抒意欲隐居的情怀,以期引起友人共鸣。诗人在瀑布上寄托的情感才是诗的重心所在。

还有一首咏瀑布诗收入《全唐诗》的,是一首联句诗,只有四句,却由两个人写成。此诗连着一个有趣的故事。中唐时期,宪宗第十三子李忱,庶出,年少时在宫中木讷寡言,人多以为愚钝,甚至视其"智障"。因皇宫内乱,李忱隐姓埋名遁入山林,曾到庐山随高僧香严闲禅师修道。禅师总觉此人似乎不同凡人,有意试探深浅。一日,禅师对李忱说,他想作一首诗咏庐山瀑布,但只得了两句:"千岩万壑不辞劳,远看方知出处高。"应当说,禅师这两句非平庸诗句,状物贴切而含言外之意。说是描写瀑布水,很准确很扣题,但若体会其隐含之意,所指也颇为明朗:来庐山修道,千里迢迢不辞辛劳,看来平淡无奇的人,拉开距离观察,又似乎来历非凡,不可低估。禅师谦称下句久思而不得,希望"弟子"续写完整,其实是想通过"诗言志"而观其心智。李忱也不推辞,续写了这样两句:"溪涧岂能留得住?总归大海作波涛。"如果说,禅师的两句诗可以算作稳健,李忱这两句就堪称胸襟高远、气魄非凡,全诗随之提升到了一个雄健开阔的大境界。从字面看,此二句也是紧扣瀑布的自然形态——不会久居山间,终究汇入浩瀚大海。而言外寄托的乃是昂扬高远的志向——岂能安于眼前小小格局?总是要做一番惊天动地的宏伟事业。这就是古人所说的栖山林之远而怀江海之志。这位李忱,就是后来的唐宣宗,中唐一位很有作为的强势皇帝。原来人人以为愚不可及的李忱,竟然大智若愚,深藏不露!后人多将此诗用于励志,激励他人或自己追求宏伟的目标。诗中的瀑布,成为智者、勇者、雄心壮志的化身。

总之,诗歌中的瀑布是艺术形态的水,来自现实生活,经过文学家的提炼和升华,又反过来照亮现实,使得自然界的瀑布成为"有文化的水流"。物以稀为贵,现实生活中,平面流淌的水常有,直立状态的水罕见。因此瀑布是一种"人见人爱"的审美对象,历来都有"吸睛""养眼"的魅力,赏心悦目、让人心驰神往。就景观而言,瀑布的美学含量是综合而成的,形态、色彩、亮度、气势、声威等都是相关元素。稍微关注一下就会发现,瀑布的水量、幅宽、落差、梯级等物理指标,跟它的声威、美感等精神感染力呈正比关系:水量越大,"布幅"越宽,落差越大,梯级越多,声威就越雄壮,美感程度也就越高。当然,有些水量细小的瀑布,因其潇洒飘落也同样吸引人观赏、留恋。瀑布本是大自然的杰作,属于珍稀的审美资源,现代工程建设、水旅游开发和水利风景区建设中,有的也会有人工瀑布的营造,把自然美的水形态引入社会创造的领域,更多地发挥瀑布的审美效应。我们热爱艺术领域的水,也珍爱自然形态的水。从前人咏赞瀑布的诗文中,可以加深对这一特殊水景观的喜爱和理解,唤起人类保护自然的意识,让美丽的山水和我们共生共存。

发表于《中国三峡》2018年10月号

十年洱海月更明

早就听说大理美景的"四绝"——"风花雪月"(下关风、上关花、苍山雪、洱海月)。十年前旅行到过洱海,车子沿湖边经过,还乘船从上关到下关,途中欣赏了白族的三道茶。刚买的数码相机拍个不停,想把满眼风光留存下来。虽不是夜航,未见一轮明月投影海中的景色,但看阳光下碧波荡漾的湖水,也不禁心旷神怡。洱海不愧为红土高原的璀璨明珠,或者喻为一轮明月也很贴切。

十年匆匆一过,再来洱海,依然如初恋一般心动,又多了一些新的惊喜。站在洱海西边那座"洱海月"石刻前,不禁赞叹她的风华光彩比昔日更加明媚耀眼。可谓,古来明月照洱海,而今洱海月更明。

一、海东:长出一片新城

上次洱海乘船,一路看水,美得让人心醉,但放眼洱海东岸,未免有点失望,闲散荒凉的景象与洱海很不匹配:海东山都是原生态的裸露山体,没有大树,植被稀稀拉拉,不像西边的苍山树木葱郁。从山脚下到水边,一片空旷的红土地,几座稀稀落落的房屋,俨然千百年来这个地方就那么一直闲置着。游程中根本就没有海东游览的安排,游客也知道,洱海东岸已经在船上一览无余,确实无可观赏者。

这次再访洱海,没有乘船,汽车先从南端的团山下开始,沿原来的滨海大道前行,接上机场路,左侧方向"长"出一条长长的环海东路,如同一条柔软的长臂,与环海西路合拢,形成对洱海的亲密拥抱。海东所见,令人大为惊喜。大道衍生出海东地区纵横相连的马路网络,车辆往来穿梭不断。崭新、气派的高楼巍然耸立,听说有机关、学校,也有商贸写字楼,最多的还是旅行社、客栈、海景度假酒店,过了一家又是一家。新开发的风景区接连不断,金梭岛、小普陀、南诏风情岛……到处游人如织,路边停满一排排汽车。昆明翠湖边著名的红唇鸥,在这里也像一大片白云翩翩飞翔,落在水面又如同铺满一地白雪,给红唇鸥抛食的游客伴着鸥鸟的起舞发出一阵阵欢呼声和笑声。舞蹈家杨丽萍的艺术酒店,早就耳闻,听说就在海东地区的南诏风情岛边上,与水相连,游船可以直接开进酒店大堂里,可惜未能进入一览风采。风景区里的商贸市场,人流摩肩接踵,地方风味小吃、土特产、纪念品,每个店铺、摊位都一样地人气旺盛。昔日无人问津之地,而今"生长"出一片新城,开发成了旅游的热土。海东十年,真应了古人的老话——旧貌换新颜,自当刮目相看了!大家同时感到欣喜的是,海东地区的开发实践,验证了水文化的一个传统观念——滨水之地就是宝地!

二、海西:湿地公园亮在眼前

洱海西边,尤其是西南一隅,本是以前来过的地方,此次重游,发现也大为变样了。湖畔建起了奥林匹克体育馆,面对着水边"洱海月"的巨大石刻,自然美景与人文建筑和谐呼应。体育馆前的宽阔场地,当然就是市民、游客散步、锻炼的好去处。海边新辟了开阔的湿地公园,在水与陆地的接壤地带呈现出生机勃勃的美景。云南气候温暖,虽时值冬季,植物依然展示着生命旺盛的绿,花卉五彩斑斓,绽放出自然美的鲜艳亮丽。可以想见,春夏之日,湿地公园将会更加缤纷多彩。人行步道在湿地中蜿蜒曲折。走在自然生态中的九曲回廊上,比起在方寸庭院中沿着回廊赏景,视界和感受当然要开阔许多。远望海边的山、浩瀚的水和白色航船,近观两侧生态之美,感到了融入天地自然之间的舒适,心灵不由自主地变得放松、舒展、轻快、愉悦。

在湿地公园见到很多摄影发烧友,架起长枪短炮在那里或拍摄或守候。问:"拍什么?"答曰:"湿地美景也拍,更多是等着拍鸟。"又问:"水鸟一群群,可多了,还要等吗?"又答:"数量是多,但种类也多,不一样的,我们要等着拍珍贵的、好看的。"问起来,发烧友来自全国各地,成都的、上海的、广东的、北京的,还有东北来的,居然还有好多女士!在越来越美的洱海边,独特的景观和众多可爱的飞鸟,竟然吸引了那么多游客、发烧友千里迢迢赶来,由此更加体会到那条颠扑不破的美学原理——美对于人类永远有着不可抗拒的诱惑力。

三、沿湖:300公里地下长龙

洱海之美,并非古今一贯,始终没有改变,她也有过污染,当然经历过不断的治理。洱海为众水汇集而成,入湖河道沟渠有100多条,入湖水量年平均8.17亿立方米。北边水源有茈碧湖、东湖、西湖,分别经弥苴河、罗时江、永安江流入洱海,是洱海的主要水源;西有苍山十八溪汇集苍山东坡流水入湖;南岸、东岸还有大小集水沟渠数十条。其中北三江、十八溪占洱海水源的90%。水源多,来水面广,有"海纳百川"的好处,却也存在另外的问题:任何一条河水的污染都必然影响洱海的洁净。

为了保护洱海,保证她水质纯净,大理州成立了洱海流域治理管理机构,洱海治水人提出"治湖先治河",不让污染的河水流入洱海,这是保持一湖清水的治本之策。在洱海湿地公园西边,与湖岸平行,我看到一项工程正在施工,钢筋扎得密密麻麻,五六米深,七八米宽,通过汽车也绰绰有余。是过街地下隧道吧?看工程量,是个大手笔。水利部门的同志介绍,这就是正在建设中的洱海排污干渠,环湖300公里长,全在地下,工程造价30亿。建成以后,可以把流入洱海的河水全部汇集,经净化处理后再排入湖中,或汇入西洱河流入漾濞江。300公里啊!就是说,在浩瀚洱海之畔,一条看不见的钢筋混凝土地下长河围绕在洱海周遭,默默护卫着这一湖清水。沉醉于洱海之美的游客,不见得都知道这条地下长龙的存在,但是它的贡献是功不可没、载入史册的。这不就像水利人一样吗?常常做默默无闻的英雄,即使没有面对镁光灯,也没有面对奖杯和花环,但是年年月月一如既往地用自己的劳动奉献社会,为民众造福。今天我们都懂得,污水的拦截和治理也是一种善,那么,这条地下长龙的建成,也许从另一个角度让人们理解了什么是"上善若水"。

四、湖面:消失了的"水上网田"

"靠水吃水"是千百年来的老传统,水中生财的老路子是捕捞和养殖。20世纪80年代之后,网箱养殖成为一时盛事,有水面的地方往往都少不了隔出的一方方"网田"。十年前洱海之游,无论在船上还是在岸边,都能看到,在靠近湖岸的浅水区,长长短短的竹竿、铁棍插在水里,周围用网圈起来,把水面分割成一块块的"自留田"。谁都知道,那是搞围水养殖的。网箱养殖确也给人们带来了一时的钱财,但污染水质无可避免。成语"竭泽而渔",人人都知道是违背生态规律的。从生态保护角度看,"围水而渔"跟"竭泽而渔"具有本质相同的危害性,"竭泽而渔"直接伤害的是鱼,"围水而渔"伤害的是水,而鱼是靠水生活的,水污染了,最终也要伤害到鱼。只不过"围水养殖"现象当时在各地都是司空见惯,大家也没觉得特别刺眼。

这次再看洱海,原来隔成一方一方的"网田"竟然全部消失了!辽阔的水面,看不到一处网箱,只有渔船依然在湖上捕捞。围水养殖消失,鱼是不是少了?这次在洱海边的几天,依然是几乎顿顿"食有鱼"。水利部门的同志介绍说,这些鱼全是湖里自然生长、自在游泳长大的。水质好了,鱼不仅增加了产量,而且提高了"含金量","流水鱼"比网箱鱼的味道更鲜美,价格更高。当人们停止对洱海的"割据",还洱海一方净水之时,洱海也慷慨地给了人们更多的礼赠。这让我们从中领悟了中华传统文化所说"舍小利而得大收益"的辩证智慧,也更加感受到了一个朴实而又深刻的道理——"善待自然就是善待人类自己"。

那天晚饭后,几位同行者沿洱海散步,都想欣赏洱海夜景。可惜时值农历下旬,接近洱海边时,月亮还没有升起。而沿河、沿湖灯火辉煌,也有月华一样的灿烂,安详静谧的夜里,洱海像一块巨大的、温润的翡翠。头脑里遂展开一幅想象的画面:玉镜高悬之时的洱海,水光接天,万顷茫然,天上明月与海中明月遥相辉映,那景色一定更加妩媚迷人。

发表于《江河》2017 年第 2 期

岁月回味

陋室与绿荫
——大学生活琐忆

一

眼看着辅导员把我们带到了那座小平房的跟前,许多人的脸上不约而同地挂上了大问号:"这就是我们的教室吗?"

刚收到大学录取通知书的时候,就有人向我描绘了淮北市这所最高学府的"风采"——一栋教学楼,两栋学生宿舍。我的全部想象力,始终不敢超出这个格局。入学之后才知道,就连学校唯一的教学楼(后来成了附中的教室),我们也没有福气享用。因为要上大课,中文系77、78两个年级的课堂,就只好设在这简陋的平房里。

比我更失望的人还大有人在呢。那一年,好多同学都读过那篇获全国奖的短篇小说《抱玉岩》,不少人知道,故事开头的环境——"北方某师院",其实就是以我们母校为蓝本的。想想作家的生花妙笔吧,什么灯火辉煌的图书馆、巍峨的教学大楼,还有校园里的月牙湖,春风吹绿了湖畔的柳丝……读小说也许会引起浪漫的兴致,而今面对最冷硬不过的事实,除了感叹"文艺高于生活",还有什么可说的呢?同学中有不少从省城来的,还有上海知青,目睹了学校的"庐山真面目",我想他们的心理落差应该比我更大。听说有省城来的同学,行李都没有解开,就直接打道回府了。

再看那座平房,严格地说,只是个瓦搭的棚子,四面篱笆墙(后来才用砖砌上),墙上裂着大大小小的缝,糊墙的石灰泥脱落得一块一块的,好像黑白混杂的羊皮。坑坑洼洼的水泥地,口子裂得赛过旱季的农田。屋顶上横着长短不齐的竹竿,上面铺了一层黑巴巴的芦席,芦席上摆几行瓦,龇牙咧嘴的,看起来难保不漏雨。这不明明是个工棚吗?用它当教室,似乎有点超出想象,却是别无选择、必须接受的事实。

之前还听说了学校的"四无":无围墙,无校门,无餐厅,无浴室(后来才建)。入学以后,"耳听为虚"变成"眼见为实"。校园四面开放,随意出入,跟西边的矿务局总机厂就隔着一片槐树林。吃饭不是端到教室、宿舍,就是蹲在地上。洗澡要去临近的总机厂,好在不远。看电影嘛,只好跑到市里"唯二"的电影院去了。

二

同学之中有很多"老三届","老三届"的一点成熟之处就是懂得掂量人生的轻重得失,坦然面对生活。说这房子是个工棚,一点也没贬低它,里面放点木材、钢筋、工具,摆几个工作凳,确实就是"实至名归"。可是现在,房子里排得整整齐齐的是课桌,新领的教材摆在桌上,前面砌了讲台,墙上挂着黑板。有人要在这里教大学,有人要在这里上大学,这不一下子就成为神圣殿堂了吗?很多"大龄青年"都是中断学业十几年后又进入大学,跟幸运感、自豪感相比,房子的简陋就属于"可以承受的人生之轻"啦!不说别的,不少人"文革"时期都经历过连煤油灯都没有的黑灯瞎火的日子,现在单看教室里明亮耀眼的灯光,就觉得那么珍贵,不能辜负。大家亲眼看到,各系的系主任、书记们都在防震时期留下的草棚子里办公,我们的教室还是瓦房呢,还有什么不满足、可埋怨的?

你说大学生活是一首诗、一本书也好,是一首乐曲、一幅图画也罢,或者就用当时流行的比喻——"一次新长征",它总得有第一句、第一页、第一个音符、第一笔色彩、第一步。在改革开放伊始的日子,一群时代的幸运儿,就在这陋室里开始了难忘的"第一"!

以后入学的大学生们,常常羡慕我们最早考入的那两届,似乎经历过十余年的风雨、世面,进入大学时已经积累丰富,其实不是那么回事。不知道别人,就说我自己,临到高考前还对多重复句的划分搞不甚清,上了考场还心里惴惴的。也说不清记叙文和散文有什么区别,更不知道除了《呐喊》《彷徨》之外还有什么优秀作品。荒废 10 年,什么样的土地上还能长着大片禾苗?

现在好了,不管怎样简陋,我们有了课堂,有了老师,有了书,就可以坐下来滋养干涸的心灵了。从《诗经》《左传》《红楼梦》到雨果、莎士比亚,还有语言学、逻辑学、哲学、心理学、美学,一连串新学问进入了我们的生活。五尺黑板,七尺讲台,几十平方米的"工棚",老师引导我们走进了五彩缤纷的世界,课堂上余兴未尽的话题,往往在课间休息时延伸为教室之外的争论。迎新晚会让小平房里充满了热气和笑声,小提琴、二胡、笛子、歌曲、舞蹈,展示出那么多的藏龙卧虎。教室后面的墙上,墙报不断更新,作家、画家纷纷在此显露身手。在这里,我们还接待过很多讲学的学者名流:红学家、著名作家、名牌大学教授、社科院研究生导师……让我们看到了陋室之外的又一层云天。

某年初夏,杭州大学的一位学者来校讲学,没有更大的去处,讲堂就设在我们教室。里面人挨人,就够热的了,窗户又给堵了个严严实实。学者开场便说:"我是研究美学的,可是一下车就发现,淮北一点也引不起我的美感。"听众只能报以苦涩的笑声。是的,此地跟人间天堂、西湖风光差别太大了,他当然看不上眼。可是,这位老师指了指屋里屋外密密麻麻的听众,接着的一句话是:"我现在发现,淮北真正的美在这里!"下面立即爆发了热烈的掌声!

三

"工棚"虽然不气派,但既然成了教室,就对学生有了吸引的磁力。那时全社会最流行的一句话是——"把'文革'造成的损失夺回来",刻苦学习是无须督促的自觉行为。上课不说,自修课也喜欢到教室来(报刊阅览室只有一个房间,没法去挤)。冬天,不要说暖气,连火炉也是第一年烧过一个多月,以后就没有煤了。夏天,小棚子不隔热,教室里除了不如外面凉快,还多了一个闷。古人说读书是"寒窗",难道不知道"炎窗"的难熬?装电扇?系办公室都没有,黄粱美梦,想都不要去想了!只有蚊虫不怕热,又对灯光趋之若鹜,在教室里飞来飞去乱撞人。就这样,很多人还是主动往教室里钻。在宿舍不能学习吗?能。但你要看书,可是室友要洗衣服、唱歌、说笑、聊大天、听广播,你也不好意思指责吧!教室就不一样了,正如俗语所说:"旧木头刻菩萨——物件不好神气真。"殿堂的圣洁性无形中约束着每一个人,并不因简陋而降低了权威。每个人走进去都自觉避免大声喧哗,走路轻手轻脚,隔得远了,打个手势。班里有位同学,晚上经常端着一个搪瓷大茶缸到教室,里面盛着糖水,很多人,包括我,常常悄无声息地走到他桌子边,端起来分享一口,然后,相视微笑,离去。偶尔也会有人不自觉"犯规",例如,新买的皮鞋用力踩地,或者是关门时嘭地一响,这时候,一屋子眼光马上就会一起扫过去,吓得他不好意思,赶快溜之大吉。

大概是 1980 年之后吧,学校管理严格了,教学楼晚上 9 点半定时熄灯,到时候再用功的人也得赶快收拾书包。不知是线路问题还是领导"网开一面",我们那排瓦棚却能讨了个便宜独享光明。于是,晚上 9 点半之后,就开始有人向这里转移。哪个系的都有,哪个年级的都有,彼此之间认识就认识,不认识也很少询问,只要看见有空位,就坐下来摊开书本。时间久了,那些常常坚持到最后的面孔碰来碰去就熟悉了,仍是不知道何方人士、姓甚名谁。有时候,看书累了,或者是大冬天坐着冷了,想站起来伸伸腰,旁边说不定有人举起一个烟盒晃晃,一句不出声的话:"来一支?"("老三届"中不少人会抽烟,我们同班还有一位老兄吸过旱烟袋呢!)对方摆摆手,或是摇摇头,笑笑,什么也没有添,可是心里确实又像是添了什么。过了晚上11点了,还有几位入神太深,不动声色。于是有人提议:"休息吧,明天再干!"清静的空气里便响起了噼里啪啦合拢书本的声音。那时,教室的管理权全在班级,你想开一次夜车,或者一早来赶写一点东西,只需从班干部那里要来钥匙,殿堂的进出就随尔自由了。曾见过一所名牌大学的教室管理,那可真叫一个正规,每个教学楼都有专人管大门,晚上9点半一定落锁,次日7点才开。佩服之余,更加理解为什么他们那里晚上有那么多人在路灯底下、阅报栏前看书。同时也暗自庆幸,我们那个陋室也自有它"不正规"的好处。

四

也不是一直猫在教室,周日(那时没有双休日)就常常到宿舍北边的树荫下寻个好地方读书。校园在相山脚下,从宿舍楼往北,我们习惯叫"后山",很多地方还是原生态,起起伏伏的坡地上长着高高低低的槐树、杏树、梧桐树、石榴树,荒而不野,颇有点山林之趣。那石榴树不是一棵两棵,运动场那么大的一片石榴园啊!至少也有50年历史了吧,没见有专人管理,自由自在地开花结果。初夏时节,榴花红艳,火烧云一般绚丽。当时校报的副刊,名字就叫"榴火",不知现在依然灿烂吗?"后山"的草地乃自然生成,树荫提供了天然"凉亭",林间还零零星星散布着"石凳",周日绿荫下,看蜂蝶翻飞,听鸟叫蝉鸣,最适宜"闲读"。所谓"闲读",具有休闲、轻松意味的读书也,和"硬啃"不一样的。有些"硬书"只适宜在教室啃,要翻工具书,还要做笔记。我见过同学桌上放着黑格尔的《美学》、夸美纽斯的《大教学论》那样的"砖头"。郭绍虞主编的四册《中国历代文论选》和一本《中国文学批评史》,发了书,但没开课,我就是在教室里一本一本啃完的。然而,"闲读"就轻松了,树荫下、榴园里,经常见到捧着书的同学,还有人朗诵诗、背英语。诗社的几位"骚人",常常到后面"山林"里转悠半天,新作就诞生了。有一段时间,周日常常约室友结伴去"后山"石榴园里待上半天。带的刊物多是《读书》《当代》《作品与争鸣》之类,我也喜欢把《史记》《汉书》里的人物传记当小说读。看自己带的书,也交换着看,看一会儿书,聊一会儿天,看白云,看蓝天,看蝴蝶飞过,看枝头的鸟儿。花也看,树也看,石榴也看,遇到貌似恋爱的情侣,也偷偷瞟几眼。那时没用过保温杯,也没有瓶装水带在身边,半天都不喝一口水,但绿荫下的"闲读"依然其乐融融。最后一个学期,5月份实习回来,等待分配,趁那段空闲时间,经常约上室友,到"后山"绿荫下,半坐半躺,"吞食"了一批外国长篇小说:《九三年》《俊友》《德伯家的苔丝》《静静的顿河》……左拉的《金钱》我就是在石榴园里读完的,人物名字和主要情节都不记得了,只留下一个强烈印象——茅盾《子夜》的结构怎么和《金钱》这么相似啊!……

五

八个学期的时间不算太短,月落日出重复了一千多次,校园里的杏花、槐花、榴花也灿烂了四个花季,可是我们的教室,始终就坚守在那个"棚子"里。然而,春雨是充沛的,阳光也永远不竭。又一个成熟的夏季来临,门口的梧桐树不知不觉高过了房顶,在教室上方撑起一片葱绿的天。考完了最后一门课程,教室里开过了毕业分配的最后一次班会,每个人都意识到,可贵的大学生活,到此可以画上一个圆满的句号了。

毕业前夕,一位同学感叹:"一辈子上了一次大学,4年没离开这个小房子!"言下不胜唏嘘,好像是惭愧,又带着自我哀怜。是的,要论条件,的确也该叹息。但是,谁让我们赶上了"史无前例"呢?劫难之后百废待兴,又要多出人才,学校初创时期,物质条件简陋一些,又算得了什么?杨振宁回忆在西南联大读书时,很多教室是草房子,或是铁皮顶的屋,一下雨叮当作响,屋里是坑坑洼洼的泥巴地,墙上有洞无窗,寒风长驱直入。后来去昆明西南联大旧址,站在昔日的旧房子前,本能地唤起了"同感的尊敬"。特殊时代,陋室也是殿堂,也出人才。虽然母校没有西南联大的名气,同学中也没有出过"杨振宁",但是,在现实条件下力求上进,合格地进来,合格地出去,该做的事都做得不折不扣,总可以自豪地说:我们都是成功者,无愧于宝贵的大学岁月,无愧于改革开放的时代!

六

我们那一届很特殊,省内招生,全国分配,面向煤矿,西南东北。连毕业典礼都没有,很多同学就打起背包奔赴四面八方,告别了母校的教室、绿荫,也远离了相山脚下的校园春风。从那之后,"瓦棚"就再也没有做过教室。留校工作那几年,亲见母校大兴土木,推土机的轰鸣声威武雄壮,"瓦棚"和石榴园、槐树林很快都消失得无影无踪了。教室那一片位置,后来成了附属小学;槐树林、石榴园的地面上,建起了崭新、气派的宿舍和食堂。

同学们从各地返校聚会,看到母校新貌,大家都很喜欢,可是人心也很恋旧,想故地重访,很多人连位置都找不对了。但我们的心灵版图上,一直保留着对它的亲切记忆,永远不会"gong with the wind"(随风而逝)。最近,要编入学40年的纪念册,好不容易才找到老教室的黑白照,还是当年市里记者拍摄的。睹物生情,遥远的缅怀在心中再度泛起,怀念的当然不是旧房子和老树木,而是在那里留下青春足迹的一代大学生,是那个年代真诚向上的人心、淳朴踏实的学风,是我们当年的意志、风尚和拼搏奋进的精神追求。

那段大学生活经历,其实挺平静,既不轰轰烈烈,也不波澜壮阔，算不上"火红的年代""激情燃烧的岁月"，只能算是一朵小小浪花吧。

历史的河流会记得浪花吗？

但是，我们永远不会忘记那一段明亮的时光。

1985年为母校一份学生刊物而写，30多年后修改，有增补

耳边的蝉声会消失吗?

夏至前后,蝉声渐渐多起来。校园、公园、山林里,树多的地方都能听到蝉的吟唱。在黄淮平原上,麦收过后,下过一场透地雨,蝉的幼虫(俗名叫"知了猴")便在晚上钻出土层,笨拙地顺着树干往上爬,希望在太阳出来之前从壳中蜕出,变成长翅膀的蝉到空中飞翔,伏在枝头歌唱。

都说蝉是歌唱家,其实蝉跟鸟一样,雌的声音都不如雄的响亮。雌蝉只能发出一点低哑的吱吱声,能在树枝上引吭高歌的那都是蝉中的"男人"们。

大概因为蝉是生活中的常见之物,文字里写到蝉的有很多很多。外国的且不说,单看中国古籍吧,《诗经》里的"蜩"就是蝉的别名。《荀子》说蝉是"饮而不食者",还说到在树下燃起一堆火,摇晃树干,蝉就会投到火里来。荀子拿来比喻政治上的道理,"夫耀蝉者务在明其火,振其树而已,火不明,虽振其树,无益也。今人主有能明其德者,则天下归之,若蝉之归明火也"。《战国策》里

"螳螂捕蝉,黄雀在后"的故事,小学生都听说过。屈原《卜居》愤慨是非颠倒的时局,也用到"蝉翼为重,千钧为轻"的比喻。后来的文人,咏蝉的那就更多了。我曾利用电子手段,输入关键词"蝉",检索《全唐诗》,竟得到了近500个结果。想想看,还有在唐之前、之后其他时代的诗歌,还有诗歌以外的其他文学,还有写的是蝉但又不用"蝉"字的……总而言之,不说绘画,单是文字描写蝉的,用一个成语,绝对是"不胜枚举"!蝉在古人笔下,除了作为自然景物,更多用来托物言志,古人大都把蝉赞美为出尘浊而羽化的圣洁之物,像虞世南的"垂緌饮清露,流响出疏桐。居高声自远,非是借秋风",骆宾王的"露重飞难进,风多响易沉"……通常比喻君子之类的人物。清代文学家张潮把蝉称为"虫中之夷齐",赞其有高士隐逸之风。

现代散文中,朱自清的《荷塘月色》很有名。因文中写了夜里蝉叫,有人说他描写失真,朱先生还实地观察了一回,并写了一段考辨。我读了那文章,一直觉得朱先生太书生气了,其实,辛弃疾不是早就有词句"清风半夜鸣蝉"吗?有过农村生活经验的人都知道,知了夜里叫,是夏季常见的现象,此无他,一定是夏夜无风,热得厉害。

法国生物学家法布尔的《昆虫记》真是充满人情味的美文!他说,蝉是经历了4年地下的黑暗,才换来几十天的光明和歌唱。这样一想,蝉叫得聒噪些,也不必讨厌它吧。

蝉好吃。有一次,我告诉别人,本人一顿饭吃了一二十个野生动物,在座的都吓了一跳,其实我说的是吃蝉。徐州、皖北、豫东一带餐馆里,常有一道美味菜叫"油炸金蝉",高蛋白、低脂肪,又明目清火。其味道跟南方的蚕蛹相似,但比蚕蛹肉多,有嚼头。不过,好吃的是蝉的幼虫"知了猴"(《荀子》里叫作"蚑蟧"),或者是刚蜕变的白白的嫩知了。一见阳光,知了很快变黑、变老,就不好吃了。在北方,尤其是贫困时期,蝉是老天爷送给百姓的荤菜,孩子们就靠它解解馋。京城著名作家刘震云,原籍河南,成名作《塔铺》写几个参加高考复习班的农村青年,其中一人又饿又馋,弄一堆火照知了,偷偷烧了吃。其实,荀老夫子说的以火照蝉的事情,北方农村的孩子们都会玩,看来这是人类无师自通的玩意。最近看到一个报道,说蚕蛹将来可能成为很好的太空食品。我突发奇想,科学家为什么不研究研究蝉的营养价值呢?说不定会超过蚕蛹。

黄淮平原的夏夜,暮色朦胧之际,树底下总是欢笑着摸"知了猴"的孩子们,也有大人参加,看到树干上有慢慢动着的小黑点,准是!多的时候一夜能摸到100多个,采集了明天的美味,更收获了童趣和欢乐。

照法布尔的意思,这是不是有点残忍呢?人家在黑暗的地下待了4年,连太阳还没见到呢,竟然成了人类的盘中餐。这样下去会不会把蝉吃光?其实,人只是在村子前后摸"知了猴",树林里、果园里数量更多,就自然界来说,十之九者还是要蜕化为蝉,飞上枝头亮起歌喉的。

我喜欢听蝉鸣,不仅不觉得嘈杂,反而感到跟鸟儿鸣唱虫声唧唧风声雨声雪花落地的声音一样,都是让人感觉亲切的天籁。

尤其到了夏季,内心就觉得蝉鸣和夏天的炎热是天造地设的标配。有一年到四川青城山,听满山林间的蝉鸣清脆而短促,跟以前听到的有区别,戏言曰:"这是四川音乐学院的唱法。"在美国待过四个夏天,那里室内、车内一年四季空调恒温,只有从外面自然物象的变化感知季节变换。前两个夏季在南部的佐治亚州,蝉鸣声就成为我"夏季感"的判断标准。后两个夏天在西部的加州,树很多,奇怪的是听不到知了叫。美国中文网站上,不止一次见到有人询问加州为何没有蝉鸣。可是没有人出来解释,不免感到失落。其实,就是有生物学家解释得一清二楚,还是弥补不了内心的缺憾,因为我想听到的不是解释,而是真实的蝉鸣声。

不知你注意没有,现在城市里的蝉鸣声似乎是越来越少了。20多年前的暑假,去过中原某城市的一所大学校园,那时的蝉鸣真可称得上响声入云。几年前再去,稀疏多了。我供职的江南某大学,以前一到暑假,蝉鸣声此起彼伏,高亢响亮,现在也微弱了。请教过别人,说是因为城市里树下都搞成了硬化地面,或水泥,或地砖,知了在树上"播种"(撒卵)但无法入地,后代自然就越来越少了。蝉本来就是土地里出产的,离开土地,它们无法"扎根"。

最近又听说,农村的蝉也一年比一年少了。何故?主要是捕者太多。现在城里人也喜欢吃"知了猴",于是有贩子大量收购。农民捉"知了猴"也不再是"摸"的传统办法,而是用上了"现代科技手段"——到果园里、树林里,把胶带捆在树干底部,"知了猴"从地里钻出来,想往树上爬,胶带光滑,怎么也爬不上去,只能在树干底部原地蠕动,人只要拿个手电筒去捡,就能装得盆满钵流,大获丰收。我见过果园里树上缠的胶带直到第二年春季果树开花时节依然存在,有人指着告诉我,那就是用来捉"知了猴"的。

工业技术、商业利益,给人带来了幸福,却对蝉的生存环境构成威胁。在这个日益变化的世界,看来它们真的是"居亦不易"了。今后再到夏天,蝉鸣声会不会离我们越来越远,以致将来要到深山老林里去赏蝉鸣呢?

最近看到一位诗人的"实验体"新诗,想象了蝉鸣消失后的情景——

蝉蜕化石

最后的蝉鸣/裹在这层/为流沙所掩埋的石质薄膜里。

为了将一个遗嘱/留给登上地球的外星人

告诉他们/喧嚣的文明/连同那满世界的绿荫/是怎样从这里/消失的

读了觉得有些感伤。但愿我是杞人忧天。

发表于四川《西部散文》2009 年第 1 期,有修改

南京的山林之趣

关于南京,可写的话题太多:六朝古都,十朝都会,江南佳丽地,金陵帝王州,秦淮风月,民国春秋……但我一直记得美学家朱光潜先生评价南京的一句话:"居城市而有山林之趣。"还说在这方面南京与苏格兰首府爱丁堡相似。

我没有到过爱丁堡,不好比较。单就南京看,朱光潜先生以美学家的眼光,的确体味到了这座城市的特殊韵味。国内外很多城市建于平原,市区一马平川。南京市区的主要道路基本也是平坦的,不像有些城市的路起伏如海浪,但南京市区内有好多山。古代诗人早就写过,南京的地理形势是"山围故国周遭在",城外一圈都是山,数数看,远一点的有栖霞山、牛首山,近的有紫金山、幕府山、将军山,离城很近的雨花台、菊花台、石子岗,出城轻松步行就到了。《儒林外史》写几个文人在城南喝茶之后,"从冈子上踱到雨花台左首",站在雨花台上不仅看到周围"岚翠鲜明",还能望见"江中来往船只,樯帆历历可数"。这些且不说了,单看城墙以内,也有众多小山:九华山、鸡笼山(又名"北极阁山")、五台山、清凉山、菠萝山、狮子山。有些其实只是一个隆起的岗阜,南京人也命名为"山",如城西虎踞路边上,江苏国画院所在的那个高台,就名曰"四明山"。南京有几所大学,校园内高高低低几个小山头,建筑和道路随之起起伏伏、高低错落,别有情致。还有很多因山而成的公园:九华山公园、北极阁公园、清凉山公园、石头城公园、古林公园、狮子山公园,不出城就能置身于山林怀抱之中。

有了山,就有了景观和情趣。眺望山景,有如面对图画的乐趣。登山更能享受快乐。山不高,路平缓,便于登临。明代高启的《登金陵雨花台望大江》、李白的《登金陵凤凰台》、元代萨都剌的《念奴娇·登石头城次东坡韵》等,都是名篇佳作。"山上走走",在南京很容易做到,算是锻炼,也可以是休闲、散步。周末,登紫金山、九华山是很多市民的喜爱。一位同学从外地迁居南京,买房子最高兴的是,"小区对面就是紫金山的登山路,漫步山林就像在自家院子里"。南京哪一座山都树木葱郁,松竹掩映,"野芳发而幽香,佳木秀而繁阴"。一年四季可闻鸟啼,夏日里满山蝉鸣,最宜体会"蝉噪林愈静,鸟鸣山更幽"的意境。还有,山林之间四季皆可赏花。春天梅花最多,如嫌东郊梅花山人多拥挤,南京艺术学院旁边的古林公园,赏梅也很开眼界,那里还有著名的牡丹园;夏季,槐花的清香满山弥漫;秋天,桂花香气带有浓浓的甜味;冬天最多的是潜送暗香的蜡梅。山林掩映之下,无论休闲、读书、谈情说爱,还是集体野炊、野营、野练,都是宜人的场所。

不光风景怡人,南京的山大都有历史文化内涵。城东北的九华山,下瞰玄武湖,湖光山色堪称绝配,山上的三藏塔,供奉的是唐代高僧玄奘大师的灵骨。城西的清凉山,明清时代一直是高人雅士聚集之地。《儒林外史》最后一回写到,有位老者带领儿子在清凉山灌园,种植花卉,于茅斋之中生火煨茶,来访者大为艳羡,"古人动辄说到桃源避世,其实哪里要什么桃源,住在这样城市山林的所在,就是活神仙了!"今日生活固然与古代差别颇大,但钟爱山林的环境氛围是古今一致的。清凉山上建有崇正书院,那可是明代的太学!还有纪念明末清初著名画家龚贤的龚贤画院,最近几年又新建了奇石馆和当代艺术家的馆室,文化书香弥漫于山林之间。

可惜的是,随着城市现代化的建设步伐加快,南京的山林之趣渐渐被掩盖了、稀释了。原因有几个:一是高楼的遮蔽。古人曾经总结过几大"煞风景"之事,其中之一就是"背山起楼"。古代建楼,再高也高不到哪里去,尚不显得多么突兀,只能遮蔽山体的下面。而眼下城市的高楼恨不得与天公试比高,好像非如此不足以显示现代化气魄,高耸的楼宇在城市里到处疯"长",大学校园里高楼也拔地而起,秀美的山头不是被铲平就是被遮挡。混凝土"树林"、玻璃幕墙大厦总是比山林生长快。高楼固然气派、壮观,可惜割裂了城市的空间,阻挡了人们的视野,结果就成了居城不见山,登山不见城(全貌)。鼓楼广场边上的电讯大楼因为遮挡北极阁风景,一直备受市民诟病。

另一种情况是为修路而把山体切断。80年代为了缓解交通压力,南京城西新修了一条虎踞路,硬是将清凉山拦腰截断,冲开一个缺口。车水马龙的路边就是光秃秃的陡峭山崖,一到雨季常常滑坡。早几年要恢复山体景观,在路上修了两大两小四座拱门,名曰"清凉山通道",上方填土并栽种树木,视觉印象是两端的山体连在一起了,马路好像是从山间隧道里穿过。不管怎样,总比切开要美观多了。

如果说城市建设的客观外因使得高楼遮蔽了山林树木,造成了人们视野的"不见",那么还有主观内因,就是人们意识上的"无视"和"无感",把古来存在的山林忽略了。很多大学生,在南京生活多年,不知道本市甚至本校就有美好的山景。今年国庆长假期间,重游清凉山公园,里面的银杏谷是一个小有名气的景点。那天晴朗清爽,满山谷叶片片金黄,树下幽雅清静,别无他人,独享了"空山不见人"的幽静。虽然公园早已免费开放多年,但看来人们对于商场、大饭店、娱乐场的拥挤更感兴趣,远远超过了对美好的自然生态的关注,近在身边的山林清境就这样被疏远甚至遗忘了。

居城市而有山林之趣,多么美好的人居环境!希望充满自然生机的山林美景不要从南京人的心灵中消失。

发表于《中国报道》2014 年第 8 期,有修改

金科卷

金科，1955年10月生于合肥，祖籍安徽无为。先后就读于合肥市淮河路第一小学、合肥市第六中学和淮北师范大学中文系。历任四川省散文学会秘书长、副会长，《四川散文》杂志总编辑。主编《川渝散文百家》文集，著有长篇散文集《乡贤》、散文自选集《皖风蜀韵》等。系四川省方志馆"四川名人名作珍藏馆"入馆人物，中国散文学会会员。

故园梦影

包河闲话

故乡合肥多水,合肥这地名原本就是写作"合淝"的。我曾经在安徽省博物馆见到过一幅距今不过两百来年的《庐州府城图》(合肥古称"庐州"),给我留下的竟是"故宫闲地少,水港小桥多"的印象,图中全城河水环绕,小桥遍布。那众多的水名和桥名也极具妙趣,什么九曲水、逍遥津、藏舟浦,什么会仙桥、飞骑桥、九狮桥……由此可以想见当年合肥"小桥流水人家"的景象了。

经历了岁月更迭、沧桑巨变,故乡的许多河流已渐渐不复存在。原先那河上的桥,自然也随之徒有其名了。如今家乡架桥最多的一条河,恐怕首推包河了。

说起包河,就不得不提起包拯。

包拯,乃地地道道的合肥人。中国史书上关于包拯的记载没有几笔,可"包公""包青天",在中国民间,却是家喻户晓、妇孺皆知。家乡人对出了这样一个深受百姓尊敬和喜爱的历史人物,一直是引以为荣而津津乐道的。

生于北宋年间的包拯曾任龙图阁直学士、开封府尹等,官至枢密副使。据考,这最末一个官位相当于今日的中央军委副主席,可谓权位显赫,炙手可热。然而,包公的美名之所以能够流芳百世,万古不灭,除了他铁面无私、秉公执法的一面外,还在于他一生为官清廉,洁身自好,不以权谋私。1973年,位于东郊的合肥钢铁厂在扩建中,意外地发现了包家的墓葬,遍览其中的随葬品,无一不是极其普通的物件,这极好地印证了包拯生前那句"后世子孙仕宦,有犯赃滥法者,不得放归本家;亡殁之后,不得葬于大茔之中"的家训。

包家作为一个清官家庭,在合肥是没有什么产业的。但那环绕合肥古城区的护城河,却有着那么一段是归属于包家的。

关于这段河的由来和传说,家乡人众说纷纭。

比较官方和权威的说法是,当年宋仁宗为嘉奖包拯的丰功伟绩,决意要把离合肥不远的中国五大淡水湖之一的巢湖赐予包家。素以清廉为本的包拯自然是坚辞不受。然而宋仁宗不依不饶,非要有所表示不可。向来不惧权贵的包公,此时不知怎的却显得万般无奈,最后向宋仁宗要了家乡的这一段护城河。大约包拯心想,这河只是护城河中的一段,不像巢湖独一无二,更不比那田地房产,子孙不可分也不可卖。之后,包拯的后代多依此河而居,辛勤劳作,靠养鱼植藕为生,包河之名也就被叫开来了。

包河位于合肥旧城的南面,东西长不过七八里,河面宽阔。新中国成立后,为纪念包公,政府在包河修堤疏河,立亭建桥,沿河两岸栽种花木,建成了一座包河公园。

在偌大的包河公园里,真正说得上与包公有些关联的,是位于河心的一个小岛。

小岛名为"香花墩"。

其实这小岛原本无名。岛上曾有一座冷落衰败的佛门小庙。明弘治年间,庐州来了一位太守宋鉴。这位太守既爱包公,更爱教育,上任伊始便看中了这个环境清幽、风光秀丽的小岛,觉得是个读书学习的好地方。于是宋鉴下令拆除岛上的破庙,修建了一座包公书院,又挑选府学中十余名品学兼优的学生,在这里深造。

而包公在合肥的住宅后面,紧靠着淝河南岸,岸旁有个不大的土墩,少年时的包公曾在墩上栽花种草、读书写字。据此,合肥人给这个土墩起了个美名,曰"香花墩"。待包公书院建成后,合肥人又把"香花墩"这一美名移植到包河中的这个小岛上来了。水香、花香、书香,倒也名副其实。这个香花墩曾给我留下过一个永恒而美好的画面。儿时,我们兄妹三人围绕着母亲,以香花墩上一株大梧桐树为背景,父亲给我们拍下过一张珍贵的照片,这也是母亲和她的子女们唯一的一张合影。如今母亲已去,而大树犹在,枝繁叶茂。

到了明嘉靖十八年(1539),御史杨瞻奉命来庐州公干。他出于对包公的敬仰,不仅大兴土木,重修了包公书院,而且大笔一挥,将其改名为"包公祠",以后这名称就一直沿用了下来。不过,我总觉得还是"包公书院"这名字要好些。古往今来,中国的祠堂庙宇星罗棋布,能够称作"书院"的却不是太多。现在家乡的青年人多是只知包公祠,而不知还曾有过包公书院一说的。

这座包公祠也是历经磨难、饱尝风雨的。四百余年来,在合肥城屡有兴建,也屡遭破坏,直到在太平天国的战火中化为一片灰烬。

清光绪年间,与包公同乡的清廷直隶总督兼北洋通商大臣李鸿章,因母病故,居丧合肥,目睹曾给他留下美好回忆的包公祠,竟变成了一片废墟,万千感慨。于是李鸿章自掏腰包,捐出白银两千八百两,再度修建了包公祠。

包公祠占据了香花墩近半的面积,白墙青瓦的祠堂是一座四合院式的建筑,正堂有五开间,两边各有厢房三间;正堂与厢房外缘回廊环绕,可凭栏眺望包河景色。这座设计新颖别致而又古意盎然的建筑,目前在合肥城里是独一无二的。

"文革"前的香花墩上,除了包公祠外,还有一个饭馆和一个茶社。那茶社是当时合肥城里仅有的两个茶社之一。说来也是,安徽尽管是名茶荟萃之地,却不似四川,拥挤着茶馆无数,毕竟两地的传统与风俗千差万别。我小时常去位于包河之畔的姑妈家,每次途经这里,见这茶社多是极冷清的。冬日尤甚,连茶社门有时都是关着的。

香花墩上的饭馆,在合肥却很有名气,它以包河中盛产的鲜藕和鲫鱼为主要食材,烹调出极具地方风味的佳肴。

记得那时包公祠四周的河面上,每入夏季,满是茂盛的荷叶,红白相间的荷花点缀其间,随风摇曳,煞是好看。这包河因那包拯后代的辛勤操持,天长日久,竟培育出一种香藕。这藕不仅极其香脆,而且让人称奇的是,藕断却无丝。无独有偶,在包河里饲养的鲫鱼,不仅肥美可口,而且鱼脊黑亮异常。两者合一,据传恰好象征着黑脸包公的"铁面无私"。这一奇特现象广为传播,招引得许多游客前来品尝,那小饭馆倒是常年生意兴隆。

香花墩上因有了这些名胜,常年游人不绝,历代吟咏之诗词也留下不少。其中有首清人所写的《包公祠晚眺》,是这样描绘香花墩的:

> 待制祠堂返照余,绕祠四面尽芙蕖。
> 临风独倚阑干久,烟柳拂头看打鱼。

包河公园名为公园,在"文革"前,却是无遮无拦,四通八达,就连那属于文物的包公祠,也是一任进出的。

记得孩提时,我常与一些小伙伴远远地跑来偷偷地下水游泳。那些年包河的水相当清澈,水域宽阔,我们常常玩得乐而忘返。后来,在包河岸边建起了一家医院,时常见到不少脏物弃于河中,包河水便慢慢变得浑浊起来了。原先流动的河水,也因常年未再疏通而日渐变成一潭死水,时而散发出种种怪味来。一次,我们又在包河嬉水时,于水中突然发现了一个死婴,吓得我们落荒而逃。此后,我再不敢下包河游泳了。

"文革"中,各路造反派先是争先恐后地扫了包公祠里的"四旧",接着又嫌这包河公园太具封建色彩,遂改名为"人民公园"。似乎这名字一变,包河由包家回归了"人民",就要旧貌换新颜了。

其实不然,眼见着包河水污染日趋严重,一日胜过一日地臭气熏天。

那空荡荡的包公祠,孤零零地立在香花墩上,就像一座被废弃的破庙,给人一种无奈的悲怆感。包河两岸一片空旷和寥落,杂草丛生,日渐荒芜不堪。那横架于包河之上、连接城郊的一座小木桥,苍苔斑驳,任凭风吹雨打。直到桥面被踩出几个大窟窿来,让行人走得战战兢兢时,这才索性一封了事。

好不容易"文革"结束,又恢复了包河公园的旧名。尽管重新姓"包",政府还是对包公祠和包河进行了修整。

十一年前,我由成都首次回合肥探亲,重游包河,有感于包公祠的旧貌换新颜,信笔写了一篇散文,投给了发行量近50万份的《成都晚报》,意在介绍一下家乡这一古迹的变迁。很快,收到了《成都晚报》副刊一位女编辑热情的回信,说稿件拟采用,希望我能搞一张有关包公祠的照片,文图相配,效果更佳。我忙去信向家人求援。不久,弟弟给我寄来了七八幅关于包公祠的照片,我统统转给了那位女编辑。

我的散文见报时,配发的照片则出乎我的意料,是一张位于包公祠东边的井亭的照片。

井亭是为一口水井而修的。

这水井看去平平常常,却名曰"廉泉"。亭壁上嵌有一方石碑,是清代举人李国蘅撰写的《香花墩井亭记》。大意是说,从前有个贪官,喝了这井水忽觉头痛,一气之下,便将井封了。而李举人开井饮水,头却不痛。究其原因,他从未做过贪赃枉法之事,故取名"廉泉",以诫后人。

有趣的是,就在这廉泉边上,我曾不止一次听到游客们笑谈,说让那些道貌岸然的腐败分子也来尝尝"廉泉"的滋味才好。

这一笑谈也常让我自然联想到另一个传闻,说某些地方选举时,有些人在选票上不约而同地赫然写出了"包公"。

此类笑谈和传闻,想来也从一个侧面,多少折射出几许人民期盼着再现几个当代"活包公"的心态和愿望吧?

俱往矣!数风流人物,当今能够把官做得像包公那般一尘不染,清廉正直,又不畏权贵,执法如山的,也实在是凤毛麟角,少之又少。诚如包公祠楹联中一句发人深思的诘问:"几人得并姓名尊?!"

在家乡一带,有谁若与包公沾亲带故,大多相当得意,颇有与有荣焉之感。我有一位包姓朋友,自称是包公后裔,就常常把那包老爷挂在嘴边,口口声声说不能给老祖宗丢脸。这位朋友后来果然很有出息。

那名扬海外的华商巨贾,被誉为"世界船王"的包玉刚先生,一次偶然谈起了家世。说来道去,寻根溯源,似乎与包公有缘。一翻《包氏宗谱》,果系包公第二十九代孙。包玉刚先生得知祖先竟出了个备受世人尊崇的青天大老爷,很是引以为荣。后来合肥市拟重新规划整修包河,愈使船王欣慰不已。既为包公后裔,当责无旁贷,于是他慷慨解囊,捐巨款相助。

前年金秋时节,我又回合肥,住在距包河不远的华侨饭店。一日无事,便独自信步向包河走去。

当我漫不经心、轻车熟路地走上了那紧邻包河的环城南路时,眼睛不由得一亮,包河果真今非昔比了。极目远眺,整个包河,浓荫如带,拥岛抱水;亭台水榭,典雅别致;曲桥径渡,遥相呼应。家乡人依着包河的走势和形态,将天然美与人工美恰到好处地巧妙糅合,融为一体,使得今天的包河,显示出一派恬静和优雅。虽说是旧地重游,我面对如此秀美的包河,心里却涌动着陌生而新鲜的感觉。

毫无疑问,家乡对包河进行的是一次堪称史上最大规模的重新布局和整治修建。

沿着岸边蜿蜒洁净的小路,从香花墩往东行十来分钟,便到了新近迁来的包公墓园。整个墓园保持着包拯墓区的结构,简朴肃穆,虽是一座新修的墓园,但将其迁置于包河岸边,不仅使包河平添了一处胜迹,也在情理之中吧。

由包公墓园的后门出来,拾级而下,便是原来荒凉无物、芳草萋萋的包河东大岛了。今天的东大岛上,已经有了一处淡雅古朴的浮庄。浮庄虽是徽派建筑,而精巧玲珑的布局、曲径通幽的小道,却又颇有一种书院般的淡淡韵味。

就在这座东大岛上,于翠竹簇拥的一块方石山上,我远远见到了一尊站立的紫铜色塑像,近前一看,正是包玉刚先生的父亲包兆龙先生。

伫立在这尊塑像前,我久久沉思。

在与此远远隔河相望的包公祠里,有着一座金粉裹身、正襟危坐的包拯塑像。这一坐一立的两位包姓人物,虽历史相隔久远,异代而不同时,却因那一脉血缘,同宗共祖的关系,被今人一并供奉于这本属于包家的河水之滨。

一个两袖清风,一个腰缠万贯。一个是清心为本、直道身谋的封建官吏,一个是领袖海运、富甲一方的现代巨商。

一个朝服冠戴,两手重扶椅把,面南而坐,似在升堂问案,凛然正气。一个西装革履,手持拐杖,凝神仰首,似在大海一方,遥望故乡,拳拳爱国之心历历可鉴。

包拯生前绝未料到他的后代中会出一位漂洋过海的富豪。包兆龙先生恐也全然不知那大名鼎鼎的清官包公竟是自己的先祖吧?

包河闲话闲扯至此,已微生倦意,便随手打开了电视机。真巧,屏幕上一下跳出的正是台湾拍摄的电视连续剧《包青天》。

妻女告我,有好几个频道都在播放这《包青天》,有两百多集呢!

闻之,不免于心中自慰道,故乡这条名不见经传的小河,或许还是值得一写的吧。

1994 年 8 月,写于成都天府广场寓所

儿时的那本《红岩》

1966年的春夏之交，我在合肥市淮河路第一小学还没有读完四年级时，"文革"就爆发了，上学便渐渐不正常起来，但好像每天还是要到校。遇到任课的老师去造反或是挨批斗的时候，我们就自由玩耍。

一天玩耍时，我与几个同学玩起了捉迷藏。我在校园里东躲西藏，不觉间跑到了学校图书室后面的墙角边。那里阴暗潮湿，荒草丛生，人迹罕至。我意外发现，早已被封闭的校图书室一扇窗户的玻璃破碎了，被横七竖八地钉上了几块木板，透过木板间的缝隙，可以看见里面杂乱堆放的图书。

我试了一下，一只手恰好可以从木板的缝隙间伸进去，只是还差些距离，不然就可以够得着那些书了。荒诞的年代里，几乎所有的文学书籍都被贴上了"封、资、修"的标签，列为"禁书"。漫漫的书荒岁月，突然间面对那么多触手可及的图书，我不由得怦然心动起来。

回家后,我找了根铁丝,做了个简易夹子,次日放进书包里带到学校。

等到天黑时,我悄悄来到校图书室背后那扇破烂的窗户前,伸着铁丝夹子穿过木板缝隙,刚好够得着一堆书。几经努力,我终于夹出一本书来,也不看是什么书,就赶紧塞进了书包。那时尚不知还有"窃书不为偷"之说,毕竟心虚,不敢贪心,也不敢走校门出去,就慌忙翻过学校的围墙跑走了。

回家一看,竟是我一直想看的长篇小说《红岩》,约有八成新呢。这部现今已发行千万册、被评为"感动共和国50本书"之一的《红岩》,在当时却是被视为"大毒草"的。我用刀片将书上学校的藏书章刮掉后,又用报纸将书严严实实地包好,就如饥似渴地看了起来。真是看得昏天黑地,没有几天就看完了。

尝到了甜头,我又去"重操旧业"。未料,不但那扇钉着几条木板的窗户,而且整个校图书室的窗户,都已经被水泥和砖头砌得密不透风了。

"文革"闹腾得越发厉害的时候,连学校都可以不用去了。见我整日无所事事,父亲就让我练习钢笔字,我就索性抄起了那本《红岩》。日积月累,居然将几十万字的《红岩》给抄完了。不仅钢笔字有了不小的进步,对书中的许多故事情节也烂熟于心了。

十年"文革"终于闹完之后,我考上了大学。大学毕业,我被分配到《红岩》的故乡四川工作,那本《红岩》也随我一起来到了成都。到单位报到不久,我就去了重庆的基层单位实习,也把那本《红岩》带上了。

待在重庆半年多的时间里,我多次去过《红岩》书中所描写的地方,像沙坪坝、红岩村、白公馆、渣滓洞等地,也听到了不少关于《红岩》的故事,对《红岩》这本书又平添了一层体味和情感。

20世纪80年代,曾被誉为"文学的春天",我虽在机关工作,却仍在做着"文学梦"。父亲在上海的老战友、著名皖籍作家李良杰叔叔闻知,就一连写了好几封介绍信,热情地将我引荐给他在四川文学界的友人。其中的一封信,写给了重庆红岩杂志社的一位老编辑。

那天,当我来到红岩杂志社时,许是环境使然,我便对老编辑讲起了关于我的那本《红岩》的故事。老编辑听了颇有兴趣,还说《红岩》的两位作者他都很熟识。我灵机一动,问老编辑可否请作者为我的那本《红岩》签个名。他说《红岩》的两位作者,罗广斌先生在"文革"中被迫害致死了,另一位作者杨益言先生尚健在,他可以去找杨先生签名。

我将那本《红岩》交给老编辑后,没过多久,老编辑就打来电话,说书已经签好了。我高兴地取回一看,杨益言先生不是只在书上签个名,而是写下了一句话:"金科同志,愿你学习'红岩'精神,在人生的道路上勇往直前!"这是我得到的第一本作家签名之书,十分珍爱。

后来,当我自己也写出了几本书后,得到作家签名的书也就日渐多了起来,而自己的藏书也早已堆积如山,杂乱无章。其间,又搬了几次家,搬来搬去,不知何时,那本《红岩》就从我的藏书里消失了……

2017年岁末,我的小学母校建校八十周年之际,在母校为我举行的欢迎仪式上,我讲述了这个并不太遥远的故事。

那天,我将自己写的几本书,分别捐赠给了我当年的小学,如今的合肥市第四十五中学的六个校区的图书馆,也算是对我当年窃取母校图书的一种歉意和补偿吧。

2018年1月,写于青岛

退兵记

在"文革"中,对年轻人来说,当兵是相当荣耀的,也是令人羡慕的一条出路。很幸运,我的弟弟就在一个冬日里,从合肥参军了,军营远在上海的崇明岛上。

三个月后,弟弟来信说,已经通过了新兵连的严格训练,正式成为一名光荣的中国人民解放军战士了。弟弟随信还寄来一张佩戴着领章和帽徽的标准军人照片,全家人都为之欢喜。

就在接到弟弟报来喜讯的当晚,父亲的一位朋友行色匆匆地来到家里,说他刚才在市中心的一家小饭馆里,意外地看见弟弟和两位解放军军官在一起吃饭,弟弟显得无精打采,而且虽然穿着一身新军装,却没有佩戴领章、帽徽。他还注意到,吃饭时,两位军官一左一右,始终围着弟弟。这位叔叔是大学教授,常来我们家,知道弟弟参军的事,所以他感觉有些不对,于是赶紧前来相告。

我们一家都还沉浸在喜悦之中,一时被这突如其来的消息惊呆了。弟弟究竟出了什么事？还是犯了什么错？全家人惴惴不安，彻夜难眠。

次日一早，我随父亲急忙赶到合肥市人民武装部。一问方知，是弟弟所在部队接到一封群众来信，说不符合参军的有关政策，所以要将弟弟作退兵处理……

在那个格外注重家庭出身的年代里，我们兄妹从小在填写各种各样的政审表时，一直以来都是相当自豪的。我的祖父是安徽省知名的抗日爱国民主人士，病逝后被厚葬在安徽省烈士陵园里，而父亲和母亲又都是参加过抗美援朝的志愿军。出身于这样的革命家庭，难道还没有资格当兵吗？

直到此时，我才知道一些隐藏的真情。

原来，母亲的哥哥和弟弟都在共和国成立的前夕，去了台湾。而母亲则留在了大陆，参加了中国人民解放军。因而，母亲从不敢与两位舅舅联系。在那个以阶级斗争为纲的年代里，父母为了子女不受影响，对我们兄妹守口如瓶，严严实实地隐瞒了这个"海外关系"，我们也一直以为母亲是独生子女呢。

合肥市人武部的一位负责人对父亲说，正是因为考虑到我们这样的革命家庭，他们也正在为我们据理力争呢。因此，他们没有与上海来的军官交办弟弟的退兵手续。

我和父亲呆在那里，一时不知如何是好。

忽然，这位好心的人武部负责人给父亲出了个主意：在地方未与部队交办退兵手续之前，让弟弟见机行事，尽快跑回部队去。说这样做，或许还有转机。父亲听了，先是犹豫不决，后来觉得似乎也别无他路,加上我也觉得这主意可行,不妨一试,父亲也就答应了。

我和父亲赶忙回到家里,取了一些钱和粮票,当天上午,我们就和这位市人武部负责人一起,去了军官和弟弟住的招待所。等市人武部负责人借故引开两位军官后,父亲给了弟弟一些钱和粮票,让他赶快跑回部队。并且叮嘱他,千万不要从合肥火车站上车,从郊区火车站走,以免被抓住。

两位军官发觉弟弟失踪之后,神色大变。我和父亲也显出十分焦急的样子,慌称刚才和弟弟交谈时,弟弟情绪很不好,说他这样被退回来,无脸见人。后来弟弟去上厕所后,就不见了。

两位军官赶忙分头去火车站、长途汽车站和轮船码头四处寻找,同时又给部队首长打电话报告,挨了批评。部队首长指示他俩留在合肥,继续寻找弟弟,找到之后,尽快与地方交办退兵手续。

在此期间,父亲和两位军官也渐渐熟识起来。他们也说了实话,说弟弟在新兵连的三个月里,各方面表现都很优秀,部队也舍不得退回弟弟的。但是作为军人,只能服从命令,希望我们家人谅解。

到了第三天,两位军官来到家里,告诉父亲,他们接到部队电话,说弟弟已经跑回部队了,让他们赶快回去。临别时,两位军官都说,他们回部队后,会帮着我们说说好话的。

数日之后,家里终于盼来了弟弟的来信。信中说,部队首长很同情他,安排他先住在部队招待所里,他们再给上级领导写报告,说说情。

全家人都松了口气,但依然忐忑不安,放心不下。父亲就委托上海的朋友常去崇明岛看望弟弟,打探消息。后来,父亲觉得不好意思这样麻烦朋友了,就决定让我去趟上海。我那时在农村插队,正是冬闲时节,就告假去了。

到了上海,我住在父亲的一位战友家里,次日便乘船去了崇明岛。

出乎意料,见弟弟时,他的精神状况居然挺好。弟弟说,军营里上上下下都很同情他,都在为了让他能够留下而四处努力呢。就连他们部队团长和参谋长的儿子,都和弟弟成了好朋友,也说要帮弟弟活动活动呢。现在部队管吃管住,只让他偶尔干点杂事,等候消息。

那段时间,我身在上海滩,心系崇明岛,每隔几天,都要坐船去趟崇明岛,看望弟弟,探询情况。一连数日,也没有一点新的消息。

这样过了些日子后,我又去岛上看望弟弟时,发觉他的精神明显不好了。

弟弟隐约听到一个消息:部队已悄悄派人到母亲单位和有关部门进行外调,不仅查明两个舅舅都还健在,而且是在台湾的重要部门供职,并且意外查出了母亲还有一个堂兄和一个堂弟也在台湾。

直到许多年后我们才知晓,弟弟所在的部队原本是出于一种好意,想通过外调,查明如果两个舅舅在台湾都是无足轻重的人物,也好给上级一个答复。不想弄巧成拙,反而导致上级首长做出了更加严厉的批示,愈加坚决地要把弟弟退回去了。

我听了,虽觉有些意外,却不以为然,反而天真地想,两个亲舅舅与我们家都没有任何联系,更何况那两个堂舅了。我让弟弟多给部队首长说说好话,坚持下去。

我没敢告诉父母这个不祥的消息。

过了几天,突然接到弟弟电话,说部队首长最近同他谈话的口气发生了变化,以前总是循循善诱地劝导和开导他,现在却变了脸色,说如果再不走,部队就不管他的生活了。我又赶紧去了崇明岛,给了弟弟一些钱和粮票,对弟弟说,部队不管生活,就自己找旅馆住下来,让他务必毫不动摇地坚持下去。

此后连着几天,我都没有接到弟弟的任何信息了。

正准备再去崇明岛时,却接到了父亲的电话,告诉我,部队已经另外派了一个军官和两个彪壮的士兵,寸步不离地把弟弟解送回家了,并且已经完成了同合肥市人武部的退兵手续,让我尽快返程。

至此,算起来,我在上海待了近两个月。

回到家里,我和弟弟一样,万分沮丧,再也没有出身于革命家庭的那种荣耀了。而母亲的心情却显得更为复杂,她既很伤感,又很内疚似的,常常暗自神伤,以泪洗面,直至大病一场。

世事难料,不到两年,那十年之久的"文革"闹剧,终于落下了沉重的帷幕。国家变得渐次开明起来,对有着种种海外关系的家庭,也渐显宽容和热情起来。

恢复高考之后,我考上了大学。本来弟弟也是可以考上大学的,他却耿耿于怀,执意从军,终于如愿以偿。

弟弟再度从军,去了山西。刚去的那些日子里,除了母亲还心有余悸外,亲友们都不担心弟弟会再次被退兵了。

那时的祖国,已经迎来了改革开放的春天。

2013 年 4 月,写于成都

知青父母

回想起来,最早让我有了知青父母这一印象的,是在上海。

那是1971年,我还是个初中生,暑期去上海游玩。一天,我东游西逛地走到了黄浦江畔的一个码头,看见一艘很大的轮船上红旗招展,悬满标语,原来是一艘运送知青的专轮。

锣鼓喧天的码头上,挤满了送行的知青父母们。随着汽笛一响,船身一动,码头上的哭喊之声立时响成一片。那声响如用"惊天动地"来形容的话,也毫不为过,以至于完全淹没了锣鼓声响和汽笛声响。我一时被这突如其来的场面惊吓得目瞪口呆,以至看到身边好几位老母亲悲痛得昏倒于地时,我竟也情不自禁地潸然泪下。

只是当时我怎么也不明白,既然是响应伟大领袖的号召,子女们去大有作为的"广阔天地",知青父母们为何竟像生死离别一般呢?

渐渐地,我家左邻右舍也开始有了知青父母。

我家在合肥一家医院里,常常看到邻家的知青不时带回一些农村病人来,有的病人看上去已经病得很严重了,甚至是奄奄一息的样子。而那些病人和陪伴的亲属又多半住在这些知青的家里,有的往往要住很长时间。

一天傍晚,全家在屋外纳凉,母亲又见到这样的情形时,对父亲叹息道:"这样下去,这些人家又怎么受得了呢!"我在一旁听了,却不知天高地厚,说我当知青后,才不会把这些农村病人往家里带呢。母亲却说,农民们不到万不得已,是不会来城里看病的。母亲来自农村,深知农民的悲苦。

等我成了知青之后,才真正理解了母亲的话。当我也将一些重病的农民接二连三地带回家里时,父母从未埋怨过我,每次都是笑脸相迎,而后,又去跑前跑后,忙东忙西。

母亲生前只给我写过一封信,正是我在农村当知青的时候,我一直珍藏着。信中有这样一段话:"朝鲜电影《金姬和银姬的故事》已经开始放映了,准备给你买票。票不好买,尽力设法,不要带许多人来……"

现在回想起来,并非我要给父母亲增添麻烦,不但要把农村病人不断地往家里带,就连看场电影都要引来许多的农民朋友。在许多时候,我也是无可奈何的。这或许是因为我插队的乡村离家不太远的缘故吧。但这恰恰是父母的一片苦心所致:为了让我不要离他们太远……

在我当知青的第三年里,父母亲仍然没有汲取这样的"教训",又将弟弟同样送到了离家不远的一个村落。

为了少给父母亲增添负担和麻烦,我决定迁往一个知青农场。尽管那里的生活条件远远不及我插队的村落,没有电灯,劳动强度也要大得多,但是农场里除去几个领导外,都是清一色的知青,不仅单纯多了,而且离家也远得多了。

父母亲得知我要去农场后,都一致坚决反对,但我还是坚决地去了。

到了知青农场没几天,父亲就急匆匆地赶来了。父亲仔细地查看了我新的生活环境,在向农场领导说了一堆好话之后,突然又为我请起假来,说是母亲今天也一同来看我的,但是路上晕车厉害,实在坚持不了,就待在了县城里,望能准许我去看看母亲……

我去县城见到母亲时,果见她脸色苍白,精神不好,但是母亲见了我后开口却说,没能去农场看看,这心里总是放心不下的……

原来,父亲求朋友要了部小车,先去看了在城西插队的弟弟,又急忙赶到城东来看我的。在那个特殊的年代里,不知有多少知青父母,就是这样忧心忡忡地奔波于城乡之间的漫漫路上的。

不过,相对而言,那些年里,其实最让知青父母忧心忡忡的还不是这些,而是家里的女知青。

旷日持久的知青上山下乡运动里,有个还算人道的政策,就是父母身边可以留下一个子女。可以说,家家户户都是千方百计想要留下"千金"来的。我有位男同学十分聪颖,学习很好,然而初中尚未毕业就去当知青了。问他为何不读书了,他说是父母亲为了能留下高中毕业的姐姐而逼迫他下乡的。至今,这位同学还在为恢复高考之后未能考上大学,记恨着他的父母。

平心而论,这又能怪罪于知青父母吗?

要知道,那时女知青在农村受欺辱的事情时有发生,不时耳闻,真是令家有女知青的父母们提心吊胆、度日如年啊。

在我和弟弟都成为知青后,唯一的妹妹留在父母身边,符合政策,照理是没有什么问题的。然而,如果我要等到妹妹高中毕业才上调回城的话,那我在农村待的时间就要长久多了。

怎么办呢?唯一的办法就是去参军。因为还有一个参军不算父母身边有子女的政策。然而那个年代参军又岂是易事?于是父母又八方奔走,四处求人,最后总算让我有了个报名参军的资格。谁知最后却因了母亲家族的海外关系而前功尽弃。这下可把父母焦虑坏了,既盼着我能够早日脱离农村,又担心保不住妹妹。左右都是自己身上的肉啊!真是可怜天下父母心。短短时间里,眼看着父母亲都愁白了头发。

好在那场波及千家万户的知青运动,就在妹妹高中毕业的前夕,随着"文革"的结束而画上了沉重的句号。不幸的是,正值英年的母亲,却也像是放下了一颗久悬的心,竟也远远地离我们而去了……

1998年9月,写于成都天府广场

母校明月照我还

当我携着沉沉一箱著作,风尘仆仆地回到母校——淮北煤炭师范学院时,夜色正浓。

一走进母校的大门,便不觉向那耸立于校园之中的相山抬眼望去。但见一轮明月高高悬挂在相山之上,将那极富层次感的偌大校园,映照得通亮。这才恍然记起,明天正是中秋节啊!不由得顿生感慨,随之,心头便涌出一句诗来:"母校明月照我还。"

这是 2007 年的中秋时节。

此行,我是应母校文学院之邀,前来演讲的。母校文学院给我出了个演讲题目,名为《人在他乡的文学情怀》。

应该说,这样的命题对我来说,还是相当贴切的。

远在他乡,转眼二十五年过去,如果没有一种炽热的文学情怀,没有一种执着的坚守精神,我会在五光十色、遍地诱惑的今天,将大量的心血和时间,倾洒于寂寞的文学写作之上吗?而这样的一种心路历程,即便不用演讲稿,相信我也是有话可讲的。

况且,就在今春,我还在四川师范大学开过类似的讲座呢。

不过,转而一想,尽管有着这样的自信,可这毕竟是培养过自己的大学母校啊!而且,据迎候我的母校领导说,母校为我举办的这个演讲所精心设计的宣传牌,其硕大和精美,是母校历年所请专家、教授演讲之最。而我既非专家,也非教授,只不过是在工作之余写了几本散文集而已,居然受此厚待,真是既出乎意料,又受之有愧啊。更何况,明天不仅有我当年的老师要来听我演讲,而且明天恰恰又是人心思归的中秋佳节呢!

这样想着,原本轻快的心绪,不由得变得有些忐忑不安起来了。于是,我不顾旅途劳顿,在客居的藕香墅宾馆里,挺身而起,拧亮台灯,重新翻开了演讲稿。

直到次日上午演讲结束之后,听到听众的掌声和主持人老师的赞语,我那颗久悬不安的心,才得以渐渐地放松下来。只是,当从听众口中得知,今天前来听我演讲的,竟然全是文学院即将毕业的大四学生,甚至还有一些研究生时,我又不免有些后怕了。

然而,不管如何,这人生独特的一页,毕竟已经翻了过去,这让我还是有了一种如释重负的感觉。于是,在一位老师的陪同下,我开始游览起久违的母校来。

此时,秋色浓郁的校园里,四处张灯结彩,彩旗飘舞。原来,母校正在迎接教育部的教学评估呢。有闻于此,我向陪同的老师问道:"母校能否顺利通过评估?"未料,这位老师却答非所问:"在安徽省的师范院校中,淮北煤师院在很多方面,向来都是排名第二的。而且学院很快就要升格为大学了……"我不禁为母校飞跃的发展而惊叹。要知道,淮北煤师院只有 30 来年的历史啊……

那天在母校,令我动情的事情也是接踵而来。

就在一年一度合家团圆的中秋之夜,母校好几位领导和老师,舍弃与家人团聚而执意与我共度良宵。欢宴之后,他们又热情地邀请我去欣赏母校音乐学院精彩的中秋音乐晚会……

坐在母校典雅的音乐厅里,我不由得触景生情,浮想联翩。

回首平生,倾注心力最重的,不过文学和音乐而已。在校期间,我曾经担任过母校文工团乐队的首任队长和指挥,曾经多次登临过母校的舞台。不想,今天我又梦幻般地登上了母校的讲台……

曲终人散,余音袅袅,我激奋的心情却依然难以平静下来,便独自在洒满月光的校园里漫步。

不经意间,远远看见,那块与我有关的宣传牌,竟然还高高地矗立在灯火阑珊的教学楼前呢!此时此刻,那块硕大而精美的宣传牌,在校园灯光和中秋月光的交相辉映下,显得格外耀人眼目。

夜深人静,阒无一人。我情不自禁地走了过去,细细阅览起宣传牌上那些关于自己的溢美之词来。看着看着,眼睛便有些湿润了。

伫立良久,待我依依不舍地转过身来,再抬眼望母校上空的那轮明月,竟已是一片蒙眬了。

2007 年 10 月,写于合肥

美妙的归宿

萌生给母校合肥六中捐赠著作的念头,是在 2014 年。

那年的金秋时节,我千里迢迢回到合肥,参加了母校 60 华诞的系列庆典活动。

在被誉为"杰出校友"的群体里,来自各行各业的代表群星荟萃,却唯我一人是以作家身份而荣膺这一嘉誉的。母校 50 周年校庆,亦是如此。悠悠 10 载,依然故我,尽管自己只是个业余作家而已。而作家是要靠作品方可立得起来的。然而,我的著作不仅乏善可陈,也屈指可数。于是我决意再著一书,作为一份感恩的薄礼,献给亲爱的母校。

我在那本名为《他乡絮语》的散文新著里特意专辟一辑,收选了数篇关于母校的散文。2016 年秋,当这本小书即将付梓之时,我又在书的扉页上挥笔写下:"谨以此书,献给我的母校合肥六中……"

次年,在春暖花开的时节,我再次重返母校。此行是作为"合肥六中杰出校友系列讲座"的报告人,讲述自己的"文学与人生"。而这个隆重的讲座正是母校图书馆主办的。

母校图书馆坐落在南校区美丽校园的一角。

那天,当伴着和煦的春光轻轻走进母校图书馆时,我被其幽静典雅的环境和琳琅满目的藏书所感染和陶醉了。徜徉于浩瀚的书海,嗅着芬芳的书香,看着自己捐赠的新著《他乡絮语》被齐齐整整地摆放在书架上,触景生情,又不由得引起我对于母校点点滴滴的温馨回忆。情郁其中,不能自已,归来便从心底里流淌出一篇散文来,名字就叫《母校,我的文学摇篮》。

的确,母校正是我成长的文学摇篮。

细细想来,自己对于文学的兴趣,也正是在合肥六中的校园里渐渐滋生出来的。在那个书籍被禁、图书馆被封的荒诞年代里,我却因喜爱作文而有幸得到母校老师们用心良苦的培养,蹉跎岁月,反而激发了我浓浓的读书兴趣。

中学时代对一个人的影响是深刻的、久远的,甚至是终生的。

平生喜好不少,只是除了读书和写作,似乎没有一件喜好能够如此恒久地让我沉浸其中而一往情深。大概也正因为如此吧,直到今天,母校依然在远远地深情地注视着我。又是在一个温馨的春天里,从遥远的母校接二连三地传来佳讯:三八妇女节,母校领导将我的散文集《他乡絮语》,作为礼品赠送给了女教师们;母校图书馆将要为我设立一个捐赠作品陈列专柜……

当我挑挑拣拣地将一些专著、编著、选集和获奖作品统统寄给母校图书馆后,母校旋即为我颁发了特制的"荣誉证书",还传来了五彩缤纷的图片。图片上,在我的捐赠作品陈列专柜前,围绕观赏的人群里有母校的校长、母校的老师,更多的则是风华正茂的校友们……

我久久浏览着这些图片,心情也久久难以平静。

我常常想,无论社会如何发展,世态怎样变化,在人的心灵中,多多少少总会存留着一些纯真而圣洁的情感。对母校、对故乡以至对祖国的眷恋和热爱,也应该属于这样的一种情感吧。

春花才现,已见秋叶。

我珍藏着一本母校60华诞的纪念画册,名为《书香六十年》。想来正是这悠长而浓郁的书香,始终如一地伴随着母校,方才使得今天的母校发展成为令人仰慕的江淮名校吧。

没有想到,在离别母校数十年之后,我还能以这样的一种优雅,为母校平添一缕淡淡的书香。这何止是一位远方校友的荣幸,更是我那几本小书美妙的归宿啊……

2018年初春,写于成都

又记:

此文发表不久,欣闻合肥六中图书馆荣获"安徽省2018最美校园书屋"和"2008全国最美校园书屋"称号,与有荣焉。

关于祖父的五块展板

早在民国十六年（1927），在老家安徽无为县，我的祖父金笑侬就算得上是一个"富二代"了。他身为买办资本家中孚石油公司老板的长子，也是当地有名的花花公子。

祖父28岁那年接了曾祖父的班后，生意做得愈加风生水起。随后，祖父又接任了曾祖父的县商会主席，一时声名鹊起，以至于县里发行的兑换券上，都印上了祖父的大名和头衔。就连新四军军长叶挺将军去无为县视察，都下榻于带着花园颇为洋气的祖宅里。而且，祖父还是国民党党员。故在当地，祖父得一名号"三开分子"，意为在洋人、共产党和国民党这三方势力中，祖父都很"吃得开"。

让人意想不到的是，就在炽热抗战的1941年，已是人到中年的祖父，却突然间弃商离家，居然只身一人去了新四军七师创建的皖江抗日根据地。

这样的人物参加革命，自然会引起反响。很快，祖父便受到了共产党人的高度重视,接二连三,委以他诸多头衔:皖江行署行政委员,皖江参议会秘书长、副会长,皖江行署大江银行副行长,皖江公学款产管理委员会副主任,皖江人民抗日武装委员会主任……

10多年前,为写祖父传记,我返乡采访,专程去了"新四军七师旧址纪念馆"。未料,偌大的纪念馆里,除去一幅祖父与皖江参议员模糊不清的合影外,关于祖父,竟别无只言片语。今秋返乡,听说那纪念馆业已重建,规模宏阔,气势恢宏,已是今非昔比,也有了祖父的一席之地,引我再度前往观访。

在紧邻旧馆新建的纪念馆里,果然寻见了祖父的一席之地:四块展板,图文并茂,组成了一个精美的板块。展板上的图片和文字并不多,却让我伫立良久,浮想联翩。

第一块展板显然是引领的主页,以"金笑侬的风雨人生"为通栏标题,配以祖父肖像,用这样一段文字概括了祖父的人生巨变:

> 他为共产党人的崇高信仰和清廉本色所感召,脱胎换骨,主动放弃富裕家庭养尊处优的生活,投奔革命……

祖父当年何以突然间投奔革命,在家乡一代,流传着多种版本。而展板上的这种说法,与祖父在其《自传》中的说法还是十分吻合的。祖父在《自传》中写道:"我当初参加革命是基于爱国主义的立场……国民党县政府逃跑后,新四军坚持敌后,真心抗日,奋勇作战,保护民众。耳闻目睹,比较再三,最终触动了我参加革命的思想。"

而与之并列的第二块展板上则写着:

> 1942年金笑侬担任大江银行副行长、皖江公学款产管理委员会副主任。他坚定操守、品行,树立清廉的人生观,殚精竭虑为抗日事业当家理财……

这段解说词于不经意间更正了一个说法,就是大江银行的成立时间。在写祖父传记时,我曾查阅过大量记载和研究大江银行的史料和文章,都无一例外地将大江银行成立的时间写成是1943年。

其实不然,大江银行副行长这个头衔是祖父参加革命后,共产党人委任他的第一个职务。原本,鉴于祖父在当地的名望,组织上是要让祖父担任大江银行行长的。

关于这段历史,祖父在新中国成立前夕所写的一份材料中是这样陈述的:"1942年夏,皖江行署筹备大江银行时,组织上要我担任银行行长。我因考虑家中有人在敌区,而担任行长则要在钱币上署名。我怕连累家人,故提出理由坚辞不就。组织上只好改任我为副行长。"

几年前,我在网上意外发现一张1942年间印制的大江币,面值五角,上面果然印着大江银行首任行长唐晓光先生的署名。唐晓光先生当时为皖江行署副主任兼财经委员会主任。而1943年6月恢复重建的大江银行所发行的大江币,则再也没有出现行长先生的署名了。

在祖父于1951年9月间所写的《入伍至今工作简述》里,也有着这样一段记述:"我于1942年7月正式走上革命工作岗位,任大江银行副行长(行长即今皖北人民行政公署商业处唐晓光处长)。唐是兼职不住行,我是住入行内……因为我是根据地本地人,仅能做到宣传号召群众对抗币起了信仰作用(每一元抗币合那时国民党币五十元)。行内业务于1943年3月奉上级令停止结束。其后上级让我担任皖江公学款产管理委员会副主任。"

如此说来,称祖父为大江银行的主要创始人和领导人应该是并不为过的。如今的大江币早已成为稀罕的"抗币",而有着首任行长先生署名的大江币,就更加弥足珍贵了。

不过,祖父在其后就任的皖江公学款产管理委员会副主任,其表现则并不像展板上所写的那么高尚了。

手头有一份资料,1948年5月间,祖父随苏皖边区政府北撤到河北故城,参加当地"土改"时,在进行自我反省自查的材料中,这样写道:"我在担任皖江公学款产管理委员会副主任时,工作的两年中,陆续移挪法币一万四千元。工作结束时,我拟变卖家中田产偿还。上级知道后,特将此款批给我作为脱离富裕家庭与自己的生活费用。这是由于我生活腐化浪费所致……"

这段并非光荣的文字,在我看来,倒是相当符合祖父这样一种人物的真实性的。其实,类似这样的事例,在祖父的《自传》中,还有许多处。可以想象,作为一个过惯了优渥生活的花花公子和富贾巨商,一下来到艰苦的抗日根据地,对祖父来说,显然需要有一个渐进适应过程的。自古就有"由俭入奢易,由奢入俭难"之说。直到祖父参加革命已达7年之久的1948年,其阔少富商的遗风依然难改。还是在祖父的那份自我反省自查的材料里,写着这样的事情:"随军到达山东后,由于我在生活上大手大脚,以至每月津贴不够用。上级为照顾我,发给我特殊津贴,补助冀币壹万元。但我除去还债外,仍然不够,一些同乡和同志们都帮助我,每人有二三千元之多……"不过,从这些事情的处理上也不难看出,共产党人对于祖父这样的民主人士,是相当宽容和爱护的。

在关于祖父的第三块展板上,则介绍了一次历史会议:

> 1943年11月,由金笑侬先生组织召开的皖江地区宪政座谈会,第一次把"廉政"写进座谈会纪要,受到社会各界的广泛赞同……

在这块展板上,配有一幅当年这个座谈会的照片,会标清晰,名为"各界时事座谈会"。会场四周的墙壁上,还张贴着几条标语,但是标语上的字迹模糊不清,唯有一条,勉强尚可认出:"要求国民政府立即罢免何应钦、孔祥熙、陈立夫等失败主义者。"

会场上悬挂这样的标语,肯定是有缘故的。很遗憾,关于这个很有故事的宪政座谈会,我没有写进祖父的传记里。因我在采访和搜集资料的过程中,尚未发现这个史料。今天看来,这个座谈会还是颇有历史价值和现实意义的。

关于祖父的第四块展板上的文字是:

1943年7月,金笑侬当选为皖江参议会副参议长,主持并参与起草《如何彻底执行保障人权议案》,成为中国共产党早期在抗日根据地公开颁布并得以实施的人权议案,为中国共产党的人权史、廉政史,写下光辉的一页……

那个由皖江参议会通过的人权议案,也全文显示于展板之上,区区五条,不足百字,然而却意义非凡,影响深远。

如今,大凡讲到中国共产党的人权史,多半都会列举皖江参议会的这个人权议案。仅我见过的,就有《人民日报》《光明日报》《解放军报》等报,大型文献纪录片《新四军》,甚至还上过中央电视台的《新闻联播》,足见这是一个备受青睐的革命史料了。而这份小小的油印文件,也已成为红色文物,一直存放于安徽博物院里。

需要另带一笔的是,除此之外,关于祖父的展板还有一块,展示于合肥大蜀山文化陵园人文纪念馆里。

合肥大蜀山文化陵园的前身是"安徽省烈士陵园",后改为"合肥市革命公墓"。那里风光秀美,是共和国在废除土葬之前修建的一个墓园,在合肥坊间一度被称为"小八宝山"。因为得以长眠于那里的人,都是要有些光荣革命史的,那里总共只安葬了108位皖籍革命人物。祖父是1962年于上海病逝后,省领导派专车将灵柩运回合肥,公祭之后安葬于此的。

改革开放后,更名的大蜀山文化陵园,修建了一个人文纪念馆，从这 108 人里，挑选出 6 位来，为他们制作展板，以为宣传。不知何故，他们看中了祖父。但是展板上的文字概由亲属撰写，于是父辈们便让我来执笔了。交稿时，我还特意送上了一本我写的有关祖父的著作和一本相关的杂志。陵园制作了几个玻璃专柜，将我的这两本书和其他人物的一些遗物，也一同展示于纪念馆里。

在这块展板上，我引用了祖父的一首七言小诗："奋斗如今二十年，技能微末觉徒然。寸阴宝贵须珍惜，改造存心赶向前。"这首诗是祖父在上海病重期间写下的。我以为，这首诗颇能映现出祖父复杂的人生之路和他的真情实感，也彰显出了那个时代的深深烙印。所以，我将其中一句"改造存心赶向前"，用作了祖父传记的标题。

这次回乡，去给祖父扫墓时，我又去那个纪念馆看了看。不想，那个小小的纪念馆里已经增加了很多块展板。浏览一番，似乎安徽各行各业的代表人物都来了。不仅来了好几位老省长、老将军，就连严凤英、鲁彦周这样的文化名流也来了。

尽管有些拥挤不堪了，而祖父展板的位置却丝毫未动，仍置于纪念馆里醒目之处。不知这里是否也讲究个先来后到？而我的那两本并不起眼的小书，也还在原处摆放着。

2018 年 9 月，初稿于南京百家湖畔；
2019 年 1 月，修订于西华大学

蜀中札记

人在他乡

> 人在他乡,对于故乡的情思,异乡的情感,总是有些不同寻常的。
>
> ——题记

一

人在他乡,情思万缕。然而,远离故乡,转眼之间,一十八年过去,常常最易让我动情的,还是那句古老的话语:"父母在,不远游。"

记忆中,这句古语好像最先是从母亲那儿得知的。而母亲似乎也正是这一古语虔诚而执着的践行者。当年在南京求学的母亲,之所以没有随舅舅们远去台湾而独自留下,正是因为年迈的外祖父那时仍在故乡。后来,母亲对我们兄妹也是这般要求的。

即便是在那场知青运动中,母亲也绝不让子女们远离她。母亲似乎并不苛求乡村生活的优劣,唯求子女离家不远。为此,母亲逼着父亲,四处求人,八方寻觅,为我和弟弟各找了一处离家不远的村落……

我生平第一次离开家乡到稍远的地方,是去淮北上大学。此时的母亲已经不能再为我佑护了。就在我接到大学录取通知书的前夕,母亲却意外而早早地去了另一个世界……

记不清是在哪本书中读到的"母亲去了,家也就失去了意义"。大学毕业时,我便少了许多的犹豫和牵挂,毅然去了离家乡更加遥远的巴山蜀水……直到今天,父亲还常常对我说起:"如果当年你母亲健在的话,你是不可能远离家乡的……"

的确,母亲身体一向不好,常年受着病痛的折磨。仅此,作为长子,我亦是不忍远离母亲的。即便迫不得已,我想自己也会很快回到母亲身边的。可见,母亲不仅茹苦含辛地养育了我,而且就在我羽翼丰满之时,又用她的生命给了我远走高飞的自由……

我在他乡,每每这样想来,常常不能自已……

二

离开父母的亲情之爱,有种滋味便是人在他乡所独有的了,那就是一种缺少友情的孤独和寂寞。

在一个人地生疏、无亲无故的地方,初来乍到的他乡之人,多想尽快去结识一些朋友。一来希望能够得到他人的友爱和照拂,二来恐怕也是为了消减些许人在他乡的孤独和寂寞吧?

当初我离开家乡时,就曾怀揣着好几封父辈和友人为我写下的信笺。凭着这些信笺,我很快在他乡结识了一些师长和新友。不可否认,这些间接的友情,对我初到他乡之时所给予的种种生活上的帮助和精神上的慰藉,都非同寻常,让我至今铭记在心。只是回过头来看看,当初结识的这些师长和友人中,仍然还保持联系和往来的,已经屈指可数了。不是自己忘恩负义,也不是因何利害关系,除去其中几位因富贵而自己有意疏远的之外,想来大多都还是情趣各异的缘故吧。

随着年岁增长,我也渐渐明白了一个道理:刻意去交之友是很难如老友那般融洽自然的。不说非要志同道合、心灵相通,但也不能貌合神离、情趣相异吧?尤其是在今天这样一个十分讲究功利的社会环境里。

人在他乡,我也曾应邀参加过一次"同乡会"。实未料到,在这远离故土的地方,竟然一下聚集起了好几百个同乡来,济济一堂,热热闹闹,满耳所闻都是那熟悉的乡音。一时倍感亲切,倍觉激动,如同回到久别的故乡一般,几乎要让我"两眼泪汪汪"了。激动之后,再随处走走,坐坐谈谈,却又不免失望。在那乡音中,却没能听到多少令我感兴趣的话语。有些话语在我听来,甚至还相当低俗。同样实未料到,人在他乡,置身于同乡之间,居然也有乏味之感,直至难以忍受,最后竟独自悄然离去。这也同样让我明白了一个浅显的道理,所谓"物以类聚,人以群分",在任何地方皆然……

为了排遣这种自以为是的孤独和寂寞，工作之余，我选择了读书和写作。也是未曾料到，在这条同样显得孤独和寂寞的漫漫路上，写写读读，读读写写，时至今日，依然初衷未改，兴趣不减。如此看来，我在他乡的这一选择，还是较为适己的吧？不然，在充满诱惑、五光十色的今天，这般情趣，这种兴致，又何以能够保持得如此久长呢？

可能是读书不同于交友吧，妙在可以自由选择。自由地"挑拣"自己所喜爱的智者、仁者，自由地"请来"自己所敬爱的先贤、大师。或聆听教诲，汲取学养；或与其对话，交流思想。自以为惬意至极，其乐无穷，远远胜过声色犬马。曾经偶然看到孟德斯鸠关于读书的一种感受："喜欢读书，就等于把生活中寂寞的时光换成巨大享受的时刻。"斯言极是。尤其作为一个从"文革"的书荒中走过来的人，我时常感慨不已：人生中还能拥有这样一段时光，还能得到这样一种补偿，能够衣食不愁、功利不为地读点书，真可谓三生有幸啊！

写作亦是，除了身不由己，涂抹一些应景应时或者遵命的文字外，一般多是有感而发的。如同读书一样，很多时候，写作并非为了急于发表，自然也无何功利可言。这样自觉总会少些束缚和羁绊，而多些灵气和个性的吧。业余写作，时间、精力毕竟有限，既然要写，当用心来写，言为心声，就要写出真情实感来。尽管自己也深知，这样的真情实感，或许并不那么深厚，有的甚至相当浅薄，但那毕竟是属于自己的。就像今天自己写下的这篇小文一样，人在他乡，感触情怀，种种滋味，千差万别，但这毕竟是属于自己的。

几年前,一位远在北京、素昧平生的著名文学评论家,在读了我的一些散文之后,欣然写道:"可以看出,作者写这些文章,绝非无病呻吟,为写而写。他是通过写作来思考社会人生,提高自我修养,寻求真善美,摈拒假恶丑的。正是遵循这样的写作原则,他在走向文格与人格相统一的美学境界。"此言实为熨帖之语,令我深觉欣慰。只是那样一种崇高的美学境界,于我来说,显然极其高远,是需要不断努力登攀的。

三

大凡游子,几乎没有不思乡的,因为故乡情结是天然的。

我初到他乡时,连着好几年,自费订阅着一份家乡报纸《合肥晚报》,直到这份报纸终止了对成都的邮寄发行。每去图书馆,也总是先去浏览一下家乡的书报杂志。就连看电视也常常爱调到家乡的频道上。有年安徽省黄梅戏剧院来成都演出,尽管在家乡时自己对黄梅戏并无多少兴趣,却一连去反复看了好几场。直到今天,我仍然不太愿饮他乡之茶,而保持着喝家乡茶的习惯。业余写作,谈不上勤奋刻苦,迄今只写了几十万字吧。有时翻翻自己的文章,发觉写得最多的竟还是故乡的人和事。其中最觉快慰的一篇,当首推《包河闲话》吧。这篇描述故乡风土人情和自己少年生活的散文,曾在《成都晚报》上连载一周。这也是我在报上连载的唯一一篇长文。那段时间,我每天都怀着激奋的心情,早早伫立于报亭前,等待着新一期《成都晚报》的到来。人在他乡,能够在他乡的报纸上,连续数日,看到自己所写的关于故乡的文章,这种喜悦和况味,恐怕也是非他乡之人所难以体验和领会到的。

还是因为人在他乡的那种种难以排遣的孤独和寂寞吧,那么,君自故乡来,也就自然而然地成了他乡生活的又一种乐趣了。

我的寒舍,每年都要迎进一些来自故乡的客人,有时甚至接二连三,应接不暇。尽管如此,每遇故人来,通常我都会想方设法地推开杂务,尽尽地主之谊。白天陪着故人四处走走,晚间便常常与故人拥杯而坐,谈新叙旧。尽管与故人的情感、情趣也会因人而异,淡淡浓浓、深深浅浅,然而他乡遇故知,一起说说家乡话,或是一起品尝故人携来的家乡茶点,一起谈论家乡的人和事,一起回味逝去的岁月和往事,可真是有点不知何处是他乡了。也唯有在此时,我才算是真正读懂了"君自故乡来,应知故乡事"这一千古绝句的无穷韵味。

人在他乡,有时与人说起家乡的风土人情、名人逸事,总有一种按捺不住的激动。过去在家乡自己并未留意,也不经意,甚至不以为意的一些景物、事物和人物,此时竟一下显得异常可爱和亲切起来。一说起来,往往如数家珍,滔滔不绝,真像是患了一种"乡思症"似的,而且时间愈久,愈深一层,真可谓"此情无计可消除,才下眉头,却上心头"。

如此炽热而浓烈的乡愁,有时连自己也不免纳闷,是否真正应了那句"离愁渐远渐无穷"了呢!有人说,热爱祖国首先应该是从热爱家乡开始的。如此说来,这还是一种值得赞赏的爱国主义情怀呢！

真是那样,我也就释然于心了。

四

说来道去,荣归故里,衣锦还乡,这恐怕仍然是人在他乡的一个难以了断的情结吧？历史长河里,不计其数的大人物对此都难以免俗,小人物们怀有这样的心志,也就在所难免了。

在我结识的一些他乡之人中,我有时问起为何数年都不回乡,却言等到在他乡混出点名堂来时,再荣归故里不迟。也曾问过一位在我看来已经混得相当不错,却又几度拒绝回乡参加各种纪念活动和聚会的友人,他竟然发出"无颜见江东父老"的感叹来……

人在他乡,多想自己能够成为故乡的骄傲、母校的荣耀,想来也属人之常情吧！然而,无数的事实却也证明,并非都是"树挪死,人挪活"的。他乡也并非都是鲜花遍野、阳光灿烂。人在他乡,无依无靠,想要成就一番事业,或者想要出人头地,显然并非易事。有的许是自身的才华所限,山外有山,人外有人。有的虽不乏才华,却又因那机遇难求,才华难现。也有的许是因了自己的性情使然,不愿苟且,委曲求全；或者不肯随波逐流,迎合潮流；更不愿去有违良知,不择手段,趋炎附势,同流合污……凡此种种,有明于此,我想故乡之人也就不致再过于苛求他乡游子了吧。

其实,人在他乡,只要尽心了,努力了,到头来,虽未能为家乡、母校争得光彩,赢得荣誉,但只要不做有损于家乡、母校名誉的事,也是足以告慰家乡的父老乡亲和母校的师长同窗了。同学间,友人中,因在他乡的种种不尽如人意而重返故里的,也为数不少。相见时,谈及此事,却道父老乡亲并未见怪啊!最多会说上一句:还是家乡好啊!

人往高处走,水往低处流。从古至今,人们不断地离开贫瘠的或是富饶的故乡,走向远方,多半还是为了追求一种更为幸福、更加美好的生活吧。独步他乡,人各有志。因而这一幸福美好生活的标准也会因人而异,不尽相同,既有物质的,也有精神的。看来自己大概还是偏重于精神的吧!

有时想想,其实人在他乡的悠悠岁月,见识广博的人生经历,不也是人在他乡所独有的一笔弥足珍贵的财富吗?离开故乡,走向远方,倏忽之间,有得有失。人到中年,蓦然回首,那些曾经得到的和曾经失去的,好像都已经变得不那么重要了。如果能够从人在他乡那些踽踽行进的旅程中,时而感受到种种辛劳而无愧的愉悦,时而感悟出些许虽然平平淡淡却也不乏酸甜苦辣的游子意绪,于我来说,便已足矣。

五

又到辞旧迎新的时候了。人在他乡又一年。

每逢此时,总会有五彩缤纷的贺卡、四面八方的短信和电话,接二连三,纷至沓来。每每捧读远方亲友祝愿和祝福的文字,每每听着远方亲友问候和关爱的话语,我总要激动和回味许久许久。这就是一种所谓的距离美吧?正因为有了人在他乡的这段距离,才会生出对亲友的那种特殊怀念的情感来吧。山水相隔,能够常常为远方的亲友所想起、所念及,这难道不也是他乡之人所独有的一种福分吗?

人在他乡,时间久了,便极为欣赏唐代诗人王昌龄的那两句诗:"青山一道同云雨,明月何曾是两乡。"云雨相同,明月共睹,那么,人在他乡,又有何不好,又未尝不可呢!

如今,"父母在,不远游"似乎已经成为一种陈腐落后的观念。而远走他乡,也早已不再是一种无奈和悲伤,反而成为一种荣耀和时尚。今天的国人,已经少了许多的禁锢和桎梏,拥有相当宽泛和自由的种种选择,这显然也标志着社会的一种文明和进步。那么,去留进退,何去何从,真可谓路在脚下,任君择路而行了。

行路他乡,一路小心;人在他乡,努力自爱。世纪之交,谨以此言,和远在他乡的朋友们共勉。

2000年岁末,写于成都天府广场寓所

微风斜雨

　　微风用它那双无形的手,亲昵地拂弄着纤纤细雨,不停地让它忽左忽右、歪歪斜斜地飘着,悄无声息地洒向脚下的这片沃土。

　　微风斜雨又一夜。

　　从路边一棵棵常年青翠的树上,纷纷扬扬地落下许许多多历经秋冬却迟迟不愿离枝的叶片来。落地的叶片中,有些微微发黄,有些犹存绿意。

　　一天清晨,当无意中瞥见这满地稀稀疏疏、黄绿相间的落叶时,我不由得在心里轻叹:锦官城里又一春!

　　未到成都前,就闻有"蜀犬吠日"之说,想那阴雨绵绵、阳光罕见的天气,曾不无忧虑。不想10余年过去,却偏偏爱上这微风斜雨了。

　　这雨,往往伴着黄昏飘然而至。俄顷,那风也随之姗姗而来。风微,雨斜,犹如一首浪漫抒情的小诗,淡淡的,耐人寻味,浓浓的,引人遐想。

这时的我,常喜伫立窗前,静静地聆听那微风在树梢的浓绿间缓缓流动的细微声响,贪婪地吮吸为风雨浸润过的泥土和花草散发出的幽幽芬芳,痴迷地看那天空中云烟袅袅地游移飘浮……

每逢这春风拂面、烟雨迷蒙的季节,总有一种让人要把心包裹起来的感觉,令我这他乡游子春草般地长出情思……

抑制不住无尽的思绪,就想到市井中去走走、看看。

一踏足户外,精神便为之一爽。

地上湿漉漉的,空气湿润润的,到处弥散着隐隐的、素淡的香气,脚下的土路也显得格外松软。那刚刚被微风细雨催下叶子的万丛花木,一夜之间,就童话般地幻变出嫩绿嫩绿的叶片来。清新的叶片尖儿挂着晶莹的雨珠,细细密密地点缀于浓绿青翠和姹紫嫣红之中,格外诱人,像在等着你去解读其中的奥秘。此时此境,你会在心里不由得叹服,杜甫那句"晓看红湿处,花重锦官城"的千古名诗写得是何等绝妙啊!

终日熙攘的大街,因这风这雨,显出几分清静来。

成都人似乎早已习惯了这样的天气,步行的人不紧不慢地撑开花花绿绿的雨伞,骑车的人从从容容地抖开五颜六色的雨披,只在一瞬间,便画出了道道流动不息、色彩斑斓的"彩虹",成都的大街小巷一下竟变得别样地鲜亮活泼起来了。

未带雨具又无何急事的人们,有的便就近坐进路边的茶馆,悠悠地啜着香茶,闲闲地摆起了"龙门阵"。不愿带雨具却身着五彩春装的成都女孩,被这微风斜雨衬托得分外婀娜多姿、楚楚动人。有的索性一甩雨滴遍布的秀发,将小巧的脚踏车交给了三轮车夫,让车夫牢牢捆绑在三轮车上,人与车一起,被三轮车驮着,摇摇晃晃地消失在雨的迷蒙之中。叫卖晚报的裹着雨衣,依然满街地穿梭不停。敲卖麻糖的叮当声,在风雨中愈加显出清脆和悠扬。唯有那些卖花的姑娘,不动声色,一任风雨给她们的束束春花挂上水珠,湿漉漉地吸引着人们的目光……

夜,为这微风斜雨,稍稍提前那么一点的,降下了帷幕。

街市上华灯齐放。在万家灯火与五光十色的霓虹灯、路灯的交相辉映下,那雨被微风牵扯得愈益歪斜、愈显稠密。

裹着霭霭的暮色,这沾衣欲湿、飘飘忽忽的小雨,不知疲倦地洒呀洒,把秀美的古城濡染得酣墨淋漓。那时疾时徐的风,仍然忠诚地陪伴着细雨,不紧不慢地顺着雨丝拂来荡去,渐渐拂散了人世间的种种烦恼和忧愁,也一时荡开了这座历史文化名城中的种种喧嚣和浮躁……

曾经有过多少回,我不无感慨地向远方的来客讲述着我的第二故乡。说起这座古老的城池,是完全有资格进入世界名城之列的。她虽然饱经沧桑,几度浩劫,甚至遭遇过灭顶之灾,却每每神奇般飞速地得以复兴,雄风重振,依然是"喧哗鼎沸,嚣尘张天"的繁荣景象,依然是"鼓吹连天沸五门,灯山万炬动黄昏"的歌舞升平,依然是"千林夸盛丽,一枝赏纤柔"的香城花都。不管朝代更迭,不论世事变幻,她总是从容地迈着自己独特行进的步履,她那既丽且崇、宏伟秀雅的风姿始终与日月同辉,经久不衰……

在幅员辽阔的中国版图上,"成都"二字自出现之后,已经牢牢地存在了2300余年矣!在这样漫长的历史岁月里,她的城址非但丝毫未曾动过,甚或连她的芳名都不曾变更过一次……

成都,何以具有如此强盛的生机和活力?她那如此旺盛的生命力又是源自何处呢?

终有一天,我若有所悟。恰恰因了这微风斜雨,才透出了莹澈、迷离、和谐的意境,又得以使这座深藏于盆地之中的城市平添几许含蓄、妩媚的情调来。也唯有在这微风斜雨的时候,你才会感觉出这古都深沉而博大的风采,品出"随风潜入夜,润物细无声"的真正韵味来。

不难想象,倘若没有这微风斜雨的滋润和濡染,脚下的这片土地,无疑将会失去她的娇妍和灵气,失去她的温柔和风韵,失去她风情万种的迷人魅力和诗情画意,甚至失去她千百年来一直引以为豪的"天府之国"的美名……

风,微微地吹;雨,斜斜地洒。微风斜雨又一夜。

晨曦初露之时,那微风斜雨便常常戛然而止。而在她的身后,却尽适人意地绿了一湾锦水,红了郊野桃花,也醉倒了满城的芙蓉儿女。

日月递嬗,沧海桑田。这锦官城一年一度及时而来、适可而止的微风斜雨,曾经倾倒和折服过多少文人骚客和风流人物,纷纷为她不吝笔墨,尽情挥洒,极尽赞美,又引得多少浪迹四方的游子和匆匆过客为之沉迷而久久眷恋啊!

难怪呢,我会爱上这微风斜雨的城市。

1994 年 8 月,写于成都天府广场寓所

处女作记趣

我的处女作是一篇杂文,名为《管管闲事》,不足千字,发表在1980年12月20日的《安徽日报》上。当时我在淮北煤炭师范学院中文系读书,中文系学生在省报上发表文章的,我是第一人。同学们要我请客,我用所得的七元稿费,请大家看了场电影。那时电影票便宜,记得大概是一角五分钱一张吧。

虽然收到了稿费,却没有收到样报。那张载有我处女作的《安徽日报》,是我从学院阅览室的报夹上悄悄取下来的,自然倍加珍爱,精心收藏着。1982年大学毕业后,我被分到了四川省级机关工作,这张报纸也随我来到了成都。

1987年秋天,父亲在上海的老战友、著名作家李良杰来成都修改他的长篇小说《彩色的旋涡》,我常去看他。闲谈中,我流露出有些厌倦机关工作,还是对文学有兴趣的情绪。李叔叔说,那就争取调到出版社去工作吧,这样在文学上进步就会快得多了。于是,李叔叔便向成都的一家出版社推荐了我。那家出版社要看看我发表的作品,我便将那张《安徽日报》和其他一些发表过的作品,交给了那家出版社的总编。没过多久,出版社就回话了,同意调我去做文学编辑。可是我的单位却坚决不开"绿灯",令我无可奈何,也有些心灰意冷,交给出版社的那些作品,一时也没去讨回来。

等到想起这事时,都已是 90 年代了。再去出版社,那位总编已经退休了。打去电话问及此事,他说记不清把我的那些作品放到哪里去了。

当年交给出版社的作品,除去载有那张处女作的报纸外,就是一个发表作品的剪贴本。对于那个剪贴本的丢失,我倒并不太在意,大多作品都是在本地报刊上发表的,留有备份。只是那张《安徽日报》,独此一份,真是殊为可惜!

2007 年春节,我回故乡合肥,在街头与一位多年未见的老同学相遇,当得知他夫人在安徽日报社工作后,就托其夫人帮我查找下那份报纸。她在报社的资料室里查找到了,就帮我复印了一份。不是复印整版的报纸,只是复印了我的那篇处女作。

得此处女作的复印件,虽聊胜于无,但是我心里总觉得还是有些遗憾的。那年虽然没能去成出版社做文学编辑,但我对文学的兴趣依然未变,业余时间,还是喜爱读书写作,发表了不少作品,还出版了几本书。尽管如此,我还是很怀念载有处女作的那张报纸。因为我常想,如果没有这篇处女作的激励,我恐怕也是很难写到今天的。

今年春天,我陪同几位外地客人,去四川大邑县的建川博物馆参观,偶然发现这里新建了一座老报纸纪念馆,可以查阅和购买老报纸。我便试着问了一句:有没有《安徽日报》?服务员没有丝毫犹豫,就给了我一个肯定的回答。当我说出处女作发表的日期和文章的标题后,服务员马上就登上了高高的驾车,居然很快就给我找到了。她站在上面大声地告诉我,已经看见了署我名字的那篇文章了,问我要还是不要。我喜出望外,连声说:"要的!要的!"

我要的这张 30 多年前的老报纸,已经陈旧得有些泛黄了,报头还盖有一枚蓝色的圆形图章:广西桂平县图书馆藏书章。服务员说我的运气真好,该馆馆藏的那一年的《安徽日报》,是缺了好几个月份的,就是 12 月份的也是不齐全的。现在这张老报纸按年份计算,定价为 380 元。我陪同的几位客人异口同声地说值得,都为我高兴。

服务员将这张老报纸,小心翼翼地装进了建川博物馆专门配送的名为"珍藏老报"的盒子里。精美的盒子上还醒目地印着一句广告:"人寿百年,纸寿千年。"

此后,我便将这张"失而复得"的《安徽日报》,放在这个特制的盒子里,并将这个盒子摆在书房醒目的地方,时而取出看看,每每颇觉温馨。

2012 年 5 月,写于成都

2019 年的春节

已经记不清在成都究竟过了多少个春节,不过,有一点却是记得清清楚楚的,就是在成都过年,很少能见着太阳。即便偶尔一见,太阳公公也像是位匆匆过客,最多露个一两天笑脸而已。

2019 年的春节,太阳竟像是从西边出来似的,从腊月二十九那天起,太阳就开始挂在了成都的天空上。而且这一挂,就牢牢地挂了整整五天,直到今天的正月初三,真是创造了成都春节史上的一个奇迹。

初来成都时,观赏娱乐节目,无论是官方的,还是民间的,多有一首四川风味浓郁的歌曲《太阳出来喜洋洋》,便觉得奇怪,那日出日落是再平常不过的事了,何至于如此高兴呢?及至待了几年之后,这才若有所悟。原来这四川盆地四周环山,而这成都平原恰恰又深处于那盆底之中,云雾重,湿度大,日照自然也就少了许多,尤其是在冬天。早些年,我还写着日记,自然也记下了这块土地上的阴晴圆缺。有时翻翻看看,发现在那些年整个的冬天里,成都出太阳的日子,最多的不足二十天,最少的还不到一周呢!这才明白成都女孩的肤色为何那么细嫩白皙,也明晓了何以会有那么一个"蜀犬吠日"的成语了。太阳偶尔出来,就连那狗都觉得怪怪的,可见这里缺少阳光,已是一种历史悠久的现象了,而《太阳出来喜洋洋》这首歌也传唱快 80 年了。

前几年,有位外来歌手写了首名为《成都》的歌,颇为流行。可很多成都人却不太认同这首歌,觉得那歌里并没有什么成都元素,也没有多少成都味道,只是将玉林路上那个不起眼的小酒馆唱红了。就在大年初二,我陪远方友人想去那小酒馆里坐坐,尽管已近夜半,却还要在门外慢慢排队呢。而近年来,成都坊间却普遍认同一种调侃,说是在冬天,成都人有着两个极为有热度的兴奋点:一是天上下雪,二是周末出太阳。周末出个太阳,都能引起极度兴奋,过年出太阳也就可想而知了。

春节里有了阳光,使得整座城市都兴奋起来,许许多多的成都人便破了正月初二方能出门的习俗。只是出门却不是拜年访友,而是去晒晒太阳。成都冬日里的太阳虽然少有蓝天白云相伴,却也无风,让人在露天里待得住,而太阳让气温也跟着上升了好几度,暖融融的。恰巧今年的除夕又和立春同日,连日的阳光催促着一些花儿早早地开了。年初一去青城山,见那油菜花也都星星点点地绽放开来,愈加使得原本无霜的成都平原显出一派盎然春意。于是公园里、河水边、茶园中、街市上,直至近郊那些星罗棋布的古镇和农家乐,凡是阳光能够照得着的地方,满满当当都是喜气洋洋的人。

印象中,好像自从出了"新一线城市"这个新词,而成都又在那十多个"新一线城市"里,接二连三荣登榜首之后,来成都打拼的、创业的、养老的、游玩的人就与日俱增起来。那些在阳光下悠闲地喝着盖碗茶、玩着麻将或是摆着"龙门阵"的人群里,不仅多了些南腔北调,而各种肤色的老外也像是比以前多了不少。不知这是否与去年美国每日精英网站发布的那条消息有关,说是2018年全球最值得一去的八个炫酷城市中,成都是唯一上榜的中国城市。

就在即将步入猪年的前几天,不知因何,一改以往过年只在景区张灯结彩的常规,忽然之间,成都的大街小巷、城里城外,所有临街的路灯上、大树上,统统挂起了灯笼来。那些一眼望不到头、不计其数、大大小小、长长圆圆的红灯笼,在太阳落下后,便陆陆续续地亮了起来,虽说有些奢侈,倒也平添了不少喜庆的年味。

在太阳和灯笼的交相辉映下,今年成都的春节就显得更加热闹了。那传统的武侯祠庙会、青羊宫花会、狮子山灯会,再加上新开航的锦江夜游,从电视上看,内容丰富多彩,而且人山人海。年轻时爱热闹,过年常去那些热闹的地方凑热闹,近年来去得少了。不过,有一个不那么热闹的小会,因离家近,只要无事,倒是年年春节都要去的,就是"人日游草堂"。这一纪念诗圣杜甫先生的活动,于嘉靖时期即已成为民间习俗,如今已演变为成都独有的一个文化品牌了。感兴趣的成都人在这一天里就会云集草堂,凭吊诗圣,吟诗作画,赏花迎春。只是这个雅致的小会是在正月初七,也不知今年成都春节的太阳,能不能再给点力,坚持着撑到那一天。

　　偶见媒体称,正月十五之夜,成都将要大放烟火,这也如同那成都冬日的太阳一样,是相当罕见的喜事了,已有朋友在兴高采烈地约我了。

2019年2月7日(正月初三),写于西华大学

重访君子故里

从成都去往自贡途中,忽然想起今年是戊戌年,也就自然联想起"戊戌变法"中的六君子来。而其中一位君子刘光第先生的故乡,就在隶属于自贡市的富顺县。时间宽裕,于是就先去了君子故里。

早在20世纪80年代初,我曾来过富顺,这里是蜀中闻名遐迩的"才子之乡"。仅明朝一代,赴京会试中进士者就有百余人之多。在群星灿烂的富顺才子中,我唯独记住了这位仅活了39年却被誉为"君子"的刘光第。未料,那几日在富顺县城里,却遍寻不见有关这位君子的蛛丝马迹。地方官员告诉我,刘光第遇难后,在京同乡将其灵柩由长江运回故乡。灵船入蜀后,沿江百姓纷纷到江岸祭拜。进入富顺境内,百姓自愿拉纤者不计其数。远离县城的赵镇,是君子的出生地,赵镇的父老乡亲为其举办了三天盛大祭祀后,君子也就安葬在那里了。然而,待我风尘仆仆寻将过去,只见那君子之墓,竟是颓废不堪,就像是蜷缩在水田夹缝之中的一堆破土荒丘。

几年过去,偶见报载,刘光第终又受到各方青睐,成为故乡上下引以为荣的历史名人,遂将其墓地隆重地迁移进了富顺县城里。

车入县城,问一路人,刘光第墓园在何处?答曰:在位于五府山的革命烈士陵园里。闻之不禁一震。史书上称"戊戌变法是中国近代史上一次重要的政治改革"。改革又岂止于流血呢?从某种意义上来看,"戊戌变法"也是一次夭折的革命。而为变法英勇就义的君子们,享有"革命烈士"之誉,似也应在情理之中吧。

下车寻路,方知刘光第墓园建在了革命烈士陵园之后,圈有围墙,另辟一园,与我前次所见的君子墓地已是天壤之别。墓园中立有君子铜像,塑像设计者是著名雕塑家叶毓山。铜像基座上镌刻着八个醒目大字:变法图强,凛然大义。而墓碑则是由赵朴初先生题写的,可见君子名望,非同凡响。

富顺县城里还有一座历史悠久、颇为壮观的文庙,据说其中设有一个乡贤祠。我曾出过一本名为《乡贤》的长篇散文集,写了故乡的几位乡贤,故生兴致,前去踏访。心想,里面会有君子的一席之地吧。进去一看,果如所料。

乡贤祠里摆放着不少关于富顺乡贤的书籍,其中有一本中华书局出版的《刘光第集》,集有君子所写的诗文函件和书法。随手一翻,书法漂亮,文采斐然。书中还附有当时各界名流为君子所写的小传数篇。其中梁启超先生在文中点赞君子的诗文和书法，称其"博学能诗文，善书法。诗在韩、杜之间，书学鲁公，气骨森疏严整，肖其为人"。

而文中梁启超先生的另一段记述，则更显出刘光第不同流俗的君子风范，即便是在悠然过去了两个甲子的今天，也还是有着不凡的社会现实意义："向例，凡初入军机者，内侍例索赏钱，君持正不与。礼亲王军机首辅生日祝寿，同僚皆往拜，君不往。军机大臣裕禄擢礼部尚书，同僚皆往贺，君不贺。谓：时事艰难，吾辈拜爵于朝，当王事，岂有暇奔走媚事权贵哉！"而书中《刘光第年谱简编》所载君子人生的最后一年，则有如此描述："九月二十四日拂晓，在寓被捕。众人见家具被帐甚简陋，夫人如佣妇，皆惊诧曰：乃不似一官人！"寥寥数语，一位正直廉洁的四品京官形象便栩栩如生，跃然纸上。

"冰冻三尺，非一日之寒。"古往今来，大凡能够成为一名真正意义上的君子，亦非一日之功啊。书中，康有为先生在给刘光第所写的挽联里也击节赞叹："汉庭党锢，晋世清流，前代如斯，今复再见！"这也就难怪梁启超会对刘光第发出这样由衷的感叹来："呜呼！真古之人哉！"康有为和梁启超均是"戊戌变法"的领军人物，短暂的"百日维新"失败后，逃亡海外，而谭嗣同、刘光第等六人却惨死于北京的菜市口。如此命运，倒也成就了"戊戌变法六君子"流芳千古的美名。仅此而言，在我看来，六君子的名望似又远在康、梁之上了。

重访君子故里,又偶然得知,在君子的诞生地赵镇,已修复了刘光第故居,供人瞻仰。而原先的墓地依旧存留着,只不过是君子的衣冠冢罢了。

2018 年 4 月,写于青城山居

我和蜀中的三老作家

和王火先生

初识王火先生,是在 1998 年的初冬,他的长篇小说《战争和人》荣获了第四届茅盾文学奖,在成都举行的隆重庆祝会上,我见到了久仰的王火先生。

说是久仰,也不夸张,因为小时就看过根据先生小说改编的京剧电影《节振国》,直到今天,我都还会哼唱其中的几句。那天会后,便去书店买了一套三卷本的《战争和人》,慢慢读完,不由得掩卷长叹。这部讲述抗日战争的长篇小说,具有史诗般的恢宏,难怪会被列为本届"茅奖"之首。而且要知道,这部小说前身的手稿,早在"文革"的浩劫中散失了。劫后重生,先生硬是凭着记忆,将那第一卷重新写了出来。接着,先生又在一目失明的窘况下,再接再厉地写出了第二卷和第三卷来,总共 160 余万字,前前后后,历经 10 年。有人称其为"当代谈迁",实不为过。我也遂由久仰转为敬仰,将那厚重的三卷本精心包装起来。心想,等有机会再请先生签个名吧。

不想,这一等就等了十几年。

2015 年初夏,承蒙友人引荐,我去了王火先生府上。当我取出《战争和人》第一卷来请先生签名时,老人家却没有即刻动笔,而是将书翻看了一番,赞赏我买的这部人民文学出版社的版本很好,他也很喜爱,又笑说:"你是我的衣食父母啊。这套书并不便宜,你不但买了我的书,还把书包装得这样好。你今天就是把三本书都带来,我也会给你都签了。"忽然,先生又说,"我给你在书上题首诗吧。"我连声说好。先生稍一沉吟,便挥笔在书的扉页上写下一首七言诗来。至于这诗是别人的还是先生的,我没好问。随后,先生又亲手加盖了两方硕大的印章。其中一方印章上镌刻着王火先生的本名——王洪溥。

闲聊中,当得知我是合肥人时,先生一下显得分外高兴起来,说:"我也是安徽的女婿呢!"原来王火先生的岳父凌铁庵先生是安徽定远人,国民党元老。1962 年在台湾临终前留下遗嘱,希望叶落归根。老人的这个遗愿终在 1975 年得以实现,王火先生和夫人还到安徽参加了岳父隆重的葬礼。《安徽日报》曾以《辛亥革命志士凌铁庵回归故里》为题发了新闻。这样一说,我和王火先生又亲近了一层。那天,我特意带了本自己的长篇散文集《乡贤》,恰好是由安徽文艺出版社出版的,便呈请先生大教。想到先生年事已高,眼睛有疾,就请老人家闲时翻翻书中写我祖父的那篇就行了。我对先生说:"这也是一篇抗战题材的长篇散文,很多读者都说写得还不错,因此也很想听听您的高见。"先生则回我:"怎能只看一篇呢?我会全看完的。认真拜读……"

说实话,我没敢奢望先生会看我的书。

春节,打电话给王火先生拜年,未料,稍事寒暄,先生便将话题转到了我的那本书上,不仅褒奖有加,又讲起了书中的几个细节来,还发了一番感慨:"你祖父这样的人物形象,我在文学作品中好像还没有见过呢。"我受宠若惊,刚刚谦虚了一句,就被先生立马打断:"金科,你不要客气。作家给我送书的很多,说实话,有些书我是看不下去的。你如果写得不好的话,我也是不会看完的。"接着又说,"你的这本书不仅写得好,版式装帧也很好,值得珍藏。你如果手里书不多的话,就把我的这本拿回去吧,让更多的人看看……"

王火先生的这番话语,让我激奋不已。

早在新中国成立前,先生就毕业于复旦大学新闻系,做过多年记者,曾经见过蒋介石、蔡元培,专访过胡适、于右任等众多名流,阅人无数。后转入文学创作,亦是硕果丰盈,被美国全美作家联谊会授予"东方文豪终身成就奖"。而且先生还是位资深的出版家,曾经做过出版社的总编。拙著能够得到如此高人的如此评价,我能不激奋吗?于是就写了篇小文,故乡的《合肥晚报》不仅很快发了,没有想到,还配发了我和王火先生的合影。更没想到,那一版上共发了四篇文章,而另三篇的作者竟都是大名鼎鼎的作家:俄罗斯的陀思妥耶夫斯基,中国的余华和阿城。无疑,我是沾了这位"东方文豪"的光了。

我和王火先生住在同一条路上,相距不远。一天,我又去府上拜望先生。先生颇为动情地说:"我在南京生活过很多年,南京与合肥很近,口音也很接近,能在这里和你一起说说家乡话,感觉很亲切。"又说:"哪天我也去你家里坐坐吧,我常到你家附近的邮局寄书呢……"

临别时,王先生抱歉地说:"本应送你几本我的书,可是我的书都捐给中国现代文学馆去建立'王火文库'了。正好别人写我的传记还有几本,就送给你做个纪念吧,我已经在书上给你题签好了。"

接过翻开,只见王先生用他那一手漂亮的钢笔字在扉页上写道:"金科老友:这是作家廉正祥同志写的一本书,杨闻宇同志写了序。我借花献佛,送您一册留念。"名老作家题赠的大作,我倒有几本。但同时题赠大作和传记,又在书上题诗,且是用"您"来称呼我的,王火先生是唯一的一位。

近几年,我长居外地。一日,忽收友人转来王火先生的一份复印信件,因为信中提及了我:"我的年龄委实太大了,连写字手都不听使唤。如果早些年,我该和金科同志及您一同多聊聊谈谈。"友人又告诉我:"王火先生还说哪天要到你家去看你呢!"感慨之余,不由得想到先生已到九十有五之年了。真巧,几天之后又见报载,王火先生曾告诉我的,由四川省政府特批的那皇皇12卷的《王火文集》,也终于问世了。

于是心想,择日当登门去向先生致贺才是。

和高缨先生

早在安徽读大学的时候,我就对四川作家高缨先生有了兴趣。

回想起来,当初这个兴趣的产生,倒并不是因为他的那篇被改编成电影、家喻户晓的成名小说《达吉和她的父亲》,而是20世纪60年代初,由这篇小说和电影所引发的那场影响全国的关于"人性论"问题的大讨论。

入川后,虽在一些场合见过高缨先生,却无缘接近。2016年,因参与"四川省散文名家自选集"丛书的编辑工作,在几位名老作家中,我选择做了高缨先生散文自选集《寻觅》的特邀编辑,这才得以走近高缨先生。

那时的高缨先生已是87岁高龄,身体也不好。他感到,这有可能就是他的最后一本书了,因而非常积极而认真地投入其中。不仅抱病四处寻觅散落在全国报刊上的他的散文,还亲自动手,剪接粘贴,筛选编辑。交到我手上的书稿,被先生分门别类,整理得井井有条、干干净净,令我感动。感动之余,便写了篇小文,投给了一家老年报,很快就发表了。高缨先生看见后,不仅点赞了一番,还打趣道:"我的朋友和读者看到你写的文章,才知道我还在人间呢!……"

然而不久,高缨先生的病情就加重了,住进了医院。而且,医生从此也不让他出院了。所以,这本书稿的有关事宜,我都是与先生在病床上商谈的。即便是在病中,高缨先生对这本书依然倾注了满腔心血,一丝不苟、字斟句酌地在病床上反复修改着。

书稿即将付梓时,先生对我为他所写的作者简介不太满意,我们出现了意见分歧。我想尽可能地多向读者展示些高缨先生多方面非凡的文学才华和辉煌的文学成就,而先生的意见则是尽可能地从简,少些溢美之词。后来,先生让他女儿给我传来一个简介。说是2011年由广州花城出版社再版的《达吉和她的父亲》上的作者简介,老人家觉得不错,供我参考。我看了,也感觉不错,就采用了。但我还是加了一句:"小说《达吉和她的父亲》被拍成电影,影响广泛。"因为我觉得,电影比起小说来,名声要大得多。更何况,电影剧本也是高缨先生自己写的呢。

有位朋友很景仰高缨先生,听说了这事后,就网购了几本花城出版社的这本书,让我带他去请先生签名。那天,高缨先生的精神状况似乎不太好,但还是应允了。

高缨先生说,要先给我签一本,却签得相当吃力,颤颤巍巍,字也写得歪歪斜斜,不多的几个字,竟写了很久。未料想,老人家为我写下了这样的文字来:"金科好友。高缨。"视我为好友,又让我感动。而更未料到的是,在其后为朋友题签时,先生又一笔一画地还是写出了我的名字来。这回写的是:"谢谢您!金科。"一旁的朋友笑说:"看来你的名字已经牢牢地印刻在高缨老师的心里了。"

花城出版社的这本《达吉和她的父亲》,是编辑在一套名为

"中篇小说金库"大型系列丛书里的,编委们都是知名的权威专家。这套丛书是从五四运动之后近百年发表的小说里遴选出来的,编者称所选小说"注重作品的文学性、学术性和经典性"。虽长达百年历史,作品汗牛充栋,但是真正能够达此标准的小说却并不多。在丛书的书目上,我看到,只有鲁迅的《阿Q正传》、茅盾的《林家铺子》、莫言的《红高粱》等极少数杰出作家的杰出作品榜上有名,由此可见《达吉和她的父亲》在中国现当代文学史上的地位和价值了。而写出这个经典之作的高缨先生,当年刚过而立之年。

这本书上还附有几张照片,其中有张1965年高缨先生访问柬埔寨时,西哈努克亲王为他授予"百花勋章"的照片,照片上的高缨先生年轻帅气。那天,我指着这张照片对先生说:"高老师那时还是个小帅哥呢!"先生没有搭理我,却拿眼睛紧紧盯着我,许久,突然冒出一句:"我看你年轻的时候也是个小帅哥嘛!"这话说得我俩都笑了起来。

在欢乐的笑声中与先生握别。刚走出病房,忽闻先生大声呼我,赶紧折回,只见先生已收敛笑意,而是一脸严肃地对我说:"书出来后,千万不要再搞什么首发式了……"

和克非先生

20世纪70年代中期,我在安徽肥东县一个农场当知青,曾托上海知青买过上海人民出版社出版的长篇小说《春潮急》。这部反映四川农村生活的小说,被知青们争抢着轮流传阅,最后竟传得无影无踪。再托上海知青代购,回来告知,《春潮急》在上海各大书店早就卖空了,他是拿出了高于书价一倍的钱,又搭上好几张在那个年代里紧俏的烟票,才得以从一位朋友手里拿下的。这样的阅读经历,也让我记住了这位四川作家克非先生。

入川后得知,这位来自乡村、身为四川省作家协会副主席的专业作家,全国人大代表,居然在 55 岁那年,从成都又举家迁到绵阳乡村去了,这便让我生了前去拜访的兴致。

初访克非先生,我做了些功课,当然大多是关于《春潮急》创作方面的事,还有就是他为何要移居乡村的疑惑。未料,克非先生竟是位思维敏捷的谈话高手,往往是我刚刚引出一个话题,老人家便滔滔不绝起来。也才知晓,当年的《春潮急》先后被全国各大出版社翻印、增印了数百万册。首版的 21 万册,仅在一天半的时间里,在上海就被抢购一空了。那天克非先生说起这事来,欣喜之情依然溢于言表。不过随之老人家又补了一句,说是出现这样的奇迹,也并不完全因为是他的书写得好,恐怕与那个年代大家无书可看也是大有关系的吧……

我曾一度对奇特的"文革"文学有过兴趣,做过一些思考和探讨。"文革"10 年间,出版的长篇小说不过百部左右。而克非先生的《春潮急》,其实完稿于"文革"之前,但要想在"文革"中出版,必然就逼迫着克非先生去不断修改了。他在上海改了一年多的时间,无可奈何地添补上了诸多"文革"文学的东西。尽管如此,在中国当代文学史中,这部分为上、下两卷,八十余万字的长篇小说,则被誉为"十年浩劫中多少可以填补这段空白的难得之作";"在十七年文学和新时期文学之间,形成了一个独特的历史性桥梁"。这也就难怪《春潮急》在那时会风靡一时,洛阳纸贵了。以至于后来还被拍成电影。

整整一个下午,在幽静的农家小院里,我和克非先生品茗对坐,谈天说地,让我颇有"胜读十年书"之感。谈到兴头上,克非先生又引我在他那乡土氛围浓郁的院里院外、田园菜地转悠了一番。一路上,老人家都在说着他惬意的乡居生活及其种种妙处,还感叹道:"我生在农村,又写了一辈子农村和农民,对农村和农民是有着很深的情感的。说心里话,我现在也离不开农村和农民了,也打算就在农村了此一生了……"

归来,我乘兴写了篇散文,题为《回归田园的乡土作家——踏访克非先生》,被一家杂志刊了。克非先生读后,打来电话,称我写得还很像那么回事呢。又说,已将此文寄给他在人民文学出版社当编辑的女儿欣赏了,女儿也说写得不错呢。

再次拜访克非先生,是为筹编一本图文并茂的散文集,去请他老人家题词的。先生挥笔写下"散文是各种文章的祖先"。就是这样一句题词,引发我俩又谈了些关于散文的话题。克非先生旗帜鲜明地认为:散文是绝对不能虚构的!老人家以我的散文集《乡贤》为例,说:"你用散文写你的祖父,为什么能够打动读者?就是因为真实嘛,这也是散文的优势呀。"又笑说道:"要想虚构,干脆像我一样,就去写小说嘛。"一回生,二回熟,这次相见,我特意带了相机,为先生拍了照,与先生合了影。

三访克非先生,是为一本由我策划和主编的《川渝散文百家》文集,去向克非先生求稿的。老人家很谦虚,说他擅长小说,散文写得不多,也写得不好。但我注意到,蛰居乡村的克非先生不仅创作了大量的小说,还另辟蹊径地研究起《三国演义》来,写过不少随笔,我就请他从这些作品里找一篇给我。他勉强同意了,就送我一本他的大作《闲读三国 乱弹古今》,让我随意挑选。不想,刚回到家,克非先生却追来一个电话,说他思考后,觉得书中的自序较为适宜,请我酌定。我自然是依了先生的意见。

有了这样的几次接触,我对这位热爱农村和农民的乡土作家又多了几分了解和敬意,也有了不少新的认识和感触,便将写克非先生的那篇旧作推倒重来,另起炉灶地拉成了一篇五千余字的长文,在《淮北日报》发表后,竟荣获了"四川散文奖"。

我将这一喜讯电话告知克非先生,笑说是沾了他这位名老作家的光了。老人家却说:"那倒不是。写我的文章不少,但看得出来,你下的功夫是最深的嘛。"接着,他又高兴地告诉我,说他这些年又潜心研究起《红楼梦》来,由于视角独特,观点新颖,已在红学界漾起了不小的波澜。2015年6月,人民文学出版社推出了一套"名作家谈《红楼梦》系列"丛书,他的《克非谈〈红楼梦〉》也名列其中,且已与王蒙、刘心武、李国文等著名作家的红学专著一并出版了,说下次再见时送我一本。

后来听说,克非先生身体不太好了,时常住院,且已由乡村搬到绵阳城里去住了,便想哪天去看望下,却一拖再拖,未能成行。

谁知,就在临近春节之时,传来了克非先生溘然仙逝的消息。而就在两天前,克非先生刚刚在家里度过了他 87 岁的生日。

2018 年 8 月,写于内蒙古大学

序《何承朴自传》

早在20世纪末,当我着手构思关于祖父金笑侬风雨人生的长篇散文时,我便开始对中华民国和中华人民共和国的历史倍感兴趣起来,因而平时较为关注这方面的文章,也有过一些思考。除去那些文献史料外,我更偏爱阅读各种人物传记,也鼓励和支持过熟识的文化老人去躬身实践,努力为之。这本《何承朴自传》,便是其中之一。

1982年秋,我大学毕业,从合肥来到成都工作。父亲的好友、《新安晚报》首任总编辑钱玉岁先生一纸信函,将我引荐给何承朴先生。钱先生与何先生是复旦大学新闻系的同窗。此后,我与何先生既是忘年之交,也有着浓浓的师生之谊。那些年里,我写的许多文章,都是经由何先生润色编发的。几十年的交往,自以为对何先生已是相当了解,然而,在读了这本传记之后,方才知晓,原来何先生的人生阅历竟是相当曲折和丰厚。而这些,我却从没有听何先生说过。

何承朴先生于20世纪30年代初,出生于江淮安庆地区一个阔绰的书香门第。他目睹了从民国到共和国的更替,经历了共和国种种动荡不息的政治运动和社会变革。他以一位饱经沧桑老报人的眼光和笔触,回首平生,掇拾往事,感怀人生。而芸芸众生的命运遭际和悲欢离合,虽只是传主根据自己的视野和境遇所记述的冰山一角,却映现出了各种小人物的生存状态和心理状态,也折射出了不同时代鲜活的历史印记。而大大小小的历史事件,也正是因了许许多多小人物的参与和见证,才显得愈加真实、丰满起来。这大概也正是何先生这本传记的意义和价值所在吧。

几番拜读何先生的传记,我常想起朱熹先生的一句话来:"主一无适便是敬。"如把这句话用在何先生身上,应是恰如其分的。何先生生长于一个新闻世家,其祖父曾留学日本,并与辛亥革命元老于右任先生一同创办过多种报纸。受家学浸染,何先生自青年时与新闻结缘之后,便心无旁骛,主一无适。直至晚年,他依然孜孜不倦,乐此不疲,不知老之将至。何先生这种从一而终的报人情怀和敬业精神,常令我钦佩不已。

如今,何承朴先生又值八六高龄之年,挥笔写出了一部属于自己的传记来,更是人生可喜可贺之事。未料,就在行将付梓之时,先生则命我写一序文,而这也是我为何先生系列著作所写的第二篇序文。先生对学生的厚爱,由此可见一斑。

敬序如上。

2017年清明,写于青城山居

何承朴(1932—),男,安徽怀宁人。1961年毕业于复旦大学新闻系,高级编辑。历任《成都日报》《成都晚报》《成都商报》《四川侨报》记者、编辑、编委、副总编辑、总编辑。

同窗书话

我考上淮北煤炭师范学院中文系,是在 1978 年的秋天,史称我们那一届大学生为"78 级"。因"文革"而中断了 11 年的高考,不知耽误了多少人才,我的大学同窗尉天骄兄,便是其中之一。

天骄兄是老三届。同窗中,属于老三届的不少,也是 78 级的特色吧。在我心目中,老三届是很有学问功底的人。果不其然,每逢考试,分数高的,多半是他们,令我等没有读过多少书的人望尘莫及。而天骄兄似乎又是这些老三届中的佼佼者,他当年高考分数就很高,只因那"政审问题"而耽搁,被母校"捡漏"来的。读书期间,天骄兄都是班干,荣获过"安徽省优秀大学生"称号,毕业时自然留校当了老师。那个年代,能够留校的,都是些品学兼优者。后来,天骄兄考上了南京大学研究生,而后,又做了母校中文系主任。

许是年龄和学识上的差距吧,同窗四载,我与天骄兄并无多少接触。毕业后我去了成都,曾回过几次母校。每次回校,天骄兄都要尽尽地主之谊,殷勤周到,话亦投机,联系和往来这才渐渐多了起来。

20世纪90年代中,我出差北京,去大学同窗任启亮家中做客,与天骄兄不期而遇。天骄兄是来京参加台湾一位著名作家的研讨会的,方知他已是全国颇有名气的文学评论家了。恰巧,巴金文学院刚为我编辑出版了第一本散文集《微风斜雨》,我就问他可否为此书写篇书评?天骄兄二话没说就应允了。可以说,我和他真正意义上的同窗之谊,也正是从这篇书评开始的。

天骄兄先后为我写过三篇书评。能够长期关注我的散文,连续数年为我写下三篇书评的,除去中国社科院文学所的评论家蒋守谦先生,就是天骄兄了。

天骄兄的三篇书评,有两篇发表在母校的学报上。在我的第三本散文集《乡贤》出版后,他又精心策划,在母校中文系为我举办了一个散文研讨会。那时的天骄兄已经调往南京河海大学,他却不遗余力,不仅跑前跑后,还做了个精彩发言,使得研讨会开得相当精彩。在作家朋友圈里,每每摆起我的这些"龙门阵",都很令他们羡慕,这是许多作家可望而不可即的事。当然,我心里明白,并不是我的散文配得上这些特殊待遇,而是天骄兄真挚的同窗之情和他在母校的声誉和名望。

看得出来,天骄兄为我写的书评绝非应酬之作,而是在深入研读了作品,经过深思熟虑之后才动笔的。天骄兄长期致力于写作方面的学术研究,教学之余也写散文,加之对我的了解,写出来的书评也就非同一般,富有个性,理解透彻而精辟,尤其善于把自己的独特感受和见解升华为理论性的表达。每篇书评都很厚重,极具特色,雅俗共赏,先后被多家报刊、网站转载,其中一篇还为文学评论名刊《当代文坛》采用了。尤其可贵的是,我们虽为同窗,但他的评论从不过分吹捧,而是客观而中肯,长处说够,也不护短。回想起来,天骄兄书评中的一些看法和观点,对我的散文创作,甚至于在做人的某些方面,都是有过不小影响的。

譬如,在评论我的散文集《人在他乡》时,天骄兄写道:"几年前读《微风斜雨》时,我注意到了,尽管书名很有风景意味,但综观全书,写景的笔触不及叙事那么灵活生动。"但他同时也指出:"金科的叙事也有薄弱之处,概而言之就是'散'得不够,'放'得不够。"也正是基于天骄兄的这个评价,我及时转向了叙事散文的创作,并且也"放"得更开一些了,接二连三写出了几个长篇叙事散文。其中的一篇《改造存心赶向前——关于祖父的人生随笔》,还荣获了省级文学奖,也成为我的一个代表作。

而当这几个长篇叙事散文被结集成《乡贤》一书出版后,天骄兄看到了我的进步,随即写出了一篇长达万余字的书评,不吝笔墨,大加点赞:"人物丰富的内心世界,才是金科更为关注的散文创作题材。书名《乡贤》,重心不在'乡',而在'贤'";"作者更多的是把笔触向复杂的历史延伸,向人性的深处延伸";"主要致力于展示和发掘这些人物身上美好的精神、人格、品德,遗憾他们在非常状态下的被损害和被扭曲。我以为这是本书怀人的主要着力点,也正是它的内涵深厚之处,更是这部作品的成功之处"。

而在另外一篇书评里,天骄兄则认为:"金科是位谦谦君子,善良,宽宏,也喜爱深思";"金科的散文,主调是对于他人、对于生活的认同、体谅、赞美、热爱,发掘了人性的善良,从而也显示了自我心态的温厚、沉静、平和"。

对于自己的写作,当然是"甘苦寸心知",但有了如天骄兄这般坦诚而真挚的交流,则更能加深对作文与做人的把握。我向来以为,写散文的人,就更应该做到"文如其人"才是。天骄兄的这些书话,在某些方面,也成了我为文处世的一个标杆。

天骄兄为我所写的第一篇书评,用了这样一句结尾:"金科不会让我们等待太久!"要知道,这句话当时对我的鞭策和鼓舞有多么巨大!业余写作,时间、精力有限,本来我也是有着"一本书主义"思想的,觉得业余写作,能出一本书,也就够意思了。然而,天骄兄却从这本处女作中看出我的散文创作还有潜力,鼓励我继续写下去。

从昨天的纸笔通信到今天的网络交流,多年来,我与天骄兄"相与论文"的书话从未间断过,这已经成为我们同窗友谊的主要内容,也是彼此生活中的精神享受。我的散文能够有些收获,与天骄兄别样的同窗之谊和他的书话也是不无关系的。

记得那年,我将天骄兄为《乡贤》一书写的长篇评论,推荐给故乡一所大学学报时,我刚道谢了一句,校长先生就说:"尉天骄教授的大作能在我们学报上发表,应该是本校的荣幸啊!"

这样说来,得以与天骄兄同窗,也应是我的一种荣幸吧。

2018年12月上旬,写于青城山居;12月中旬,修订于曼谷

我的精神还乡(节选)
——散文集《他乡絮语》后记

应该承认,自己多多少少受了些陶渊明先生的影响。

自从知晓了古代官员还有这样一种活法,便歆羡不已,跃跃欲试。所以,在距国家公务员法定的退休年龄还有三年之久时,我便毅然地递交了"辞呈书",恳请辞去那一官半职,早日回归家园,尽管是在家人的强烈反对声里和亲友同事们的疑惑不解之中。还好,在被单位以种种因由挽留了一年之后,终在 2014 年清明时节,得以如愿以偿,此生总算让我多多少少学了点陶渊明。

许多亲友都认为我如此任性,是为了尽早脱离心为形役的桎梏,以换取宽松写作的心境。其实不然。就是不做任何事情,专事写作,我也写不出多少所谓像样的作品来的。写作不仅仅需要时间和环境,更是需要天赋和才华的,这点清醒我还是有的。

当然,自己毕竟是爱着文学的。身心自由之后,我静心梳理了近 10 年来所写的作品,数量还算可观,不由得一阵欢喜。不过,在反反复复阅读这些文字之后,我又不免颇为失望。总的感觉自己的写作好像是在原地踏步,无何长进。而我曾给自己定下出书的原则是:一本胜过一本。因此,对于是否再出文集,相当踌躇,犹豫不决。

真正促使我出这本集子的动因,还是来自我的两所母校——合肥六中和淮北师范大学(原淮北煤炭师范学院)。可谓巧合,就在我提前告退当年,恰逢我的中学母校建校 60 周年和大学母校建校 40 周年。十分惊喜,校庆之际,两所母校都不约而同地以作家之名誉我为"杰出校友"。尤其是合肥六中这所江淮名校,早在纪念建校 50 周年之时,就曾经给过我这样一种嘉誉。

所幸,在这 10 年间,我出版了一部长篇散文集《乡贤》。这本书也为我收获了些许声名,好几家图书网站至今还在做着宣传广告。我的经纪人和几位朋友,也在为将书中写我祖父的那个长篇散文改编成影视剧而不懈努力着。我也因了这本《乡贤》而得以成为四川省方志馆"名人名作珍藏馆"的入馆人物。只是 10 年之间,仅此一本,面对两所母校的厚爱,我心生不安和愧疚。如果再说自己不是作家,就有些做作了。而作家是要靠作品方可立得起来的。于是我决意再出一书,借此回报两所母校的深情厚谊。

收在这本集子里的散文,都曾在大大小小的报刊上发表过,而发表最多的则是故乡的《合肥晚报》。

故乡晚报副刊有着一个历史悠久的美名:《杏花村》。从小我就爱看《杏花村》上的散文。儿时家住的大院,一墙之隔便是名为杏花村的人民公社,天地宽广,田园优美,杏花烂漫,儿时常去玩耍,留下过许多有趣的回忆。想来是离乡愈久乡愁愈浓的缘故吧,近年来,我热衷于给《合肥晚报》副刊写稿,这让我在故乡副刊的读者中似乎也有了点文名。2014年深秋,《合肥晚报》举办第20届"读者节"时,我也得以有资格前往参加作家签名售书活动。恰巧,本届的"读者节"就设在当年的杏花村,如今的杏花公园里。

这些年来,我还在故乡的其他报刊以及我中学和大学的校报和网站上发表过一些散文。我把在故乡发表的每一篇散文,都看作是自己的一次"精神还乡"。故乡亲友、老师同学在见到我的散文之后,以各种方式发来的赞赏鼓励或是批评建议,都让我欣慰许久许久。

时间一晃,来到他乡已有33年了。回头看看,这些年里也多是身不由己,忙忙碌碌的。时间顿显自由宽裕之后,得以整理出这本集子来,也权当为我这段漫长的他乡生活写上一个段落吧。这也是我把这本散文集定名为《他乡絮语》的缘故。曾经也想过几个不错的书名,只是《合肥晚报》在第20届"读者节"之际,公布了我即将出版的这本散文集的书名,如再变更,就有忽悠父老乡亲之嫌了。不过也好,"他乡絮语"这样一个书名,与我以前的两本散文集《人在他乡》和《乡贤》合在一起,也像是构成了我的"乡愁三部曲"。

优哉游哉,挑挑拣拣地编完这本书稿后,现在,我坐在乡间幽静的小屋里,对着窗外一片郁郁葱葱的田园风光,在电脑上欢快地敲打着这篇文字的时候,我觉得自己好像也越来越走近陶渊明先生了。

"用舍由时,行藏在我。"人生短暂而又无常,能在还算健康之时,多得几许自由时光,多做几件喜爱之事,不亦快哉!

2015年深秋,写于青城山居

行游拾穗

至公堂随想

初夏六月,车抵昆明,急雨如注。

冒着大雨,疾步寻至住地莲花宾馆时,一眼瞥见大门边上竖着一块醒目标牌:原昆明学生公寓旧址。这让我联想起宾馆门前的那条"学府路"来,便断定,这一带准有高校。一问,果不其然。尤感兴奋的是,那座令我神往已久的云南大学就在附近呢!

可能是对此生无缘于名牌大学的一种心理补偿吧,近些年来,每到一地,我总喜爱上一些名牌大学去走走看看。若时间宽裕,有时还要在那些校园里住上几日的。而地处祖国西南边陲的云南大学,并非什么名牌大学,又何以会长久地吸引我的目光和脚步呢?

这要追溯到我的中学时代。

"文革"之中,所学的中学课文,几乎都是非常政治化、公式化和概念化的,真正能够留存于记忆中的所谓范文微乎其微。而闻一多先生《最后一次讲演》,却一直深深地植根于我的记忆之中,以至于今天的我还能够完整地背出这篇演讲中的某些精彩片段。

在云南大学优美的校园里,我找到了掩映于浓郁青翠之中的一座古意盎然的建筑。只见正门上方悬着一块牌匾,上书三个大字"至公堂"。

原来的至公堂只是一个小小的礼堂,然而它的走廊却显得相当宽绰。在走廊尽头的墙壁上,镶嵌着一方黑底金字的石碑,碑文记述着至公堂的悠久历史和沧桑变幻,方知这至公堂曾是古老的云南贡院中的主体建筑。而关于闻一多,碑文中只记载了简短的一句:"闻一多的最后一次演讲即在此发表。"

走进至公堂,发觉闻一多演讲的讲台相当低矮,一步便可以迈得上去。我一边想象着闻一多当年是怎样拍案而起,健步跃上讲台的,一边追寻着先生久远的足迹,也缓缓地走上了那方讲台。

站在讲台上,举目四望,却又难以想见,当年有幸聆听闻一多著名演讲的那千余名听众,这小小的礼堂又是如何容纳下的?那一定是挤挤挨挨,水泄不通的吧!甚至于窗外那宽绰的走廊上都是站满了听众吧!闻一多慷慨激昂的演讲所激起的那阵阵不断的热烈掌声,一定也是冲破了这古老的建筑,在天宇中久久回荡吧……

真像是一种历史的回声,刚才还阳光灿烂的天宇,忽然间乌云翻滚,骤雨突至。霹雳的雨点,急促而猛烈地撞击着至公堂古老的屋瓦,犹如激越的鼓点,不停地敲打着、震撼着我的心灵。

我未带雨具,想来这是天公要我在这里多待一会儿吧。此时的至公堂里空无一人。我寻出一把木椅,置于礼堂中央,面对讲台,静静地坐了下来。

此时此刻,身临其境,思绪万千,情感起伏,脑海中不停涌动着的自然还是闻一多。

静静细想,这才发觉,自己对于这位久仰的先烈,知之甚少。曾经知道,他是一位著名的诗人,而我却并没有记住他写下的任何一首小诗;也曾经知道,他是一位学者,而我却忘记了他悉心研究的是何种学问。可我,却牢牢记住了他那《最后一次讲演》。

其实,对于闻一多先生的真实形象,我似乎也是模糊不清的。还是在读中学时,参观一个关于革命先烈的展览,见到过闻一多的一幅照片。依稀记得,照片中的闻一多先生面容清瘦,戴着眼镜,裹着围巾,一副旧式文人的形象。

然而,当时给我留下深刻而强烈印象的,却并不是闻一多先生的这张照片,而是距离闻一多先生照片不远处的另一张照片。这张照片上只有十个歪歪斜斜的大字:"闻一多先生的精神不死。"再细看那照片说明,原来竟是闻一多先生倒下的时候,当时昆明的一位女中学生满怀悲愤,用手指蘸着闻一多先生溅洒在街头的鲜血而写下的……

或许因为当时我也是一名中学生吧,这张照片对我的心灵震撼极其强烈。虽然那只是一张黑白照片,而我却分明看见了闻一多先生汩汩流淌的殷殷鲜血……

究竟什么是闻一多先生的精神?我不知这位蘸血而书的女中学生是否明了。当时懵懂青涩的我,除了伤感和激愤,肯定也是不甚明了的。

说起精神,这自然又让我联想起闻一多同时代的非凡人物毛泽东来。毛泽东曾经深情地说过:"我们应当写闻一多颂……"

毛泽东为何要颂扬闻一多?纵观闻一多先生短暂的一生,好像并没什么值得伟人青睐之处。我以为,能够引起毛泽东关注的,想来还是闻一多先生在生命的最后时刻,在这至公堂里所表现出来的那种充满正义而无畏的精神吧?

天才的毛泽东只不过用了简洁精辟的八个字,就让闻一多先生的精神跃然而出:"宁肯倒下,不愿屈服。"

雨还在下着,我只能在至公堂里继续枯坐下去。

做什么呢?不妨检验一下自己的记忆吧!于是,我开始默诵起《最后一次讲演》来。

许是环境使然,我的记忆竟是十分流畅。正觉欣慰,倏忽之间,流畅的记忆戛然而止。因为我突然发现,闻一多当年在这里慷慨陈词、悲愤痛斥的,在今日之中国,依然是时有所闻且又时有所见啊……

感慨之中,再环视拥有14亿人口的泱泱大国,真正具有闻一多"宁肯倒下,不愿屈服"精神的中国人,实乃寥若晨星,屈指可数。而与之相反,"宁肯屈服,不愿倒下"的中国人,则如过江之鲫,不可胜数矣……

历史故我,现象犹存,而精神难现!一想到此,当年那位女中学生蘸着闻一多先生鲜血写下的那十个大字,又一次在我的眼前跃然而出,让我不寒而栗。

雨,终于停了。

十多个青年男女拥了进来。他们嘻嘻哈哈地在至公堂里随意看了看,便转向门口走去。突然,一位男青年高声叫道:"我前脚跨出大门,后脚就不准备再跨进大门!"

这句闻一多先生著名的生命绝唱,此时竟然引得那些青年哄然大笑……

直到笑声远去,我才艰难地站起身来,面对着闻一多先生最后站立过的讲台,深深鞠下敬重的一躬。

就在我步履沉沉地抬起脚来,将要跨出至公堂那高高的门槛时,我却不由得扪心自问:真到那时,你能具有这样的精神吗?!

1998 年 7 月,写于成都天府广场寓所

我的维吾尔族兄弟

同我的维吾尔族兄弟相识，是在 20 多年前杭州的一个会上，因他那张异样的面孔引起了我的注意。也是巧合，开会时，我俩的席卡摆在了一起，这才知道，他名叫马哈木提，是新疆维吾尔自治区某机关的公务员。

几天会议开下来，彼此也就熟了。当他得知我会后要去上海看看朋友时，他说没去过上海，要跟我同行。马哈木提汉语很好，但听不懂上海话。而我曾与几位上海知青下放在一个农场，多少还通晓点上海话，所以在上海的那几天，马哈木提和我形影相随，寸步不离，就连我去朋友家里做客，他都紧紧跟着。朝夕相处，我俩除了饮食上的差异外，竟相处得十分融洽，以至于彼此还称兄道弟起来。马哈木提小我几岁，我就称他马老弟，他则叫我金老兄。马哈木提姓库尔班，有时我也叫他库尔班大叔，或者就依汉族的习惯，叫他老马，他也笑呵呵地应答着。

马哈木提性格开朗，风趣幽默，也很豪爽大方，一路上都和我争抢着埋单。他健壮如牛,我根本不是对手。过意不去,我就想了一招。每当他要埋单时,我就对服务员说:"要照顾少数民族同志呀!不要收他的钱,收我的钱。"人家一看他那副面孔,就知道我说的是真话了,所以这一招还挺管用。但是再遇到埋单,他总还是要争抢一番的。我看这样也不是事,就说:"我们 AA 制吧。"他却感到不公平,说跟我去上海朋友家里还吃过好几顿饭呢。我不禁好笑,笑他"斤斤计较"。但我还是坚持要这样做,他也就勉强同意了。我很喜欢他这种性格的人,就告诉他:"你是我所结识的第一个维吾尔族朋友呢,但愿我们能够成为好朋友、好兄弟。"他听了显得很激动,一下搂住我的肩膀说:"你以后到新疆来,我再介绍你认识几位维吾尔族朋友。我们维吾尔族人是非常好客的,对人也是十分真诚的,只要你对我们好,我们就会对你更好!"

那年,我初到乌鲁木齐,马哈木提为我接风,果然来了好几位维吾尔族朋友。没有想到,他的夫人下班后也匆匆赶来了。马哈木提的夫人是位维吾尔族大学教师,长得很漂亮,文质彬彬,那天身着艳丽的维吾尔族花长裙,越发显得楚楚动人。席间,她还为我跳起了维吾尔族舞蹈来。马哈木提和他的维吾尔族朋友们在一旁打着节拍,高声伴唱着,浓浓的民族风情和兄弟情谊都扑面而来。每当他的夫人跳完一曲,马哈木提和他的朋友们就要请我喝一杯酒,直到把我喝得酩酊大醉。散席时,他又说,过几天为我饯行,还要介绍我认识几位维吾尔族朋友。

我不善酒,所以也是很惧怕酒席的,在许多场合,我一直都是能躲就躲的。那天之所以不管不顾地支撑着,喝下维吾尔族朋友敬我的一杯又一杯酒,实在是怕扫了马哈木提的情面,又怕坏了维吾尔族酒席的规矩,更担心会伤害民族兄弟的情谊。只是这样的酒席也确实让我承受不了,心有余悸,左思右想,就将机票改了时间,悄悄提前打道回府了。

回到成都后,我才给马哈木提打去电话说明原因。他却没有一句埋怨,相反感到很歉疚,连声说着对不起,又信誓旦旦地一再保证,下次再来新疆,一定不会让我喝酒了。我尚未搭话,他又说:"我给你准备了一些新疆土特产,你没能带走,我给你寄过来吧。"我忙说情意领了,不用寄了。但他还是寄过来了,好大的一包,都是上好的新疆干果。

几年之后,我再去乌鲁木齐时,马哈木提遵守诺言,不再让我沾酒了,他和他的维吾尔族朋友们大度地允许我以茶代酒,这让我一下轻松起来,也得以品尝了许多新疆的美味佳肴。

那次去新疆,正是瓜果飘香的时节。临别时,马哈木提送给我一箱吐鲁番葡萄。当我提着这箱葡萄到机场时,捆扎的绳子却突然断了,葡萄散落了一地。登机在即,我手忙脚乱地赶紧捡拾,还是浪费了不少。然而,正是这突然散落的一箱葡萄,触发了我的灵感,后来写了一篇叫作《一箱葡萄》的小小说,发在了《北京文学》上。这也是我的小说处女作,我高兴地打电话告诉马哈木提,对他说,就是他送我的那箱葡萄惹的祸,也给我惹出了这篇小小说来了。他听了,说不知道我居然还有这样的业余爱好呢。还幽默了一句,说他应该也有一份功劳,得了稿费要给他一半才是。

几天过后,马哈木提又打来电话,说他已买了一本那期的《北京文学》,留作纪念,还让他们全家和陪我喝酒的那些维吾尔族朋友都传看了,大家都为我高兴呢。

而更加高兴的事情还在后面。3年过后,我的这篇小小说又被北京东城区选为中考语文阅读试题。而那年北京其他县区所选的语文阅读试题的文章,都是出自诸如朱自清、铁凝、冯骥才等名家"大咖"之手,甚至还有一位美国著名作家。这真是喜出望外的好消息啊!遗憾的是,马哈木提已经听不见这样的好消息了。2年前,我的这位维吾尔族兄弟已经远远地去了另一个世界……

据说,马哈木提死于心脏病突发。而这个不幸的消息,我也是过了很久之后才知晓的。

2016年7月,雨夜,写于新疆喀什

从雨果故居到安妮故居

客居于塞纳河畔的一家旅馆里,隔河相望,可以看见巍峨耸立的巴黎圣母院,从那里不时传来悠扬的钟声。每天从早到晚,巴黎圣母院门前的广场上,总是排着长长的等候参观的队伍。

这些天来,去过欧洲太多的教堂,所以,当走进巴黎圣母院时,我对这座大同小异的天主教堂,并没有生出多少的兴致。不过,倒像是有了一种自然的感应,脑海里总在闪现着一个名字:维克多·雨果。也就不时在心里想着:应该是雨果先生让这座教堂名扬四海的吧?这样想着,也就动了去雨果故居看看的念头。

在昔日著名的皇家广场孚日广场的一侧,我寻见了雨果故居。想来是为了表达对雨果的一种敬意吧,故居楼上插着一面法国国旗。

走上二楼,迎面一幅巨大的油画吸引了我的脚步和目光。这幅油画占据了半面高大的墙壁,正是以雨果的长篇小说《巴黎圣母院》为题材创作的。画家撷取了小说中的一个画面:美丽的吉卜赛女郎爱斯梅拉达正俯着身子,给捆绑在高台上暴晒示众的那个丑陋的敲钟人喂水,而台下则是嘲笑和辱骂的人群……

那天上午,在富丽堂皇的雨果故居里,我看得很从容、很仔细,也只记住了这么一幅以雨果小说为题材的画作。这似乎也印证了我的那个断想:正是雨果那部伟大的作品,才使得这座古老的教堂成为法兰西民族的骄傲和象征,也成就了巴黎圣母院今日的辉煌。尽管当年拿破仑的加冕典礼和戴高乐的葬礼,也曾让这座教堂名噪一时,却似已成为明日黄花、过眼烟云。真正让巴黎圣母院享誉世界、历久弥新的,显然还是雨果那部享誉世界的不朽之作《巴黎圣母院》。这大概就是文学独特而永恒的魅力吧……

几天之后,我去了荷兰。

在巴黎驶往阿姆斯特丹的火车上,我翻阅了有关荷兰的一个简介。这真是名副其实的简介,文字很少,却用了不小的篇幅推出这个国家引以为豪的两位人物:凡·高和安妮。

印象派画家文森特·凡·高,早已是公认的世界名人了,也是地地道道的荷兰人。而安妮·弗兰克呢?这位活在世上不足16年,还是属于德国籍的犹太女孩,不过是荷兰的一位匆匆过客啊!荷兰人又何以会对她如此青睐和推崇呢?

毫无疑问,是因为安妮留下的那本日记。

《安妮日记》,我曾读过。

那是在第二次世界大战中,年仅14岁的安妮躲藏在阿姆斯特丹的一个"秘密小屋"里,在 2 年零 2 个多月的时间里,以她纯真少女的目光和心灵,用日记的形式,记述了她和家人以及另外几个犹太人,为逃避纳粹迫害而度过的那段苦难煎熬的岁月……

安妮并没有等到战争结束,就死在了纳粹集中营里,也仅仅留下了这么一本普普通通的小女孩日记,却被荷兰誉为伟大的作家,不朽的作品,视为国宝,倍加珍爱。就在安妮当年躲藏的那个"秘密小屋"旁,荷兰政府早早地便建起了一座"安妮故居博物馆"。那个简介上还写道:"全世界有 150 多个城市,如今每年都要举办为期四周的安妮·弗兰克展览。而《安妮日记》则已被译成了 60 多种文字,还被改编成话剧和影视剧……"这真是如同神话一般,称得上是世界文学史上的一个奇迹了吧?这样的一个奇迹,又一次吸引了我的脚步和目光。

抵达阿姆斯特丹的当天下午,我便去了安妮故居,见门口仅有几十位游客在排队等候,就高兴地站了过去。不料,随即过来一位工作人员,微笑着示意我朝后面去。转过身来,这才惊讶地发现,不远处排着一条长龙,正沿着街角向后不断延伸着,蜿蜒透迤,不见队尾。原来,我所站的队伍是早有预约的。我走向那个长长的队伍,一直走到队伍的末尾,看了看,足有两百多米长呢!听说要等候三个多小时,想了想,我没有那么宽裕的时间,便默然离去了。

翌日,乘船游览阿姆斯特丹几条古老的运河,当游船经过位于王子运河边上的安妮故居时,见那排队等候参观的长龙,依然如昨日一般。

第三天早晨,阿姆斯特丹细雨霏霏,气温也降了些许。下午我将去往比利时,上午无事,又信步朝安妮故居走去,边走边想,这样的雨天,或许参观的游客会少一些了吧。然而,出乎意料,安妮故居前的那条长龙丝毫不见其短,只是多了些五颜六色的雨披和雨伞。

霏霏细雨渐渐变得淅淅沥沥起来,我躲进了附近的一家书店。

书店别致而漂亮。许多书架醒目的位置上,都摆放着《安妮日记》,尽管有着大小不一的各种版本,封面上却尽是安妮的照片。照片上的安妮天真烂漫,美若仙童……

走出书店,雨还在不紧不慢地下着,我撑着雨伞,沿着古老的运河也不紧不慢地随意走着。走着走着,不知不觉,又走到了安妮故居前。看着雨中那条曲曲弯弯、花花绿绿的长龙,不知怎么,我又想到了雨果。

"从雨果故居到安妮故居",佳思忽来,脑海里跳出了这样一个题目来。颇觉欣喜之时,也让我若有所悟。

古今中外,如同雨果那般著作等身、有着非凡艺术天赋和文学才华的作家,凤毛麟角,寥若晨星,也犹如光芒万丈的金山,唯有仰望,高不可攀。那么,何不学学小女孩安妮呢?就用自己的眼睛、自己的心灵、自己的思考,去写写置身其间的这个时代、这个社会、这块土地上的真实生活、真实情感和真实感悟吧。也像小小的安妮那样,不管所处的环境多么险恶和黑暗,不管写出的文字多么稚嫩和天真,也不管这样的文字何时能够见到天日……

      2016 年 8 月,初稿于布鲁塞尔;
        9 月,修订于青城山居

印在钱币上的女作家

远渡东瀛,方才知晓,现今日本国流通的纸质钱币始于新世纪的 2004 年,简洁明了,仅有三种面额:一万元、五千元和一千元,其余的就都是硬币了。

展玩品味,感觉那纸币上的图案并不那么精美漂亮。不过,和许多国家的钱币一样,那三种纸币上也都分别印着人物肖像,两男一女。心想,能够登上国家钱币的人物,无疑是这个国家引以为豪、视为人杰的楷模。于是就打听了一下这纸币上的三位人物是何许人也,得到的答案是:一万元纸币上的人物是位思想家、教育家;五千元纸币上的人物是位作家;一千元纸币上的人物是位医学家。

真是出乎意料,居然没有一位是我想象中的首脑人物。这便引发了我浓浓的兴趣,尤其是那位同道的作家。久闻一些国家将作家的肖像印上了纸币,没有想到,平生第一次见到这样的纸币,却是在同属于东方的日本,并且还是位女作家。

印在纸币上的女作家身着和服,眉清目秀,看上去很年轻。头像下方印有女作家的芳名:樋口一叶。一个对我来说显得十分陌生的女作家。再一打听,原来竟是出生于1872年日本明治时期的一位作家。但是天妒英才,红颜薄命,年仅24岁她就远去了天堂。如此短暂的生命,留给世上的作品自然不会著作等身。果然,女作家真正得以潜心创作的生涯仅仅只有一年零两个月。也正是在如此短促的文学生命里,樋口一叶写出了具有强大生命力的代表作品——小说《青梅竹马》和《浊流》。这两部小说不知有没有翻译到中国来,和女作家的名字一样,我也同样是生疏的。

不过,这些似乎都无关紧要。那几天,由这张小小的钱币引发我深深思考的,是"作家"的这样一种身份。

自从写出了几本小书之后,我也是常常被人称为作家的。然而,人贵有自知之明,自己距离真正意义上的作家,还是相去甚远的。所以,我常爱自称是个小小的"业余作者"而已。但我也心知肚明,那其实就像是一块"遮羞布",是用来为我许多羞于见人的文字遮风挡雨的。

而这位印在纸币上的樋口一叶,则是一位名副其实的小小业余作者。她出身寒微,做过洗衣、缝补等多种杂工,甚至于还当过舞女。饥寒交迫、贫困交加始终伴其一生,如影随形,直到孤苦伶仃地病死在寓所多日之后,才为人们发现。而就是这样一位宛如昙花一现的女性业余作者,却成为一个民族具有代表性的人物,成为这个国家的国民们每天装在口袋里顶礼膜拜的偶像。

在此期间,我又惊喜地得知,樋口一叶已是第二位被印在日本纸币上的作家了。早在1984年发行的纸币上，就印有一位名为夏目漱石的男性作家的肖像。

闻知，真让我感慨系之。

人们常说："三百六十行，行行出状元。"沧海桑田，与时俱进，如今恐怕早已远远不止那三百六十行了吧？可以想见，有多少行业的"状元"梦想着挤进国家的钱币上啊！而具有"作家"这样一种身份的人物，却得以在一个国家屈指可数的几种纸币上，久长地占有无可撼动的一席之地。何以如此？大概因为这个国家至今还在信奉着"作家是人类灵魂的工程师"吧？或许，这个国家还是将作家视为人类的杰出代表而推崇备至的吧！……

颇有意思的是，尽管这位日本男作家是位生活优裕的大学教授，却没有出身寒微、生活在社会底层的女作家樋口一叶"值钱"。夏目漱石的肖像是被印在一千元纸币上的。

后来又听说，日本人在上小学时，需要阅读伟人传记，而印在国家纸币上的人物，则是他们崇拜的偶像。

东瀛之行，来去匆匆，我一直没有寻见那张印有男作家肖像的纸币，就只带回来一张印有这位女作家肖像的纸币，以留作纪念。有时取出看看，心里便会油然生出一种淡淡的暖意来。常常也会想得很多，想得很远……

2015年12月，写于南京百家湖畔

胡爷爷，胡伯伯

在广西的东兴口岸准备过关去越南的时候，换了些越币。在这些被叫作越南盾的大大小小的纸币上，张张都印着一位老人的肖像，且都是一种形象：清癯的脸庞上，挂着山羊胡子。

这是一位我曾经十分熟悉的人物，越南人民的已故领袖胡志明。小时候，我们都亲切地叫他"胡爷爷"，长大后，又称他为"胡伯伯"。2011年间，习近平主席初访越南时，也曾动情地回忆道：在我们这一代国人心中，胡志明主席是中国人民最好的朋友，我们叫他"胡伯伯"……

的确如此，那时的胡志明在中国是一位家喻户晓的人物。从那个年代走过来的人，都是这样称呼他老人家的。记忆中，在当年中国的百姓中，很少有人称呼他的官衔，不是胡爷爷，就是胡伯伯。按照常理，印在一个国家钱币上的人物，也应是在这个国家备受敬重的人物吧。

果不其然，在越南的都市乡村、大街小巷，都能不时见到胡志明的雕塑、画像和照片，其中照片居多。尤其是在一些景点和书店，胡志明不同时期的照片以及用这些照片制作的各种工艺品，色彩斑斓，琳琅满目。

其中有张照片，也是我所熟悉的，这张照片曾经常年悬挂在我读小学的教室里。照片上的胡爷爷正笑容可掬地给一位越南小女孩系红领巾。现在想来，当年我们之所以称其为胡爷爷，不知是否与这张照片的影响有些关联。去了越南才知道，其实胡志明和少年儿童在一起的照片非常之多，这让我不由得想起那时流传甚广的胡志明说过的一句话来：越南不统一，我就终身不娶……但是胡爷爷终未等到祖国统一的那一天。是否因此，老人家也就特别喜爱孩子。而那些和孩子们在一起的照片上，胡志明活脱脱就是一位慈眉善目的老爷爷，他常常把孩子紧紧地抱在怀里。

在越南，有关胡志明的纪念地和纪念场所也是极多的。而这些纪念地和纪念场所则都是严谨规范的，概以他的名字命名：胡志明市、胡志明小道、胡志明博物馆、胡志明纪念堂、胡志明主席故居……见得多了，我竟然也认识了"胡志明"那几个特殊的越南文字了。

去了其中的几处纪念地和纪念场所，留下深刻印记的是胡志明主席故居。这里是胡志明1954年至1969年生活和工作过的地方，房屋和陈设的简朴，远远超出我的想象。

任何一位领袖能够受到国人久长的崇敬，总会有其缘故的。

世上没有无缘无故的爱,这缘故自然也是多方面的。在我看来,不仅仅是这个人物对于国家和民族的贡献,还应该有着堪称伟大的人格魅力吧? 一路上问了些越南人,回答都是肯定的。有意思的是,越南人说起胡志明来,却并不称他"胡爷爷"或是"胡伯伯",而是称其官衔:胡主席。

胡志明时代也是中国和越南两国关系的黄金时代。老人家当年赞誉中越两国关系时有句脍炙人口的名言:"同志加兄弟。"亲密如此,胡志明来中国也就像走亲戚一样,常来常往。老人家在 75 岁高龄那年,还曾来我的故乡黄山疗养过。一位当年陪同胡志明去黄山的长者曾经告诉过我,胡志明的汉语很好,在黄山期间,还用中文写下好几首赞美黄山的诗呢。

在越南的那几天里,我还听到了习近平主席去秋访问越南时的一个花絮。说是习主席特意携带了一份别样的礼物:1955 年 6 月和 7 月的《人民日报》,上面有胡志明当年访华时,受到中国领导人和中国人民隆重欢迎的系列报道和照片。可谓弥足珍贵,意味深长。那天,就在幽静的胡志明故居里,我还见到了中国政府送给他老人家的红旗牌轿车,完好如新,一尘不染……

归程,未走回头路,是经广西凭祥被誉为"友谊关"的口岸回国的。在丛山环抱的关口,不承想又见到了胡爷爷。那是一面墙上的巨幅紫铜浮雕,胡志明主席和周恩来总理紧紧拥抱在一起。老人家的那句名言也镌刻其上,原来胡爷爷是这样说的:"越中情谊深,同志加兄弟。"

这个浮雕墙建于2014年,上面还镌刻着这样一句话:"中越关系又到了一个新的春天。"如果胡爷爷在天有灵,一定会笑得连山羊胡子都晃动起来了吧。

2018年1月,写于南宁

国王、国歌和国旗

在曼谷大街上漫步,转来转去,行不多远,总会看见泰国国王的巨幅彩色照片,或悬于高高的建筑物上,或置于街道的花园里。

常常见到的国王有两位,戴着眼镜的是前任国王,另一位则是现任国王,都显得年轻俊朗。巨大的照片配着各式各样精美的画框,许多画框又被艳丽的鲜花环绕着,在灿烂阳光的照耀下,色彩缤纷,格外吸引眼球。即便到了夜晚,那些照片也是被多盏灯光聚焦着,是街头最为亮丽的景致。早闻泰国是个君主立宪政体的国家,国王至高无上,但没想到会被尊崇到如此地步,那被称为泰铢的钱币上也是印着这两位国王肖像的。

有意思的是,那位戴眼镜的前任九世国王,尽管出生于美国,却有一个中文名字:郑固。这位国王在位时间长达 60 年。据说九世国王勤政爱民,富有人格魅力,在民间享有极好的口碑。那些天,我每天都要吃着久负盛名的泰国大米,但是吃来吃去,无论是在大饭店,还是在小餐馆,总觉得还没有在国内吃的泰国大米好吃。我曾请教过几位泰国人,得到竟是差不多的解答。说是前任国王亲自搞试验田种植优良大米,但是这些好大米国王自己都舍不得吃,统统拿去换外汇了。也不知这是民间传说呢,还是确有此事。不过,在曼谷的大街小巷,这前任国王的照片较之现任国王的照片,似乎也要多一些。而且,只要说起他来,国民们都亲切地称之为"我们的老国王"。

一天,去观访朱拉隆功大学,这是泰国最为古老也最负盛名的最高学府。那位被誉为"中泰友好使者"也爱写作的诗琳通公主就出自于这所名校。

走进校门的时候,已近黄昏,许是正值什么假期吧,古色古香的校园里静悄悄的。当我无意中走到足球场时,一些学生正在踢足球。正看着,校园里突然响起了巨大的音乐声,就见踢足球的学生们立即停下来,随即神情严肃地面朝一个方向站立不动。那个方向矗立着一个高高的旗杆,一面旗帜正伴随着音乐声冉冉升起。心想,这一定是泰国的国歌和国旗了。看了看时间,下午6点整。便觉得奇怪,奏国歌、升国旗怎么会在这个时间呢?

次日,在一家饭馆正吃着早餐,突然饭馆的电视里又响起了泰国国歌,正在忙碌的服务员居然也停止了手里的活,原地不动站立着。饭馆里的时钟指向8点,饭馆里却并没有国旗啊。

饭后,在与饭馆老板的闲聊中得知,在泰国,每天上午8点和下午6点,广播、电视和很多的公共场所都要播放国歌的。每到此时,所有的国民都要肃立聆听,这是泰国国民日常生活中最为重要而普通的一件事,早已习惯成自然了。

而让我颇觉震撼的,是在远离曼谷的一个水乡。

那是一个著名的旅游景点,沿河两岸,人山人海。下午 6 点整,又响起了国歌,整个水乡巨大的喧闹之声瞬间就静了下来。人们中止了一切活动,行驶的汽车停了下来,走路的行人止住了脚步,坐着的人站起身来,打手机的人旋即挂机,戴帽子的人摘下了帽子……环视四周,只见所有的人都肃然立定着,连我们这些外国人也不好意思活动了,入乡随俗吧,也就跟着肃立起来。那泰国国歌似乎也有些耳熟能详了,旋律雄壮,铿锵有力,感觉还有点像中国国歌《义勇军进行曲》的韵味,时间长度似也与我们的国歌相近。那天,我正好站在离旗杆不远的地方,这次,我才真正注意起那面每天被两次升起的泰国国旗来。

同许多国家的国旗一样,泰国国旗也是一面三色旗,由红、白、蓝三种颜色组成。归途,我在手机上用百度搜了一下,方知红色象征着国民,白色是指宗教,蓝色则代表着王室。而那蓝色在国旗上显得最为宽广,不知是否在表明,王室在这个国家里具有一种无与伦比的地位。又顺便用百度搜了泰国国歌,果然印证了我的感觉。歌词内容主要是宣扬和鼓励泰国军人奔赴前线,奋勇作战,保家卫国的。既然如此,谱成那样一种旋律,自然也就顺理成章了。

2018 年 12 月,写于曼谷

任启亮卷

任启亮，1956年5月生于安徽淮北市。淮北师范大学中文系毕业，先后供职于煤炭部、中央组织部、国务院侨办。曾任国务院侨办副主任、中国海外交流协会副会长等。现为全国政协委员，中国散文学会会员。作品散见于《人民日报》《光明日报》《中华散文》《欧洲时报》等，著有散文集《一路风景》。

故乡情怀

故乡是淮北

人们常说,年纪越大越喜欢怀旧,确实不假。离开家乡淮北30多年了,那里的树木花草、河流山丘总是令我魂牵梦绕,经常不知不觉就走到眼前。说不清我的祖先为什么把家安在这个地广天阔、沃野千里的地方,使他的后人能够在这里繁衍生息。

我认为先人还是很有眼光的。淮北距离大海的直线距离只有200多公里,位居淮河左岸,西临豫东、东连苏北、北接鲁南,京沪、连霍等多条高速公路穿境而过,乘高铁3个多小时即可到达北京、上海。每当出差去那些地处边远的地区,听说那些被高山大川阻隔的乡村,有些村民甚至没有到过山的那一边,我就庆幸自己出生在淮北这个好地方。

淮北一方面是行政区划的概念,特指现在的淮北市,也就是我在填履历表时籍贯一栏需要填写的地方;另一方面是一个地域上的概念,它是与淮南对应的,泛指安徽境内淮河以北的广大地区。主流发源于河南桐柏、伏牛山区的淮河,蜿蜒数千里,流域甚广,滋养两淮人民数千年,可以说是淮北的母亲河。其实在淮北市建立之前,淮北就是指安徽省北部大部分地区。我认为从地理的概念而言,淮北甚至可以包括河南东南、山东西南、江苏西北的部分地区,因为这一地区的地形地貌、气候特点、农作物种类、文化背景、语言特色、生活习惯等都十分相似。

如果从建市开始算起,淮北只有 50 多年的历史;但是要把镜头往前拉,追溯一下淮北的过去,淮北市政府所在地的相城,早在公元前 21 世纪,就因商汤十一世祖相土造车建城于此而得名。公元前 581—前 576 年,春秋时期宋共公瑕为避水患将国都从今商丘迁到相城,此后近千年间,历朝历代都在此设县而治,直至北齐天保七年(556)废除相县。据考古发现,古相城规模宏大,分为内城和外城,为古代名副其实的名都大邑。淮北再次成为建制意义上的城市,以至后来成为名副其实的淮北市,已经是中华人民共和国成立之后的事了。

淮北不仅有古老的建城史,而且在这块平坦而肥沃的土地上,演绎了许多惊天动地的故事,使得一些人一举成名天下知,被载入史册。当然也有许多败走麦城和不堪回首的人和事。陈胜、吴广举兵起义于淮北地区的大泽乡,并首先攻下今淮北境内的铚城,作为再出发的基地和后方。这里距离汉高祖刘邦的故乡江苏沛县只有一步之遥,楚汉相争、刘项斗智斗勇的许多故事就发生在这里。刘邦被项羽追赶逃跑避难的皇藏峪,距今淮北市政府所在地的相城仅 20 多公里;著名的楚汉睢水之战兵卒死伤数万之众,"睢水为之断流",睢水即为现在的濉河,它的一条支流就从我们村前流过。如果站在河堤向前望去,会有多少历史的沧桑烟尘?数千年间,战事无数,朝代更迭,多少英雄豪杰,无数黎民百姓,演绎了一幕又一幕惊天地泣鬼神的传奇故事。距离我们最近的是中国人民解放战争期间的淮海战役,刘邓大军的前敌指挥部就设在淮北临涣镇的文昌宫,淮海战役的主战场也在淮北境内。刘邓大军全歼国民党王牌军黄百韬、黄维兵团,不仅为赢得淮海战役的全面胜利,也为国民党的败退、中华人民共和国的成立打下了基础。

我曾想,淮北这个地方既不像江南那样富庶,也非险峻之地、边塞要津,为什么总是兵家必争之地呢?广阔的平原、发达的交通,地处黄淮之间,无大的水道天堑,而且物产丰富,商贸发达,信息畅通,所以它成为历代英雄豪杰一展身手,实现抱负的试验场。你看,"治世之能臣,乱世之奸雄"曹操不也是出生并成就于这块土地吗?

虽然有战乱,但由于土地肥沃,一马平川,而且气候适宜,有利于农作物生长,同时隋唐大运河通济渠段流经淮北,两岸成为自隋唐至今的一条繁华经济带。在长期的农业社会状态下,经济较为发达,老百姓的生活还是比较富裕的。从那村落星罗棋布、人口密集程度就可见一斑。还有村庄的名字,我发现叫里、集、楼、阁的村子很多,如黄里、徐里、丁里、朔里、坡里、任集、张集、马集、青龙集、刘楼、丁楼、任楼、李楼、张大楼、刘阁,等等。我且望文生义一回,古代5户为邻,5邻为里,一个村子25户人家,按古代的家庭计算大致有数百人,已经很有规模;集,毫无疑问是人员会集进行商品交换和信息集散的地方,那么密集的交易场所,可见社会和经济的发展与发达程度;更不用说楼与阁了,如果当初人们没见过楼,如何能够取这等村名呢?

淮北之于我,首先是乡村的淮北,因为在我的童年,淮北还没有建城,是地地道道的乡下,而且是一个贫穷落后的地方。同事朋友们一起聚会聊天时,每当我说起老家是安徽,都称赞是好地方。不是吗?黄山、九华山、皖南风光、文房四宝、徽派建筑、徽商、桐城派,还有陈独秀、胡适、杨振宁等。然而,这些都与淮北没有关系。淮北在我很小的时候被称为"安徽的西伯利亚",与之联系的话题往往是风沙天、盐碱地、河水泛滥、穷山恶水、强盗刁民,很多关于安徽的好词语似乎都不与它沾边。

然而,淮北有它独有的魅力,在我看来它是一个别处无法相比的好地方。

它有一望无际辽阔壮美的平原。冬季小麦翠绿油亮,风吹波涌;春来花开遍地,香飘四野;夏秋玉米、高粱、黄豆、芝麻果实累累。还有一排排一片片的白杨、垂柳、松、柏、银杏、洋槐、梧桐,更有桃子、杏子、酥梨、葡萄、小枣、石榴。山不算高,但草长莺飞;水不算深,但沟渠纵横、池塘鱼肥。每隔三五里就是一座村庄,人欢马叫、鸡鸣狗吠,更有炊烟缭绕。这就是我儿时的淮北,让我快乐也充满乡愁的地方。

但是,《晏子春秋》中"橘生淮南则为橘,生于淮北则为枳"的说法一直让我耿耿于怀,每当听到有人引用这个句子,我都别有一番滋味在心头。在我心目中,淮北山美、水清、土肥、天蓝、空气新鲜,是个万物都可生长的好地方。有时也会想,不生橘也罢,我们淮北出产的好东西多的是呢!

儿时的淮北更让我难忘的是红薯麦芽糖、炖菜贴饼子、烙馍菜盒子、地皮炒鸡蛋、焦糊子、缸贴子、焦叶子、鸡蛋蒜、面筋汤,因为这些都是奢侈品,都是母亲拿手的好吃食。现在淮北的不少饭店都有这些特色菜,但是无论如何也赶不上母亲做的味道。

淮北不仅是农商并进、交通发达的古今战场,引无数英雄竞折腰,而且也诞生了一批思想家、艺术家、文人墨客、贤达之士。如孔子七十二弟子之一颛孙师,先秦政治家蹇叔,传授鲁诗的薛广德,著名音乐家和天文学家桓谭,文学家、思想家、音乐家和书画家嵇康,雕塑家、画家戴逵、戴颙,直到现代的刘开渠,等等。最让我引以为豪的是任氏先祖任文石。他生活在明末清初,年少苦读,满腹经纶,关心时政,曾任扬州府儒学训导,后退隐故里,吟诵自娱,筑"藕花墅",并于山中凿"秋霞洞"以藏经书,被族人世代传扬。

在我童年时代,淮北乡下的业余生活从不寂寞。农忙结束,村村都会搭戏台唱戏,有当地的泗州戏、梆子,还有河南的豫剧,有时一连数天,才子佳人粉墨登场。到了冬季,几十人挤在牛屋里听淮北大鼓,《三侠五义》《杨家将》……唱完一出又一出,有时甚至会接连听上个把月。

淮北的乡村民风淳朴,走亲戚串朋友,路过其他村庄都会热情跟你打招呼,渴了讨口水喝,赶上饭点可加上一副碗筷。遇到老乡在果园、菜园收摘水果蔬菜,会招呼你过去尝新鲜,还让拎两棵白菜、萝卜带回家。

淮北还是一个重礼仪礼节的地方,长幼尊卑、父慈子孝、男女有别授受不亲……逢年过节讲究礼数,大年三十中午,兄弟都要携全家与父母一块过年,年初一大清早要到全村长辈那儿拜年,年初二要走姥姥家,拜年走亲戚不能超过年初七,等等。我想淮北这个地方之所以那么重视礼仪,可能与它所处的地理位置和环境有关,它距离孔孟之乡曲阜200多公里,距离老子故里涡阳仅有100多公里,一方水土养一方人,何况与圣人那么近,难免受到更多的熏陶。

对淮北记忆深刻的还有赶庙会。有两个著名的庙会,一个是每年农历三月初三,一个是每年农历三月十八,哪怕"文革"期间也未曾中断。直到前些年我去河南新郑出席祭拜黄帝活动时才知道,三月三是轩辕黄帝出生的日子,家乡的这个庙会一定与轩辕黄帝有着不可分割的联系。三月十八的庙会是一个规模盛大的庙会,方圆100多里的人都会来。很多人头一天夜里就赶来了,先到相山半腰的显通寺上香跪拜,祈求平安。庙会有很多活动,说书、唱戏、演魔术、踩高跷、斗鸡、斗羊,应有尽有。小吃就不用说了,馓子、麻花、煎包、烧饼、炸糕、腊汤……除此之外,还有各种东西售卖,包括农具、粮种菜种、农副产品、衣帽鞋袜、日常用品、猪马牛羊,等等。人声鼎沸、热闹非凡。每次赶庙会,母亲都会给我一角钱,我先买上两个水煎包,然后听一场大鼓书。庙会是最隆重的节日,更是孩子们的游乐场。

不知道农历三月十八的相山庙会始于何时,淮北作为一座新城却是与我一起长大的。本来是一个充满乡音乡俗的地方,不知道为什么拥进来一群一群操着不同口音的各路人马;本来是一片寂寞无声的土地,不知不觉修建了一条不宽的柏油马路,被命名为淮海路,路旁建起了一排一排的二层或三层小楼;在城市方圆数十里的范围内,陆续建起了 8 对矿井,还在城市与我们村庄相连的山坳间建了一座发电厂。通路了,通电了,通自来水了,有路灯了,火车也来了……陆陆续续有了学校、医院、文化馆、新华书店、电影院、体育场、邮电局、银行、商场……2010 年秋天,我回去参加建市 50 周年纪念活动,市里领导向我介绍淮北初建时的城市面貌和发展变化,他们都是近些年才交流到这个城市工作的,最多的也不过在淮北生活了 20 年。我笑道,如果要说淮北的变化,在座的大概只有本人感受最深。不是吗?这个城市的沟沟坡坡我确实太熟悉了,在 30 多年前我离开它的时候,只有两条不像样子的马路,最高的楼叫七层楼,实际上是建在一个坡地上,低处 2 层,正面只有 5 层,加在一起才是 7 层。最大的百货商场只有 3 层,营业面积有限,商品更是少得可怜。市里只有两所中学、两家医院,城区人口 10 多万。20 世纪 70 年代形容一个城市小,有一个段子,叫作一条马路、一个岗亭、一个警察、一个高音喇叭,用于形容当时的淮北不算过分。

现在淮北全市人口已经达到 230 万,城市居民 100 多万,已经是一个现代气息浓厚的城市。有了纵横交错的马路,还有数十公里的环城路,先是把我们村子也圈到了城市里,现在我们的村庄已经不复存在,而被宽阔的马路、花园式的居民小区所取代。整个城市高楼鳞次栉比,商业街红火热闹,街心公园花开四季,博物馆、体育场非常气派,相山公园游人如织。在人们的印象中,煤城一定是既黑又脏又乱的,但淮北多年来一直争创全国文明城市,它的整洁、卫生、文明程度在安徽北部几个城市中首屈一指。我在淮北的大街小巷看到管理有条不紊,人们自觉遵守交通规则,与我30多年前离开淮北时,牛羊都能跑上大街的情景相比真是大相径庭。淮北的产业也不再是煤炭一家独大,电力、纺织、建材、机械制造、化工制药应有尽有,尤其最近几年创办的食品工业园,已经吸引几十家食品企业落户,其中国内外著名企业有十多家。我的母校淮北煤炭师范学院现在已经更名为淮北师范大学,成为一所门类齐全的综合性大学,拥有学生近2万人,并在一个依山傍水的地方建了新校区。淮北已经在一个新的起跑线上。

9月20日那个周六,我回了趟淮北,办完家里的事情以后,突然想爬一次相山。第二天早晨6点多起床,与弟弟妹妹一道沿着隧道后边的石阶向上,顺着山脊向高处进发。还是读中学的时候,全校组织过一次爬山比赛,也是这条路线,40多年过去了,弹指一挥间。第一惊喜的是,那么多的树啊,绿满山川,层层叠叠,遮天蔽日。之前爬山看到的只有野草和荆棘,几乎没有一棵树,而今天这么多的树使山漂亮了、丰满了,空气中的味道也变得湿润、清新了。更令我震撼的是到达山顶的感觉。过去山的一边是城市,一边是田野,而那个时候的城市,看不到几栋像样的楼房,城市也就是一个小镇。而今天高楼耸立,气势恢宏,几乎与山比肩,而且连绵不断,看不到边。过去是田野的那边也立起了片片高楼和其他各种设施,相山俨然位居城中了。

人的力量实在伟大,可以在平地之上建设一座崭新的城市,可以改变一切。不知为什么,站在家乡相山的山顶,我突然想起,早在20世纪70年代,淮北曾被称为"小上海"。早期,作为一个新兴工业城市,需要大量的管理和技术人员,有不少上海人为建设淮北而来,并把家安到这里。淮北市人民医院就是从上海闸北医院各科室抽调管理人员和业务骨干过来复建的,等于上海闸北医院在淮北建了一座新的医院。淮北的不少机关、学校、科研单位和工厂、煤矿都有很多上海人,我的几位同学和知青朋友的父母就是上海人。还有一些上海知青招工进了城,也把家安在了淮北。这些因各种原因落户淮北的上海人,开始用上海话讲着他们的过去,后来开始说着淮北的故事,久之变成带着淮北味的上海话或普通话,讲述着他们也许普通但不平凡的人生。其实不光是上海,还有很多人来自省内和省外的其他地方。这样,淮北成了一个从生活习惯到饮食起居以及语言、穿着、行为方式都呈现多样化的城市。不是吗?人们说20世纪七八十年代,上海最流行的服装样式,不出一个星期就会在淮北的大街上看到。

决定一个地区或者城市影响力以及地位、特色、潜力的因素有很多,一是它所处的区位、环境、条件和资源禀赋,再就是它的历史和文化因素,等等。正是这诸多条件塑造了城市的形象,也培育了城市的性格,形成了城市的特色,也造就居住在这个城市的一群人。反过来,这一群人也成就了这座城市。

我想,淮北是因为它地处中原的特殊地理环境从而英雄辈出而成为历史的淮北,由于物产丰富平原沃野而成为乡村的淮北,又因为地下储藏着丰富的煤炭资源而成为今天城市的淮北。是不是可以说,没有煤炭就不可能有今天的淮北市,我们这些淮北人也不一定是今天这个样子?这是一群什么样的人呢?无论离开多久仍然带着淮北口音的普通话,无论做什么都带着淮北的山水味、泥土味、煤炭味。

无论如何,都要感谢祖先,为我们选择了这样一个好地方,给予后代子孙生命源泉和创造活力的好地方。

发表于2014年10月20日《淮北日报》

遥远的杏树林

又是春暖花开时节,每到这时,我都会想起家乡那漫山遍野的杏花。

我的故乡是一个只有几十户人家的小山村,山不算高,呈簸箕形,村子就在"簸箕"口的位置。小时候,常听大人们说,老祖宗没把村庄的位置选好,如果再往里一点,建在"簸箕"的底部,就不会像现在这样穷,因为用簸箕簸谷时,颗粒饱满的谷子都在底部,而只有秕谷和糠草才到簸箕口的。在我童年的记忆中,家乡穷归穷,却很美,给我带来无穷的欢乐。

老祖宗把村子建在了"簸箕"口,让它面向广阔的田野,而在它背后的山坡地种上了杏树,一直种到山的半腰。杏树依地形而种,有的成片成林,有的三排两行,也有的三株五棵,一些人家院子里也栽上了杏树。除了杏树,村子里还有石榴树和其他的树,但都没有杏树来得气派。每年春季,满山的杏树装点着这个小小的山村,使其充满生机。一阵春雨过后,先是地上不知名的小草冒出来,把山坡染成绿色。接着成片成片的杏树,突然在一个早晨,像接到了统一的号令,把白中带粉的花朵挂上自己的枝头。站在村口向后山望去,层层叠叠、错落有致,一团团、一片片,铺天盖地,完全是一个花的海洋。这时可乐坏了我们这些孩子,大家脱掉棉袄,换上单衣,在杏园里追逐打闹,捉蝴蝶、逮蚂蚱,让那醉人的花瓣落到自己的脸上,被无边的花香包围着。我们还能发现一些新发芽的杏树苗,小心翼翼地连根挖出来,种到自己家的院子里。大人看见了便说:"你以为那么简单,这样子就能长成大树?"我们根本不听那一套,每天为其浇水,中午怕阳光太强晒死了,用树叶遮起来。但过不了几天,小树苗就开始发蔫,慢慢枯萎了。

杏花渐渐谢了,枝头便长出一片片叶子,先是尖尖的、嫩嫩的,不知不觉间杏树的叶子长大了,变圆了,像一把把巨伞,遮天蔽日,给整个山坡披上浓浓的绿装,风一吹发出哗哗的声响,像弹奏一首美妙的乐曲。突然有一天,人们发现青青的小杏挂满枝头,好似一粒粒翡翠。见此情景,大人们总是乐得合不拢嘴,见面便说,今年挂果多,好收成。

与其他水果相比,杏子成熟得比较早。按农历的说法:"五月杏六月桃,七月小枣八月梨,九月柿子去赶集。"麦子收割的季节,杏子就该成熟了。杏子的品种很多,最早熟的是八斗杏,体形圆圆的,外表半黄半红,挂在树上像一盏盏小灯笼,杏肉金黄透明,吃起来既香又甜,而且它的仁也是甜的,吃完杏,还可以留下杏仁;银黄杏个头像鸭蛋一样大,黄黄的,椭圆形,有点淡淡的酸味,清新爽口;白水杏又叫水蜜杏,从里到外都是乳白色的,皮薄,晶莹剔透,水分大,糖度高,咬下去就像吃一口蜜一样;青皮杏外表始终都是绿色,看起来似尚不成熟,用手一捏软软的,可以一掰两半,吃一口更是别具风味。

收摘杏子的季节是全村老少最忙碌、最开心的时候。人们提着篮子,有的爬到树上,有的踩着梯子,说笑声在绿树丛中此起彼伏,你一篮他一篮,不大会工夫,各种品种的杏子就摘了十几筐。每当这时,我们这些孩子都争先恐后往树上爬,也想帮大人去摘。但他们说什么也不让,一是怕我们从树上摔下来,二是怕我们弄断了杏树的枝条,影响来年结果,总是打发我们捡拾掉到地上的杏子。我们就一会跑东一会奔西,把掉到地上的杏子捡起来放到筐里去。摘杏子的时候无论谁都可以吃个够,哪怕外村路过的行人也是如此。我们常常挑些熟得透的、个大的、甜的吃,用不了多久小肚子就吃得圆鼓鼓,然后还要装满衣兜。

杏子装好筐,等城里的小贩和外地的汽车来拉。我们村的杏在方圆几十里是出了名的,品种多、质量好,往市场上一放,城里人一看就知道是我们村的,所以来我们这里买杏的总是络绎不绝。每年卖杏子的收入,用于全村的种子、化肥、农药、用电等支出也就差不多了,年底分红时,每户还能收入几十元。

其实,杏核也是好东西。每到杏子收获之后,家家都捡整筐整筐的杏核,春节前砸碎壳,把杏仁放入温水浸泡,一个星期后,皮自动脱掉,苦味全无,拌入作料,香脆可口,余味无穷,是一道上乘的下酒菜。记得上小学时,老师带领我们捡杏核,卖到中药店,用所得收入给每人买了5支铅笔、2个练习本,还有4块奶糖,当时喜悦的心情就甭提了。

随着杏林一起长大,久之,似乎与杏树成了朋友,对其中很多杏树的品种、特点、习性都渐渐熟悉了。我不仅有福气欣赏它们怒放的花朵,品尝它们美味的果子,而且还在它们的叶子下避过雨,在树荫下乘过凉,有了心事,也曾在它们月光朦胧的树影下漫步,向它们诉说。然而,没想到,1974年,我中学没毕业时,上级要求砍掉树林,修梯田种粮食,结果杏树无一棵能幸免,然而至今梯田也没有造成,只留下裸露着石头的荒山坡。

几年前,听说村里打算把山坡重新种上杏树,使其重现昔日辉煌,我着实高兴了一阵子。但后来又听讲,据林业专家说,电厂的污染太严重,山坡被厚厚的一层烟尘覆盖着,连茅草都难以发芽,杏树怎么可能再像往日那样花果飘香呢?因此,只能作罢。

看来,杏树林离我们越来越遥远了。

发表于《中华散文》2001年第12期

挂在空中的"菜篮子"

去年春天,侄子从老家过来,弟媳让他带来了一袋榆钱。这是我们的最爱,妻子高兴得心花怒放,当天晚上就蒸上一锅。打开锅盖,一种特别的香气弥漫开来。早就准备好了蒜泥、香油、辣椒、胡椒、山西老陈醋、生抽、精盐等,全家每人盛上一盘,按照自己的口味添加作料,吃得笑逐颜开。女婿是第一次吃蒸榆钱,直呼好吃,吃完一盘,又来一盘。确实,榆钱的味道香甜不腻,润滑爽口,余味绵长,很多菜蔬都无法与其媲美。

榆钱是榆树的花,形状像古代的钱币,加上"余钱"的谐音,听起来吉利,人们不叫它榆花而称榆钱。榆钱、洋槐花、葛花等,都是春季造物主送来的特别礼物,不仅可以食用,而且味道鲜美、营养丰富,在20世纪五六十年代,成了家乡一带农民日常生活的重要补充。

那个时候物资贫乏,缺面少米,更没有蔬菜。最难熬的是春季,青黄不接,粮食所剩无几,储备一冬的大白菜、萝卜早已吃光了,乍暖还寒,青菜还无法生长。再加上不允许保留自留地,大田种什么粮食都只能按统一要求,更甭说种菜了。有人在房前屋后或田间地头巴掌大的地方种上几棵青菜,也被当作"资本主义尾巴"铲掉。所以春天是吃不到蔬菜的,地上的野菜,树上的榆钱、槐花等就成了开春最先吃到的美味。

不准有自留地,不能种菜,没有说不准种树;上山摘杏子、桃子是资本主义,要挨罚,但采树花没人管。每到春天,槐花、榆钱、葛花等就成了老百姓挂在空中的"菜篮子"。农历二月底前后,这些花就陆续开了,人们便像去菜地摘菜一样,争相采摘,品尝新鲜,填饱肚子。

最早采的是榆钱。榆树是一种耐寒耐旱的树,不择土壤,适应性强,我的家乡一带广泛种植。榆树开花大约在 3 月中下旬,花瓣薄如蝉翼,浅绿色。榆树是先开花,后长绿叶。采榆钱可是不容易,它轻、薄、软、无分量、随风摆动,正如韩愈诗云:"杨花榆荚无才思,惟解漫天作雪飞。"采了大半天,放在篮子里,看似挺多,用手一抓,只有一小团。但它的味道独特天然,是春天的第一道美味。我们采榆钱时第一把总是迫不及待地塞进自己嘴里,甘之如饴。听大学同学尉天骄说起,他在美国耶鲁大学校园参观时,看到挂满枝头的榆钱,想起小时候采榆钱的情形,禁不住摘几片尝尝,甜甜的,与家乡榆钱是一样的味道。只是不知道美国人是否也把榆钱当作一种食物。榆钱的吃法多样,可凉拌、煮粥、做馅、做汤等等,用粗面拌榆钱蒸食是早年家乡最常见的吃法。

"菜篮子"的第二道大菜是槐花。有一次,我和爱人说起乡下的事,怀念起家乡的槐花。女儿很奇怪:"北京很多马路边不是长着一排排槐树吗?也开花呀!"我告诉她,我们说的槐花是洋槐花,也叫刺槐,与北京常见的槐花不是一回事。北京马路边的多为国槐,开黄花,果实槐米可入中药,但不可做食材,花的香气也比洋槐花淡得多。前一段家乡来人送的槐花蜂蜜,就是蜜蜂采槐花的蜜酿成的,那才是又好闻又好吃的槐花呢。

在家乡,洋槐树较多,房前屋后、山坡沟旁都是。槐花清明节前后盛开,花期大概半个多月。槐花是很漂亮的蝶状花,单个看,洁白的花瓣如同蝴蝶轻盈的翅膀。槐花总是结成一簇簇的,花穗下垂,好像一串串白色的蝴蝶掩映在碧绿的树叶之间,画面清新生动。槐花的清香,更叫人难忘。槐花开放时节,散发出那种带着淡淡甜味的清香,深深吸一口,从内到外神清气爽。也许是洁白的槐花更喜欢皎洁的月光,越到夜深,清香越是浓郁,院子里只要有一树槐花,那香气可以伴你一个整夜的美梦。

说槐花是一道大菜,不仅因为槐树多,容易采到,还在于它味道鲜美,吃法多样,凉热皆宜,汤馅均可,配肉搭菜,煎炸蒸炒无所不能。凉拌时先用开水焯一下,可单独拌,也可配上粉丝、豆皮一起拌,佐以姜丝、葱丝、红辣椒,淋上醋、香油,那味道真是美妙,百吃不厌。炒着吃,可单炒槐花,也可与辣椒、韭菜等搭配,如能配上猪肉、鸡蛋炒更是营养丰富,香味独特。还能与面粉搅匀挂糊油炸。做馅包饺子和包子,做槐花粥、槐花汤更是简单平常。无论什么做法,槐花的清香都令人齿颊留香,回味无穷。新鲜的槐花一下子吃不掉,用热水焯一下,晾干保存,可以一直吃到第二年春天。

我们老家的院子里就有一棵槐树,每到花季,成为随吃随采的"菜篮子"。记得有一次中午时分,舅舅突然来了,母亲说摘点槐花吧。我即刻架梯上树摘花,不大会工夫槐花炒鸡蛋就端上来了。吃着那冒着热气、黄白相间、飘着清香的槐花炒鸡蛋,真让人舒心。

春天的"菜篮子"里还有葛花。在能够当作蔬菜吃的树花中,葛花最为鲜艳夺目。它有着丁香一样的颜色,比丁香更芬芳,是文人雅士的爱物。清代宫廷名点紫藤饼,便是以它为材料。在乡间,葛藤通常没有人特意架起来,都是自然生长在堤边沟沿,或是土质不肥的沙地,没有高大挺拔的树干,只离地二三尺,藤状缠绕着四面展开。仲春时节,一大片绿色中,紫色的花穗坠得一嘟噜一嘟噜的,十分诱人,连孩子们也不费劲便能采摘到。葛花与槐花一样有多种吃法。现在电视和网上都说,吃槐花、葛花,好处多极了,清火润肺,降血压,降血脂。不过我们小时候还不知道这些,只记得是可口的菜和饭,至今还是留在舌尖的味道,心中难以忘怀的记忆。

挂在空中的"菜篮子"还包括构树花(楮桃子)花、香椿等,也给我留下很多美好的记忆。

小时候,每年春季,我都要上山采榆钱、槐花、葛花、楮桃子等能食用的花。有时与伙伴们成群结队,有时单独行动。有时找寻半天也找不到开花的树,或被先前赶来的人们采光了;有时发现一棵开满花的树,很多人争先恐后,动作慢的采不了多少;也有时自己遇到一树花开正好,一会工夫便采满一篮,那高兴劲儿就甭提了。无论如何,都要感谢这些挂在空中的"菜篮子",在那些特殊年月,如果没有它们,真不知道怎么度过那乍暖还寒的一个个夜晚,熬过那些缺米少面的漫长春荒。在20世纪60年代初的三年困难时期,野菜挖光了,槐花、榆钱、葛花都吃光了,没有办法,人们甚至采柳树和杨树的叶子充饥。

往事不堪回首,时至今日,情形完全不一样了。家乡老百姓已经衣食无忧,物质丰富,蔬菜品种繁多,四季常新,无论什么季节,想吃的蔬菜一般都能吃到,挂在空中的"菜篮子"已经失去了原先的诱惑力,采树花不再是因生活所迫,不再是为了果腹充饥,只是尝新鲜、寻野味、猎奇,或者寻找往日的记忆和乡愁。正如程琳在《采榆钱》中唱的:"东家妞,西家娃,采回了榆钱过家家。一串串,一把把,童年时我也采过它。那时采回了榆钱,不是贪图那玩耍,妈妈要做饭,让我去采它……东家妞,西家娃,你们没有尝过它。村前绿,村后花,榆钱不再当饭茶……"

但是,舌尖的记忆有着长长的"潜伏期"。半个世纪过去了,我们还常常怀念榆钱、槐花、葛花,喜欢它们那久远而独特的味道。家里人知道我们的心思,只要赶上合适的季节有人来,妹妹和弟媳都会亲自上山采一些带给我们,有一次甚至寄了特快专递。

清明节前夕,我们回了老家。一天早晨,不知谁说起想上山采榆钱,大家齐声响应。弟弟、妹妹、弟媳,还有侄儿辈多人,一起高高兴兴地出发了。

微风和煦,空气湿润,山坡地上,小草刚刚冒出稚嫩的小芽,欣喜若狂地呼吸着山风;杏花的花瓣洒落一地,碧绿的叶芽开始在枝头绽开;油松、马尾松好像被水清洗过一样,由苍老变为翠绿。感觉所有的树木花草都在蠢蠢欲动,欢呼着、跳动着,舒展筋骨,笑逐颜开,与春的脚步一起起舞。突然一股清香飘来,抬眼望去,三棵洋槐树就在眼前,满头披银,花开正浓。不远的地方就是一片榆树,足有六七棵,榆钱已经有点儿蔫了,但还没有到唐人施肩吾形容的"风吹榆钱落如雨"的地步。我感慨,小时候踏破铁鞋,也难以找到那么多洋槐花和榆钱,真是换了天地,更换了人间。

我们开始采摘槐花、榆钱,漫不经心,有说有笑,不是为了口福,而是为了徜徉在花的丛林中,吸进这新鲜的山野的风,寻找早年的记忆。

发表于 2018 年 5 月 18 日《光明日报》,有修改

写春联

春节贴春联,不知道始于何时,即使那些特殊的年代也没能改变这一习俗。我国广大农村每逢过年家家户户都要换上新春联。贴上新春联,年的气氛也就有了。小时盼过年,很重要的一个因素在于写春联、贴春联,因为这是体现我的价值和展示"才华"的大好时机。当时正在读初中的我,算得上村里学历最高的"秀才"了。每到年前,全村有近半数的人家都把红纸送到我家,请我代为写春联,就连队长家和队里的仓库、牛房、队部的都要由我来写。每当这时,我都乐此不疲,兴高采烈。

我先是指挥几个小伙伴裁纸、研墨,然后是琢磨春联的内容。那时候报纸上会刊登一些春联供人们选用。我在报纸上选一些,觉得不过瘾,还要从毛主席诗词中挑一些,挖空心思地自己编一些,以显示自己的博学和多才。记得最喜欢选的毛主席诗词是"春风杨柳万千条,六亿神州尽舜尧"。自己编的五花八门,但首要的一条是紧跟形势,抒发革命豪情。最得意的要数"放眼中国万里江山如画,展望世界红旗漫卷西风"这一副了。

写起来更是旁若无人的感觉。门心字要大,用大楷,醒目,有气势;门边和横批字要小,用小楷。写完按顺序摆在院子里晾干,我来回巡视着,欣赏着自己的"作品",心里美滋滋的。现在看来,当时的表现真是可笑,本人写毛笔字的那两下子,连读小学的女儿都看不上,常笑我水平太低,更何况当初了。

写好之后,便和小伙伴们一起挨家挨户帮着张贴。待家家户户门上都换上我写的新春联时,我简直像一个指挥千军万马凯旋的将军,充满着自豪和喜悦。最后,我们来到生产队的牛房,打算贴上我写的那副"抓革命千军万马齐上阵,促生产战天斗地夺丰收"。突然大家都愣住了——牛房的门上已贴好一副新春联,上联是"松竹梅岁寒三友",下联是"桃李杏春风一家"。地地道道的柳公权体,结体匀称,笔画苍劲有力,如刀刻斧凿一般。端看良久,再看看自己的"大作",实在无地自容,我转过身,赶快逃离。

那副对联无疑是他写的。两个月前,他被送到村里,就住在牛房的西间,据说是什么"反动权威"。谁也不知他来自何方,叫什么名字,因为戴着一副厚厚的眼镜,都叫他"戴眼镜的"。他个子不高,劳动时总是一个人默默的,很少与人说话,偶尔碰面也是以点头代替打招呼。有人看到他常常沿着河堤来回踱步,注视着结冰的河面,下雪天也不例外。晚上和不出工的时候,他就一个人躲在牛房里,谁也不知他在干些什么。

自从看到那副对联,牛房成了我常去的地方,只是选择在他下地干活的时候。我远远地站在牛房门口,为的是看看那副对联。那字写得太漂亮了,一笔一画都让我倾倒,怎么也看不够。有时边看边在地上用手指划着模仿起来。对联的内容更是令人回味无穷。一副对联写了六种树木,上联主要是写树写冬,下联主要是写花写春。上联写冬天里这三种树的共同品质,在寒冷的冬季,万木凋零,只有它们傲霜斗雪,枝繁叶茂,充满生机,正因如此,它们成了寒冬里并肩战斗的朋友;下联写冬去春来,三种花迎风报春的风采,它们次第开放,装点一个全新的世界。对联采用拟人化手法,托物寄情,生动传神,像一幅美丽的风景画,赏心悦目,把冬去春来的自然风貌和人们的喜悦心情充分表达出来,用作春联再贴切不过了。与我写的那些陈词滥调简直有天壤之别。

　　一次,我正在全神贯注地欣赏这副对联,被突如其来的一声招呼唤醒了:"小朋友,你好啊!"原来是他。我怔怔的,不知说什么好。他厚厚的眼镜片后面含着笑,给人一种亲切随和的感觉。他把我让到他住的牛房,我看到床头上堆的全是书。他问:"你喜欢诗?"我摇摇头,指着那副对联回答:"喜欢对联。"他笑了:"诗和对联也是相通的。"接着他慢条斯理地与我聊起来,俨然一对老朋友。我渐渐地也不那么紧张了。他告诉我要写得好,首先要多读,吸取前人的精华,还要多思考,多练。对联和诗一样,是有讲究的,是艺术创造,不能空发议论,喊政治口号,要抒发对生活的真情实感,这样才能有意境和内涵,韵味深,耐读。谈到毛笔书写,他说更不是一日之功。当时,对他的这些话,我虽然似懂非懂,但也有豁然开朗的感觉。临走时,他抽出一本《唐诗三百首》送给我,并说:"有空多读读,多练练,日子长了,你就明白了。"

不久,他就离村回城了,我再也没能见到他。后来,我上了大学中文系,读了不少诗,也学着写诗,虽然没有成为诗人,但一直保持着对诗歌的浓厚兴趣。多年来,我还买了许多关于诗词歌赋的书,但他送我的那本《唐诗三百首》仍然摆在书柜最显眼的地方,已经被翻阅得很旧了,不仅我读,女儿有时也拿来查阅,去完成她的作业。

到了城里,自己不写春联了,过年时还依家乡的旧俗,在街上买一副贴在门上。每年贴春联时,我都会想起二十多年前的那一幕。

1998 年 3 月 19 日,写于淄博鲁中宾馆

瓜田的诱惑

2010年8月,与两家朋友一起休假去西北,在银川至兰州的路上,看到马路两边有不少西瓜田。可能是瓜的品种原因,也许是西北地区的气候和土壤使然,几乎看不到瓜的藤和叶,只见大大小小的西瓜横七竖八长满一地,好像是直接从土里冒出来的。多想下车,跑到田里亲手拍一拍,选上几个带走。

对瓜田的向往是儿时留下的记忆,也是一个遗憾。

小时候,家乡的生产队每年都会留出一块瓜田,种上各种各样的甜瓜。不像杏和石榴,采摘的季节我们这些孩子能跟在大人屁股后边忙活,在树上爬上爬下,随摘随吃,包你吃饱吃够,还可以装满衣兜。瓜田是不准我们这些孩子涉足的,即使大人也不让随便进入,只有看瓜的爷爷才能下田采摘。

到了瓜成熟的夏季,大约每周都会分两次瓜,由队长主持,用钩秤,按家庭人口平均分配。看到一堆香瓜,黄的、绿的、白的、花斑纹的,也有条纹的,大小不一,形状各异,令人有很多遐想。大家排着队,队长按顺序把那些瓜捡到统一的篮子里,然后上秤分给每家每户。

我们每次去瓜田分瓜,只能站在田边向瓜田张望,睁大眼睛看着看瓜的爷爷一个人摘满一篮又一篮后倒在田边的空地上。瓜香实在太诱惑人了,多想循着那香走到瓜田里去,亲眼看看瓜是怎么长的,抱起来好好闻一闻,亲手摘上几个,挑上一个喜欢的爽快吃起来。

说不清是想吃瓜,还是被瓜田的神秘感吸引,村里的一帮孩子终于按捺不住,要采取行动偷偷进入瓜田去摘。

瓜田东边是一块玉米地,西边是一块黄豆地,玉米已经长到一人多高,便于隐蔽和撤退。看瓜的爷爷 60 多岁,不苟言笑,腿脚不好,但是那条大黄狗却是比较厉害。一天,我们五六个孩子从玉米地爬到了瓜田边上,玉米地与瓜田并没有直接连着,中间隔着一条小河沟,我们刚越过小河沟,那条大黄狗突然汪汪叫着向我们这边扑来。大家便连滚带爬地逃到玉米地里。过了好久,我的心还在扑通乱跳。虽对没有进入瓜田偷到甜瓜有些遗憾,但没被抓住也感到庆幸。

过了两天,几个大一点的孩子又在酝酿一场新的行动,因为我年龄较小,经过上次历险有些害怕,就推托不去了。他们说谁不去谁就是叛徒,以后其他所有人都不再跟叛徒一块玩。无奈之下,我还是答应一起"参战"。

这次行动比较周密,我们决定兵分两路:一路进入西边的黄豆地,把那条大黄狗吸引过去,要是惊动了看瓜的爷爷,就说我们是到黄豆地里捉蝈蝈；一路从东边的玉米地潜入瓜田边，看到黄狗去了黄豆地，就迅速越过河沟进入瓜田，摘了甜瓜跑回玉米地就成功了。

我被分配到黄豆地"捉蝈蝈"。夏天的中午，太阳火辣辣的，蝈蝈的叫声清脆悦耳，此起彼伏。我尾随另外一位伙伴进入黄豆地，假装扒拉着豆棵逮蝈蝈，眼睛一直瞟着瓜田那边看动静。大黄狗狂叫着向我们跑来，看我们没有进入瓜田的意思，也不再继续靠近，似乎只是警告我们不准进入瓜田。我心里还是充满胆怯和紧张，看到同伴已经跨过水沟即将进入瓜田，又暗暗高兴。没料想大黄狗突然掉转方向，狂吠着向东边奔去。看瓜的爷爷也在瓜棚里大声吼道："谁呀，那么大胆子，大白天敢来偷我的瓜！"我早已吓得浑身发抖，庆幸不是被分配到那一拨，却也一直不见看瓜爷爷走出瓜棚。

两次行动，都没有真正进入瓜田，更不用说偷到梦寐以求的甜瓜了。我感觉大家似乎不是为了偷瓜，而是一场游戏，是在与看瓜爷爷和他的那只大黄狗捉迷藏。

一段时间过后又有一次行动，爬出玉米地没有听到那条大黄狗的叫声，我们已经越过小河沟，眼看就要进入瓜田了，看瓜的爷爷突然出现在身后。这下完了，我们正要往回跑，爷爷大声说："都给我站住！哪个跑我就通知你们爹娘，还要告诉生产队。"这一下把大家给镇住了——偷瓜的事若被传出去，要挨家长一顿揍，会扣家里的工分，父母要到生产队的大会上做检查。大家只好低头任他处置。

爷爷说："都坐在田边，不许动。"我们只好乖乖照办。我看到爷爷拎着那只篮子进入瓜田，一会工夫，摘了满满一篮瓜，往我们面前一放："吃吧，随便吃，不够我再去给你们摘。"说完径直走进他的瓜棚。平时看他那么严肃厉害，没想到也是一个慈祥和善的老头儿。我们围着篮子吃起来。瓜的品种很多，熟得恰到好处，味道甜美。每种瓜的味道不完全相同，有的脆一些，有的绵软一些，有的香味缭绕，有的甜到心里。这是我第一次畅快淋漓地吃瓜。

几十年过去了，有时回想起儿时偷瓜那些事，感觉很好笑，也很有趣。当然有嘴馋想吃的成分，也有玩耍游戏的意味，好奇心、神秘感，等等。至今最大的遗憾还是没有能够到瓜田里亲自去挑、去摘，然后吃他个满嘴香甜。

到兰州后，我们又沿河西走廊一路向西，最后一站到了敦煌。正是瓜果飘香的季节，我对朋友说，在北京采摘过草莓、苹果、樱桃，不知道这里有没有瓜田可供采摘。我们决定将车开到乡间的道路上去找找看。开出城区 20 多分钟，一派田园风光，天格外蓝，空气清新，路两旁玉米、棉花长势喜人。我们下了大路，在土路上跑了不久，就看到一片一片的哈密瓜田。

下车问瓜农可否采摘，怎么收费。他说："你们进去随便挑吧，钱不钱的无所谓。"我走进瓜田的时候，有一种神圣的感觉，哈密瓜的香味虽然与儿时家乡瓜田里的瓜味道无法媲美，但几十年前的感觉一下子跃然心头，终于能够走入瓜田，亲手挑选自己喜欢的瓜了，有些无法言说的激动。我并没有急着去摘，而是在瓜田里走过来走过去,弯腰摸摸这个,又拍拍那个,俯下身子去闻一闻,寻找那种感觉。朋友们已经挑选了几只,我挑过来挑过去,终于选了一个黄黄的、有着较深纹路的、飘溢着浓香的哈密瓜。我请瓜农帮忙切开,招呼大家一起吃起来。

  哈密瓜脆甜可口,清爽溢香,我有一种满足感、成就感——终于吃到自己亲手采摘的瓜了。良久,还沉浸在无比的兴奋和喜悦之中。

  汽车行驶在乡间马路上,看到窗外的田野,我的思绪一下子又回到儿时,家乡瓜田飘过来的瓜香,看瓜爷爷和他的大黄狗,与小伙伴偷瓜的情景,还有蝈蝈的叫声和绿油油的玉米地……

2014年5月3日,写于北京

母亲蒸馒头

春节回老家过年,见母亲又用起老锅灶,烧木柴,蒸起馒头来。

母亲蒸的馒头就是和别人的不一样,个头大、白、有弹性,吃起来筋道,香甜可口,余味无穷,左邻右舍都夸母亲手艺好。这些年母亲岁数大了,弟弟妹妹很少再让她自己做。再说到处都是卖馒头和其他各种面食的,随吃随买,省事方便。可是母亲总是说机器做的馒头不好吃,没味道。我们更明白这一点,买来的馒头与母亲做的馒头简直相差十万八千里。

母亲做的馒头,只要一闻一看就想吃。第一锅刚揭了笼,大家便蜂拥而上,一人拿上一个,速度快的干掉两个,不用就任何菜,转眼间就扫光。有的吃完还想再来一个,母亲乐得合不上嘴,一边揉着面一边说:"甭急,下一锅马上就好。"

我反复观察,母亲蒸的馒头之所以与众不同,可能主要有三个方面的原因。一是发面时机掌握得好。母亲是从来不用发酵粉之类的发面,而是用上次发面留下的酵头。酵头放得多或时间长了,发过了火,蒸出的馒头变黄发酸;放得太少或时间太短又发不起来,蒸出的馒头较硬而缺乏弹性,口感不行。二是火候掌握得好。母亲从来不用煤炉蒸馒头,一律用大铁锅,烧木柴,先用旺火,待锅开后用小火,然后抽出火苗,让红红的木炭烘烤锅底。三是揉面时间长,用力大,揉得均匀。我常常看母亲弯着腰,把面揉过来揉过去,好像在做一件工艺品。每次揉完面后,她满头满脸都是汗水。她是把自己的心血都默默地洒在供给儿女们充饥的馒头上了,所以做出的馒头才格外好吃。看到孩子们津津有味地咀嚼着她的劳动成果,她的心里比什么都快乐。

嚼着母亲蒸的馒头,许多童年往事涌上心头。那时家里人口多,劳力少,生活困难,每年都有青黄不接的时候。但是再难,父母总是想方设法,东凑西借,让我们勉强填饱肚子,少受委屈。当时是很少能吃到白面的,主要食品是红薯、南瓜、玉米等。平时可以将就,每到春节,母亲一定要千方百计蒸几锅馍让儿女们高高兴兴过年。家乡过年有蒸馍的习俗,每到小年过后,家家户户都开始蒸馍。条件好的家庭会蒸上一缸,因为谁家过年的馍吃得时间长,预示谁家来年更富有,运气更好。

母亲每年蒸馍都比别人家晚,要拖到腊月二十八九。弟弟妹妹不懂事,常围着母亲说这家蒸了,那家蒸了,我们怎么还不蒸啊?母亲劝大家不要着急,"馍会有的"。我想,母亲之所以把蒸馍的日期一拖再拖,可能主要是两个原因:一是面粉没备齐;二是年后可以吃得时间长一些,盼望来年有好运降临。蒸馍这一天,母亲早早起床,先烧水和面,一共要和好几种面,红薯面、玉米面、豌豆面,当然也有白面。每种面和好放入一个盆中,最小的盆一定拿来盛白面。母亲先蒸一锅玉米面的,再蒸一锅豌豆面的,母亲称玉米面的为"黄金馒头",称豌豆面的为"乌金馒头"。然后用小麦面做皮,用地瓜面作馅,一层黑面,一层白面,做成花卷状,母亲给它取名叫"双色龙"。剩下的地瓜面做成窝头,母亲说窝头是甜的,我们尝一尝,果然是。最后用剩下的那些白面蒸纯白面的馒头和"团圆"。真正白面馒头蒸不了多少,"团圆"是母亲最下功夫的。先把面在面板上擀薄,又大又圆,放上葱花、五香粉、盐、芝麻酱,然后一层一层卷起来,再擀成三四厘米厚,表面用搓细的面做成各种花的装饰,在每个花心里放上红枣。待出了锅,香气扑鼻,令人垂涎欲滴。"团圆"是全家团团圆圆、幸福美满的象征,要到大年初一的早上全家人一起吃。

回想起来,母亲那时蒸的馍确实味道鲜美,各具特色,看上去就想吃。玉米面的黄灿灿,含有一丝甜味;豌豆面的有股浓浓的香味,而且吃起来筋道,抵饿;"双色龙"就像现在吃糖衣裹着的苦药片,把苦都藏起来了。在那样一个年代,虽然生活比较困难,但过年没感到太苦,反而觉得有滋有味,充满着欢乐。长大才明白,苦和难都藏在母亲的心里,她和父亲为了操持这个九口之家的生计,该是多么不容易啊!五颜六色的馒头里面,包含着母亲全部的爱和超人的智慧。母亲总是说粗面馒头香,好吃,时至今日还是这样说。在我的记忆里,我小时候母亲从来就没吃过一个白面馒头,她甚至在吃那种"双色龙"时,也把外边包着的一层白面塞进我们的嘴里,自己只吃里面的粗面。

从20世纪70年代末开始,生活一天天好起来了,我们兄弟姐妹陆续成家,各自有了自己的小家庭,只有父母和小弟还住在农村老家。父母最高兴的是节假日儿女、孙辈们都回到他们身边。每当这时,母亲都不顾我们的阻拦,亲自下厨房,蒸一大锅又白又大又香又甜的馒头。看着儿孙们狼吞虎咽的样子,母亲心里甭提有多高兴了。

1995年3月,写于北京和平里

张允玲老师

人的记忆是很奇怪的,有的人经常谋面,甚至共事多年,一旦分手也就很少再想起;有的人虽然远在千里,经年不见,其笑貌却时常出现在眼前。有的事情过去也就过去了,在头脑里留不下任何痕迹;有些事过去了几十年,仍然记得那么清晰、真切,是无论如何也忘不了、抹不去的。尤其是那些在自己人生历程中给予过影响和关爱的人和事,会终生镌刻在自己的心灵上。张允玲老师就是这样一位经常出现在我脑海,并且是我深怀崇敬和感激的人。

本来以为这次回母校能见到张老师,她虽然调到了电力学校,并担任了副校长,但与原先的中学离得很近,相信她一定会参加我们的聚会。没想到她因病在上海治疗,更没想到病得那么重,做了大手术,几乎是从死神手里逃出来的。中学毕业23年了,我没有给张老师写过信,特别是16年前离开故乡以后,起初几年回去探亲时,还去找过她,但不巧都未碰面。后来回去的机会少了,也就没再与她联系,哪怕过年寄个贺卡也没有。对此,我内心一直怀着深深的歉意,特别是知道她生病的消息后,这种愧疚和不安简直无法形容。

张老师是从初中二年级开始担任我们语文课老师的,其间除了一个学期外,一直带到我们高中毕业。当时她二十四五岁,留着短发,细高的个头,看上去有些羸弱,一双有神的眼睛透着慈祥,眉宇间流露着智慧和自信。她生长在上海,华东师范大学中文系毕业,因为早她一年大学毕业的丈夫分配到市发电厂工作,她主动要求分配到离发电厂较近的我们这所农村中学。那时候母校的条件很差,校园里坑坑洼洼,晴天尘土飞扬,雨天烂泥一片;教室和老师的办公室都十分简陋,每到冬天风雪呼呼地往里灌;教职工宿舍都是极简易的平房,要自己生火烧饭;学校到城里既无柏油路,又不通汽车。这些对土生土长的人来说算不上什么,而对于在上海这样的大都市长大的张老师来说,困难和不便是可想而知的。但张老师好像一切都不在乎,整天日子过得既紧张又开心快乐。不仅如此,当时学校每到农忙季节还要帮助生产队插秧割麦,搬砖运石头更是常事。她样样不落后,和我们这些农村出来的孩子一样干,真不知道她那单薄的身子哪来那么大的力量。

张老师在教学上给我们带来的第一个变化是用普通话讲课。在我们这所中学里,同学们大多是附近几个村的"土著",从小习惯于用当地方言和俗语表达,根本不愿意也不会使用普通话。从小学开始,老师也都是当地人,一概使用当地话教学。还有些基本功本来就较差，比如小麦的"麦"字，老师在用汉语拼音教读时读"mài"，但在日常生活中却念作"mēi"，输赢的"输"读"rū"，"参差不齐"读作"cān chā bù qí"，等等。可以说，在我们小学的课堂上，这类读音错误比比皆是。张老师下了很大功夫为我们纠正这些错误，一遍一遍地校正，不厌其烦地领读，直至大家发音准确为止。张老师的普通话吐字清晰准确，发音圆润生动，尤其是她带领我们读课文时，抑扬顿挫、轻重缓急掌握得恰到火候，而且富有情感和表情的变化，听起来十分悦耳，是一种享受。

她要求我们读书时也要用普通话，开始大家有些不好意思，后来在她的一再督促下，多数同学都慢慢养成了用普通话朗读的习惯。起初我也是读不好，有时读一篇课文，开始是"中央人民广播电台"，一会儿又换了频道，变成"地方广播电台"。张老师热情地鼓励我，并不时纠正我的发音，经过大约一个学期，我也能较自如地用普通话朗诵课文了。从此，无论是在生产队为社员读报，还是在大会小会上发言，我都大着胆子使用普通话。没有想到的是后来我到了北京工作，普通话成了必备的交流工具，也有了用武之地，以至于有一次与中央电视台的一位主持人交谈，她误认为我是北京人，当我说明自己是土生土长的安徽人时，她称赞我的口音"不留痕迹"。在那一刹那，我想到了张老师。

张老师讲课和别的教师不太一样，她不是抱着教案照本宣科，而是首先提出问题让大家阅读和讨论。有时她甚至拿来一篇看似与课文无关的文章请我们分析，启发大家发表意见，调动同学们的主动性和想象力，然后一步一步引导到课堂内容上来。上她的课往往感觉时间过得很快,在不知不觉中就接受了知识。在我看来,张老师几乎是无所不知,无所不晓,无论什么样的问题,在她那里都能得到满意的解答。当时正处在70年代初期,语文课本上选的内容十分单调,记叙文多是一些英雄人物和劳动模范的先进事迹,议论文除了毛主席的著作就是鲁迅的文章,古典文学和外国文学更是少得可怜。她为了让同学们多掌握一些知识,尽量多介绍一些课本上学不到的内容。比如在讲授鲁迅的文章时,捎带着介绍20世纪30年代的文学流派和作家作品,为同学们巧妙地打开一扇小小的知识的窗口。记得当时课本选的外国作品仅有高尔基的散文《海燕》。张老师在讲解《海燕》时,不露声色地顺便讲到了托尔斯泰的《安娜·卡列尼娜》《战争与和平》、契诃夫的《变色龙》,不知怎么还谈到莎士比亚的《罗密欧与朱丽叶》、巴尔扎克的《人间喜剧》。要知道这在那个特殊的年代,要冒多大的风险,不知张老师从哪里来的勇气和胆量。这一切对我来说,无疑是最初的也是最重要的文学启蒙。

使我终生不忘的是张老师在我的一篇作文上写的批语。那是一篇题目叫《青龙山作证》的记叙文,主要是通过写参观焦化厂的见闻,反映家乡变化。看得出张老师对这篇作文比较看好,除了在一些句子和词语下边画了红圈、红杠之外,还加了一段肯定的评语,最后一句是"可以试投《安徽日报》"。在课堂上,张老师让我读了这篇作文,还当场进行了点评。这件事可以说在我人生道路上产生了重要影响,我在激动和兴奋之余,从此更加喜欢张老师的语文课,特别是作文课。从那时起我就针对自己认为有意义的人和事，有感而发写一些小东西。高中毕业后在家乡务农 4 年，我也没有放弃这一点爱好。而且从下乡的知识青年那里，我借到了一些中外名著，包括张老师给我们介绍过的一些名著。

待恢复高考时，我毫不犹豫地选择了文科。高考前夕，我带着几篇为迎考准备的作文请张老师指教，她极其认真地指出作文的不足，然后斩钉截铁地说："相信自己，你能行。"1978 年，我果然考取了一所大学的中文系，毕业后分配到机关，一直从事与文字有关的工作。工作之余，我还保持着对文学的浓厚兴趣，偶尔也在报刊上发表个"豆腐块"。这一切都是从故乡那所农村中学的课堂上起步的。

20 多年过去了，我心底一直埋着一个愿望，有一天能捧着自己的书去见张老师，也许能给她带来一点意外的惊喜，不承想她得了这么一场重病。从母校回来后，我拨通了张老师在上海的电话，20 多年没听到她的声音了，还是那样亲切、圆润、清晰、坚定，我丝毫没有与一个病人通话的感觉。她说自己已不能站起来的时候也是那样轻松。我止不住自己的泪水，哽咽着劝她多多保重。她平和却又坚定地说："放心吧，我会好起来的。"我相信她的话，从艰难环境中闯过来的她，不会被厄运打倒。我盼望着在不远的一天，张老师会站起来，走向她的讲台，回到她的学生中间。

发表于《阳光》1999 年第 5 期

娟　子

娟子从小性格开朗，爱说爱笑，一双忽闪忽闪的大眼睛好像会说话，看到叔叔阿姨老远就打招呼，同时笑出一对小酒窝，很惹人喜爱。随着年龄的增长，她不仅相貌出众，在全村的姑娘中鹤立鸡群，而且心灵手巧，无论家里的活、地里的活，样样都做得好。织个毛衣，绣个花，编个草帽什么的，她总比别人做得出色。民兵训练时，她穿着一件绿军装，系着皮带，一副飒爽英姿的模样，充满青春活力。与别的村对歌，她站在前头打拍子，当指挥，附近村里的小姐妹对她也刮目相看。

村里的长辈们有时埋怨娟子的爹妈，不该让她小学没毕业就辍学，不然娟子肯定有出息。每当听到这些议论，娟子的泪水就在眼圈里打转。她明白都是因为家里困难，父母不可能同时供她和两个弟弟上学，她也知道父母下这个决心多么不容易。当时，她一个人躲在家里哭了两天，最后什么也没说，默默地接受了这个现实。从此，13岁的她便与大人一样，上山下地，什么活都干，久而久之,成为庄稼地里的一把好手。割麦子时,她速度快,麦茬短,散穗少,很快就把众人甩在身后;插秧时,她插得又直又快,像绣花一样,一会儿工夫,面前那片水田就成了翠绿色。

娟子 17 岁时,城里来了几个知青。他们的到来打破了这个小山村的宁静,每到夜晚,那个小院便传来一阵阵歌声、笑声和口琴、笛子、二胡的演奏声,悠悠扬扬,在山村的上空飘荡。起初,娟子对这帮到一起就叽里呱啦说上海话的知青敬而远之,最多就是在他们干活完不成任务时过去帮一把。但毕竟年龄相仿,时间长了,慢慢也就成了朋友。娟子把他们带到自己家,教他们烤红薯,做针线活,知青的小院也成了她经常光顾的地方。

不久,人们发现了娟子的变化。她剪掉自己的辫子,留成与知青小林一样的运动头,走起路来一跳一跳,头发一甩一甩,十分神气。她还请小林从上海帮自己买了一件粉色运动衫、一双白色的塑料凉鞋和一双白色尼龙丝袜,自己动手照小林的样子做了一件花裙子。开始只是晚上穿,白天不敢穿,后来白天也穿着和小林一道到队部开会,还赤着脚到村前的小溪里嬉戏玩耍。有了这一身漂亮的打扮,娟子显得更加楚楚动人了,村里的小姐妹们无不投以羡慕的目光。

不仅如此,娟子也重视起家里的环境来。她每天把自己的小屋打扫得干干净净,墙壁糊上报纸,还贴上小林送她的风景画,显得洁净而且明亮。她还买了一套崭新的牙刷、牙膏和毛巾、香皂,只供自己使用。她见人笑得更甜更美,村里有人见了便说:"娟子也像城里人了。"她听后很开心。

夜深人静时,她常常想:小林他们多幸福啊,生长在上海这样的大城市,可以看到很多很多自己从来没见过的东西,比如火车、轮船、飞机,还能见到外国人。上海的高楼大厦都是什么样子呢?外滩一定很大很漂亮吧?黄浦江的水是黄颜色的吧?水流得快吗?江面宽吗?水流向大海的时候一定很壮观吧?她又想到村前的小河,只知道河水一年到头不停地流,都流到什么地方了呢?能流到黄浦江,流向大海吗?她越想越激动,越想越茫然,有时甚至伤心地落下泪来。

时间一年一年过去,知青们陆续返城了。娟子照样是下地劳作,插秧收麦,话却变得越来越少,也不像原先那样活跃了。毕竟是20多岁的姑娘了,到了谈婚论嫁的年龄,提亲的一个接着一个,都被她婉言拒绝。父母替她着急,村里人也议论她要求太高。一直到25岁时,娟子才结婚。这个年龄成婚,在当时的农村已经是偏大的了。

娟子找的是个外地人,自从嫁人后,她很少再回娘家。4年后,娟子突然回来了,而且带着一个小女孩,一看便知道是她的女儿,因为那双又大又亮的眼睛,与娟子如出一辙。这时的娟子变化却大极了,那一头乌黑亮丽的秀发已经失去了光泽,而且出现了些许白发;原先红润的脸庞显得有些苍白,并布上了一层细细的皱纹;那双明亮的眼睛也失去了以往的神采。后来听人说,娟子刚嫁人时还是很幸福的,男方家境不错,又是独子,公婆对她疼爱有加。但当娟子生下女儿后却发生了天翻地覆的变化,公婆嫌她生了个女孩,说是家族断了后,于是对她百般虐待,并逼儿子与娟子离婚。丈夫虽同情娟子,却对父母唯唯诺诺,甚至时而埋怨娟子。娟子一气之下,主动与丈夫办了离婚手续,带着女儿回到娘家。

回来后的娟子与过去判若两人,再也听不到她银铃般的笑声,甚至很少听到她说话,在那些热闹的场合再也见不到她的身影。但她依然那么能干,依然那么能吃苦。她把父母承包的土地改种蔬菜,并且养了一群山羊,每年可收入一两万元。生活条件好了,父母劝她再找一个合适的人家,但她一直没有答应。

除了农事之外,娟子把精力和时间都花在女儿身上。女儿还没到上学的年龄,娟子就教她认字、算数。女儿上学后,她对女儿要求极其严格,每天检查作业,发现错误罚做10遍。女儿做作业时,她只要没有别的事,就陪伴在一旁。女儿哪一次考试成绩不理想,她一边训斥一边和女儿一起流泪。她还经常向老师了解女儿的表现,请老师严加管教,并希望在学习上开点小灶。女儿在学习上的任何要求她都全部满足。女儿没有辜负她的一片苦心,成绩一直名列前茅,初中毕业考取了城里的一所重点高中。女儿高兴得眉飞色舞,娟子却呜呜地哭了。女儿报到那天,她沿着溪边那条小路,把女儿送了很远很远。一路上,她指着流淌的溪水对女儿说:"人要有志气,认准的路必须走到底,像溪中的水一样不能再回头。"女儿会意地点点头,娟子紧锁的眉心慢慢地舒展开来。

第二年的春天,当年插队的知青相约回到这个小山村,举行一次重返第二故乡的聚会。知青们没有忘记娟子,到处去寻找,有人说她上山放羊去了,有人说可能赶集卖菜去了。其实娟子是有意躲避,最终谁也没能找到她。

1995 年 7 月,写于北京和平里

双料先生

在读书之前,我只知道"先生"这个词的两种含义。一是医生,父亲有一位姓杨的朋友,是邻村卫生所的医生,父母总是杨先生长杨先生短地叫他;再就是老师,人们都是称呼教书的老师为先生。我读小学二年级的时候,学校来了一位年轻的先生,高高的个子,面庞白皙,文静,儒雅。他原来就是本村人,名叫任士华,是我的叔辈。

许多年后我才知道,他在20世纪60年代初从师范学校毕业后,分配到县城南部一所公立小学当教师。不久国家精简城镇人口和工作人员,他因为出身不好,首当其冲,被发配回老家当农民。正巧赶上村里小学教学点缺老师,大队领导让他做了一名代课教师。这样他就成了我的老师。都是本村人,又同姓同宗,父母不像对待别的老师那样称他先生,而是直呼其名,也让我们喊他"士华叔"。在我的心目中,他可是名副其实的先生,因为他知识渊博,教课认真,态度和蔼,心又细,对学生关爱有加。

这个老师除了教书上课之外,整天就是埋头看医学方面的书,并买来一个人体穴位模型,对着医书看得入迷。他一有闲暇便拿着银针在一个布包上面练习针灸,有时还直接在自己身上扎针。一天,有位学生家长称自己每到傍晚胃发胀,已经难受好多天了。任老师说,让他来扎一针试试。他打开针盒,我看到粗的细的长的短的,足足几十根银针。他拿出一根细细长长的银针,用酒精棉球擦拭几遍,接着擦拭患者小腿穴位处。看到患者有点紧张,他含笑说"不用怕,不疼的",然后动作麻利地将银针扎进穴位。他一边慢慢捻转银针一边问患者的感觉,神情专注,从容淡定,接着又陆续在患者不同的穴位扎了几针。待拔出银针,那位家长说:"真是神了,胃不胀了,舒服多了。"从此任老师名声大震。

　　后来,小学校搬到大队部后边,大队部腾出一间房,办起了村卫生室。我们的任老师,既当教书先生,又做看病先生,成了一名兼职的赤脚医生。有了这间卫生室,任老师只能两边跑,有时还要把学生作业带到那边批改,我们经常看到他匆匆忙忙的身影穿梭于学校与卫生室之间。学校提出给他减一点课,他说"没关系,两边都不会耽误"。我们是最不希望他减课的,因为大家都愿意听他讲课。

　　有时他正在给我们上课,突然有人抱着孩子趴到窗台喊他。他会说"同学们等一会儿,我先看一看"。他用手摸一摸孩子的额头,再问问情况,如果没有大碍,就让家长等一会儿,下了课再到卫生室处理;如果情况紧急,他会把课暂时停下来,马上到卫生室治疗。耽误的课他会想方设法补上。

后来,由于卫生室太忙,大队领导看他着实顾不过来,决定让他不再兼课,专门负责卫生室工作。从此,他成了一名名副其实的赤脚医生。尽管如此,学习上遇到疑难的问题,我还会去请教他。

卸掉了教书的担子,卫生室成了他的家。天蒙蒙亮,他就赶来,先把里里外外桌椅板凳擦拭得干干净净,各种药品摆得整整齐齐,打开特制的压力锅为针头、针管和各种器械消毒。没有病人的时候,他永远都抱着一本医书在看。天很晚了,卫生室的灯还亮着。他的医术进步很快,名气越来越大,本村老老少少看病靠他,外村人也来找他看病,这个小小的卫生室经常门庭若市,应接不暇。

我们村子距离城市不算远,但进城需要翻过一个山包,生病一般不会去城里看,也没有条件去市里的大医院。因此,全村老老少少,有个头疼脑热、大小毛病都是由他处置、治疗,他成了全村老少祛病强身的主心骨、身体健康的守护神。

感冒发烧、拉肚脱水、发炎上火、头疼失眠、常年胃病、老年气管炎、农活受伤、蛇咬虫叮,等等,无论谁身体出现不适,都是依靠他来处置。无论大人还是孩子,无论老病号还是新病人,无论遇到多么紧急的情况,只要到了卫生室,见到他,心里就踏实多了。不管什么情况下,他都不慌不忙、不急不躁,眼里含着微笑,轻言慢语,从容面对。听诊、问诊、号脉、中药、西药、打针、包扎、针灸、按摩,一切都是由他一个人完成。他重视与患者交流谈心,帮助寻找致病原因,祛除患者的紧张心理,传授保健预防知识。不用说治疗的效果,看到他的眼神就能使患者着急的心情稳定下来,紧张的情绪放松下来。

他这个赤脚医生是全天候的,24小时随时待命。他的岗位不仅在卫生室,而是随时随地。每天晚上,他都会把一个药箱背回家,准备好常备药和急救药。我估计半夜三更去敲他家的门,把他从睡梦中叫醒,全村每家每户都有过,因为我本人就去过两次。一次是1971年冬天的一个半夜,奶奶支气管炎发作,憋得喘不过气来。父亲外出脱产学习不在家,母亲把我和妹妹叫醒:"赶快去喊土华叔!"我们气喘吁吁地敲响了他家的门。啪的一声灯亮了,他只说了声"稍等一下",并未多问,两三分钟后,就披着棉袄、挎着药箱打开了房门。他大步流星地走在前边,我和妹妹小跑着跟在后边。我告诉他奶奶的情况,他安慰我们别着急,不要紧的。果然,经他半个多小时的处置后,奶奶终于把憋着的一口痰吐了出来,情况立即好了许多。还有一次是只有五六岁的小弟弟半夜高烧伴随呕吐,也是我与妹妹一起去敲他家的门,也是听到啪的一声灯亮了,接着他就背着药箱走出门来。后来我慢慢明白了,这种情况对于他是常事,是常态。无论是谁,只要在夜里敲他家的门一定是遇到了紧急情况,他都立马起床,尽快赶到病人身边。

从20世纪60年代做赤脚医生到现在50余年,他成为全村离不开的一个人。相信全村人都找他看过病,吃过他配的药,接受过他的治疗。有些老人是老毛病,比如我奶奶的老年慢性支气管炎,每到冬天就会发作,他给治了几十年。有的刚出生感冒发烧就由他治,现在50多岁了,还要找他治疗。有的他发现是大毛病,便督促到大医院做检查治疗。有的得了急病来不及去大医院,他一直守候在身边做最后的努力,实在没有希望了,他交代其家人准备后事。

随着城镇化进程,我们的村子被高楼大厦替代,变成了一个居民区,住的人多了,天南地北的都有。任士华的儿媳是医学专业毕业生,在小区开了一家诊所。他依然在那里做着他的全科医生,而且服务的面更广了,病人更多了,不仅有原先的乡亲,还有附近的居民。来诊所就医的患者很多是奔着他来的,尤其是一些老人和孩子。大家信任他,也更倚重他。

我父母健在时,只要身体不适就去找他,几十年如一日。我有时给父母打电话关心他们的身体,父母就向我念叨在士华那儿测了体温、量了血压、拿了药,士华交代要注意这注意那,等等。听到这些信息,我会心安许多。父母身体有了一些特殊状况,他拿不准的,就建议及时去大医院检查,怕老人不在意,还会告诉我的弟弟,让他带父母去医院检查,万一有情况别耽误了。

在他儿媳的诊所里,经常会有一些人不是来看病的,而是为了来看看他,与他说说话。有的是他的学生,有的曾经是他的病人,或者病人的家属。我最近回老家时,也专程去看望他,与他聊聊天。他脸色红润、精神矍铄、笑容如故,只是背有些驼了,头发已经全白,但满头的银发使他更显精神。

2014 年 10 月 26 日,写于北京林萃公寓

考大学

1977年10月,报纸刊登恢复高考消息的时候,我在家乡农村担任大队党支部书记。秋收完毕,开始忙着播种冬小麦,研究冬季水利设施建设计划。直到1978年新年过后,两位好朋友,与我同等身份的回乡知青兼公社水利员丁怀超和下乡知青魏嘉昆接到了大学的入学通知书,我才如梦初醒。

读书、上大学从小就是我的一个美好梦想,但是"文革"把这个梦彻底粉碎。城里的青年都要上山下乡当农民,我们这些土生土长的农村孩子就更甭说了。读完高中,我理所当然回乡当了农民。

回乡以后,白天晚上忙,一年四季忙,离书本越来越远,尤其是担任了大队党支部书记以后,担子重、压力大,还有青春激情和使命感的驱使,一心想改变家乡面貌,让父老乡亲过上好日子。何况大队又是多年的省、市先进典型,不敢有半点懈怠。

恢复高考,点燃起心中渴望读书的一把火,经过一段时间的犹豫和矛盾,我最终下定决心,复习参加高考。好在大队班子成员都是我的长辈,虽然不舍,还是理解并尊重我的选择。爷爷辈的老书记安慰我说:"你放心去复习吧,工作我们来盯着。"

知青们各显神通,有的进城复习,有的投亲靠友到了外地,还有的进重点中学跟班复习。我找来过去的课本和其他一些复习资料,一有空就把自己关在家里,看书、做题、背公式、写作文,头昏脑涨,寝食不安。越复习越觉得不懂不会的东西太多,随着高考日期一天天临近,心中没底,压力山大。与两位回城复习的知青交流,大家的感觉完全一样。

后来三人相约,三天两头聚到一起,划分重点,核对答案,互相检查,讨论交流,互相督促。三人一起讨论问题,为一个答案常常争论激烈,互不让步,为解一道数学题难倒三个英雄汉。淮海路的灯光下,相山公园的银杏树旁,相山庙的石阶上,都留下三人的身影和背题对答案的声音。不管到了谁家,家里人都会蹑手蹑脚不去打扰我们,家长还会炒上几个好菜让我们品尝。复习是一场战斗,更是一场煎熬,山重水复和一筹莫展的困惑、豁然开朗和迎刃而解的欣喜时常交织在一起,开心、沮丧、希望、紧张相伴而行。

考试前两天,通知考生去熟悉考场。文科考场设在市二中,我先找到自己考场的位置,又到楼上楼下转了转,不转不要紧,越转越紧张,越转越没有信心。那么多的考生,按照当年的招生计划,每个教室能录取一到两名就不错了,而这里边藏龙卧虎,老三届、高才生比比皆是,哪有自己的份呢?后来看相关资料,1978年夏季全国考生610多万人,共集中了从1966年开始的13届初、高中毕业生,当年全国仅录取40万人。尽管心中忐忑,还是要为自己打气,只能横下心拼一把。

1978年高考在7月的7、8、9日三天,正是酷暑时节,湿度又大,闷热难耐,进了考场就是一身汗。环顾四周,考生有30多人。个别的看上去也就十七八岁,应届毕业生无疑;多数与我差不多,下乡或回乡知青,也许是社会青年;还有一部分属于老三届,年龄30岁上下,饱经风霜的样子,表情持重而严肃。我猜他们恐怕是心理负担最重也是最有把握的一批考生。这里面就有后来成为我同学的韦淑梅大姐。她当时已经是两个孩子的妈妈,"文革"前毕业于当地远近闻名的省重点梅村中学,并在一所小学担任多年民办教师。入学之后才了解,像韦淑梅这样的不在少数。同班同学中老三届超过三分之一,他们"文革"前受过正规、完整的中小学教育,基础扎实、知识面广,且阅历丰富,有实际工作经验。多位上大学前担任中小学教师,还有的当过校长、教导主任、县委宣传部干部、工厂新闻报道员等。有一位同学入学前就是某地区教育局干部,还有一位公社革委会副主任。与我同宿舍的张正良同学,入学前是当地一所中学的语文骨干教师,我们的大学教材《文学的基本原理》和《文学概论》他在教书时就曾深入研读,并将有关知识运用于教学之中。还有的同学入学前就发表过文学作品,在当地小有名气。

后来每与韦大姐谈起同场高考的情景,她就说:"我与你们不一样,你们即使落榜还能拼两年,而我是唯一的机会,只能背水一战。"对我来说,成为 1978 级的大学生,与这些人成为同窗,真是幸运。

最难熬的是等待公布分数的那一段时光,心神不宁,如坐针毡。分数出来了,超过分数线 20 多分,又觉分数不该那么低,尤其是数学只考了 6 分。去请教中学的数学老师,她先是说才考 6 分,让她这个数学老师太没面子。我把解题的情况讲给她听,她停顿片刻:"照这样应该得三四十分吧,会不会判错了?"我接着通过一位知青找到他的父亲,市教育局分管招生的副局长,希望复查分数。他对我说:"批改试卷、统计分数要经过多道程序,出现错误的概率极低,再说你已经超出分数线几十分,肯定能上大学了,何必费那个劲呢?"我觉得也是此理,于是作罢。

然而,中学期间我一直被视为全面发展的好学生,数学只考了 6 分,一直让我耿耿于怀。直到毕业分配工作后,我试探着请示单位档案管理员,能否帮助查一下我档案里当年高考的数学成绩。(因读书时身为年级党支部组织委员,发展同学入党时查过他们的档案,知道存有高考试卷。)几天后,档案管理员给我拿来一沓纸,并说:"按档案管理规定,这些属于清理的内容,你自己去看吧。"我迫不及待地打开数学试卷,竟然是 36 分。呜呼!五味杂陈,是喜是悲?那一晚我未能入眠。

高考分数公布后,接下来的环节是体检。一想到体检,就记起几年前参军没被录取,原因说是身体不合格,这让我心有余悸。

如果因为身体前功尽弃,实在无法想象。体检先查五官科,顺利过关。但与我同组的一位细高个考生,双眼视力只有0.6,看到医生摇头,他满头冒汗,并一个又一个借用其他考生的近视眼镜试戴,测试矫正视力。没想到入学报到那天,我一眼就看到了他,他就是彭介林。每当说起体检时的那些窘事,总是难免一笑。他说如果因视力不好上不了大学,就要继续在插队的生产队当队长,太残酷了。我当时看他紧张的样子,自己的心也怦怦乱跳,生怕哪个环节出问题。没想到我的着急也紧随其后,查到内科时,大夫说:"你心跳怎么这么快?120多下。"我的汗唰地一下子就流了下来。大夫又说:"好像发着烧,你先坐旁边休息一下,等一会儿再查。"我那时真是急中生智,立即跑到院外,一口气吃下4支冰棍,再回来检查时,大夫大声说"合格",并在体检表上签上名字。说实话,我一直觉得是她心肠好而手下留情。

拿到入学通知书那天,最高兴的是父亲。这一年,我的弟弟和妹妹同时考取了高中,我考取了大学,成为全村的美谈。父亲让母亲炒了两个菜,拿出一瓶高粱大曲,给我倒上一杯,自己也斟满杯,然后一饮而尽。他对我说:"我们这个村子,自古不重视教育,没听说过上一辈有谁读过书。到了我们这一代,兵荒马乱几十年,有几个人勉强读了一点私塾,我也是其中之一,成了村里少有的识字人之一,用现在的标准也就是小学毕业水平吧。其中两人解放后读了中专,你可是咱村第一个大学生。"他又大声强调一遍,"你可是第一个大学生。"他没有再说什么,但我知道这句话的含义和分量。

如今,从村里走出的大学生已经数不清了,还有的读到硕士、博士。

2015年3月24日,写于北京林萃公寓

旅途风景

博山雨后

从淄博市中心驱车向南半个多小时,就到了博山。一路都是平坦宽阔的大道,两旁的玉米长到一人多高,郁郁葱葱,节节向上,好一派一望无际的平原景象。到了博山城区就不同了,地势高低不平,马路蜿蜒起伏,楼房依山而筑,街巷曲径通幽,林木葱茏,花草飘香,一座名副其实的山城。

不得不感叹大自然的鬼斧神工,仅仅几十里路的距离,地形地貌的变化就如此之大,带给人们一个不同的世界。

顾名思义,博山多山。它的三面都被山岭环绕,境内山峦起伏,河谷纵横,据说大小山头就有1300多个,最高的海拔1100多米,在鲁中地带可谓鹤立鸡群。这里气候湿润,雨量充足,四季分明,盛夏时节的气温要比市中心低2至3摄氏度,是一个避暑的好去处。

博山是一个有着悠久历史传统的城镇,早在唐代就有煤炭开采；宋元时期陶瓷、琉璃制造业逐步兴起并初具规模；到了清代，煤、陶瓷、琉璃形成三大支柱产业。中华人民共和国成立以后，博山生产的各种陶瓷、琉璃制品声名远播，享誉中外，有的还成为国家领导人赠送外国元首的礼品。陶瓷、琉璃艺术的发展，造就了一批国家级工艺美术大师。从20世纪五六十年代开始，博山的机械制造、建筑材料、能源、冶炼、轻纺工业也得到迅速发展，到了80年代后期已形成一个门类较齐全的工业基地，为国家的经济建设发挥了积极作用。但是最近几年，由于企业包袱过重、结构不尽合理等原因，博山经济进入了困难时期。

博山的名胜古迹众多，有开元溶洞、古瓷窑遗址、范公祠、颜文姜祠、赵执信故居等。据说乾隆皇帝下江南时来过博山，并在元宵节与百姓一起闹龙灯，至今还有一条街叫闹龙街。

到了博山就是要爬山看山。凤凰山是城区的制高点，爬上山顶可观城市全貌。朋友介绍说山顶的古建筑有碧霞元君庙，还有古代齐长城遗址和石海景观。说实话，我对庙宇之类景点兴趣不大，一来才疏学浅，对深奥的宗教学说知之甚少；二来这类遗迹许多地方都有，多是千篇一律。而大自然的山川河海、花草林木，千姿百态，各具特色，奥妙无穷，所以我更钟情于自然风光。

下午4点多钟，正要出门却下起雨来，而且越下越大，我有些踌躇。有人提议，雨中游凤凰山也是别有滋味的，于是驱车前往。由于雨下得太急、太大，山城的大街小巷沐浴在苍苍茫茫的雨中，天上是唰唰的雨帘，地下是哗哗的水毯，雨似要冲刷掉午后阳光带来的暑热，送给人们一个凉爽的傍晚。

车入凤凰山,盘旋而上,转眼工夫,城市已在脚下。夏天的雨真是来得急去得也快,不知不觉间雨停了,我们徒步向山顶攀登。

穿过一片苍劲挺拔的松树林,沿着被雨水冲洗后清晰的小径,我们来到山顶的奇景——石海。青石仰卧,连肩接踵,无边无垠,我惊异于人们的想象力,把它形象逼真地称作石海。你瞧那连绵不断的青石,经过一场急雨的洗刷,好像波涛起伏的海面在凤凰山顶翻腾不息;石缝间摇曳的小草和野花,在微风的吹拂下,好似海水卷起的浪花,在云与海之间欢呼、跳跃,跟游客打着招呼。

雨完全停了,薄雾飘飘欲去,氤氲散尽,花草身上披着一层漫漫雨露,空气中有淡淡的甜,风轻轻柔柔的,令人周身舒泰,心旷神怡。极目眺望,远山近水清晰可辨,满目青翠。西南方向群山环拱,高低不等,姿态各异,手拉着手,肩并着肩,或如披着薄纱的少女,或似长袖起舞的青年。山色秀美,满眼一个"绿"字,而又层次分明,有深有浅,有浓有淡。远方云影更是令人叫绝,白云飘忽,气象万千,变幻无穷,时马时象,时聚时散,时速时迟,心随云移,真乃不知天上人间也。我想任何一位山水画大师在这样一幅生机勃勃、天造地设的真实画面面前,都会感到无力和无奈吧。

忘情于天地创造的美景之中,不知不觉已近傍晚。天完全晴了,太阳温柔地把她那半个橘红色的脸藏到西山背后,顿时万道红霞泼洒在高矮不齐的群山之间。正惋惜那层峦叠翠的绿色和千姿百态的云影不见时,却发现千山万壑之间又被流金碎银覆盖,更加神奇夺目,韵味无穷。我明白了,任何一种景观都不能亘古长在,而是有一定时限和条件的,稍纵即逝,早一刻不来,晚一刻却又溜走了。然而,无论到什么时候,大自然好景长在,也常新,失去了晨晖还有晚霞,错过了黄昏还有黎明。

当我们下山的时候,暮色降临,博山城的高楼大厦都消失在夜色中,唯有万盏灯火与天上的星星一起闪烁。

1998 年 10 月,写于淄博鲁中宾馆

初识皖南

作为地地道道的安徽人,没去过黄山,没到过皖南,常常成为同乡和朋友聚会时嘲讽的对象。那么美丽独特的黄山,那么多姿多彩、集自然景观与人类创造为一体的皖南,每天都有无数来自世界各地的朋友参观游览,自己竟然没去过,实在说不过去。

其实,我对黄山和皖南的向往久矣!读中学时,数学老师是屯溪人,化学老师兼班主任是歙县人,从她们嘴里经常听到对皖南风光的零星介绍和对家乡的由衷赞美。因此,从那时起,我就羡慕皖南,向往皖南,只是一直没有机会去亲近这方美丽的土地。

去年年末,终于有了一次机会,到了心仪已久经常在梦里畅游的皖南。

早就听人说过,从合肥到黄山,高速公路 3 个多小时,两旁景色美不胜收。可惜我们离开合肥时已是晚上,汽车高速行驶,一切景色都在黑漆漆的夜色里,除了车灯照亮前方的道路指示牌之外,什么也看不见。车过长江,我迫不及待地时不时打开车窗,为的是能够感受一下皖南的气息。到了一处可以暂时停车的路段,干脆打开双闪下车。啊呀,真是太美妙了! 静谧的夜,漆黑一片,微风轻轻吹过,湿润的空气吸进鼻腔,温柔而清新,散发着甜甜的香;繁星点点密布天空,感觉离我们特别近,特别亮,已经很久很久没有看到这种景象了,那一串七颗星不用说一定是北斗星了。原来皖南的空气是不同的,皖南的天空也是不同的。

游黄山是首选项目,早餐后即驱车上山。进景区的路虽然不长,已经让我们饱览了皖南的别样风光。两旁茶树园层层叠叠,碧绿泛光,生机盎然;一片片竹林连绵不断,披绿滴翠,招手迎客;松树苍劲挺拔,老当益壮;还有很多其他树木也挂着绿叶,根本不像置身隆冬季节。这与我刚刚到过的淮北形成鲜明对比,那里树的叶子早已掉光,在寒风中摇摇晃晃,远远望去村庄没有任何遮挡,全部暴露在一片萧瑟的原野之上。

乘缆车上山,然后跟着导游的脚步,一路游览。有的能够登临,有的只能远眺,光明顶、黑虎松、曙光亭、排云亭、散花坞、飞来石、连理松、笔架峰、始信峰……这是一个晴朗的日子,天空瓦蓝瓦蓝,万里如洗。前几天刚下过一场雪,还有雪花星星点点地披挂在巨石和松树之上。到黄山人们便会说起黄山四绝,即怪石、奇松、云海、温泉,现在又加上一绝,叫作冬雪。这一次由于天特别晴朗,没有出现云海,却领略了她的冬雪。有了雪的装饰,黄山更加动人。

在黄山的石阶上时上时下,或近观奇松、远望群峰,或面浴清风、耳闻林涛,都会有心旷神怡、如临仙境的感觉。奇妙无比,鬼斧神工,这一块土地太神奇、太博大精深、太不可思议。尤其使我好奇的是黄山的石头和松树,毕竟是冬季,很少看到其他的花花草草,唯有石头和松树最显眼、最令人遐想。在我的眼前,黄山成了石头和松树的结合体。那些巨石,那些山峰,怎么生成这般,似人像物那样惟妙惟肖?给人感觉石头是鲜活的、灵动的,与我们一样有着生命的温度,但它更有定力,更坚不可摧和力大无穷。比石头更神奇的是黄山松,破石而出,浑然天成,虽然身材不是那么高大伟岸,有的甚至貌不惊人,但株株生长有年而又不老态龙钟。黄山松大多是从石缝中生长起来的,甚至石头没有缝它也能钻出来。当地导游告诉我,黄山松的种子随风飘落到石缝里,石头在夏天雷雨之后将空气中的氮气变成氮盐,氮盐能够被岩层和泥土吸收,进而渗透到松树的根系。松树的根系不断分泌一种有机酸,能慢慢溶解岩石,并把岩石中的矿物盐类分解出来为它所用,再加上腐烂的树叶和花草,都成了松树的养料。可想而知松树具有何等顽强的生命力。在我们游览的过程中,一直有涛声跟随,像一首千变万化的音乐,生动悦耳。我心想,其实黄山最神奇最有生命力的是石头、松树、林涛,它们才构成黄山的绝唱。

时光匆匆,因为当晚还要赶到江西景德镇,我们仓促下山,直奔宏村。

皖南值得看的地方太多,不仅自然景观独特,那些掩隐在山岭和茂林之间的亭阁寺庙、架设在清泉和河流之上的古桥、散落于乡间田野上的牌坊、白墙青瓦的古村落,还有遍布各地的祠堂,甚至一块石头和一棵古树,都有可能是文物,藏着一段历史和古老而动人的故事。

皖南的古民居、古村落数不胜数,各有特点,最具代表性的就是西递、宏村。

宏村是一座历史悠久、特色鲜明的古村庄,它始建于南宋,至今已有800多年的历史,真正形成规模是在明清两代。到了村前,跨过架设在南湖之上的小桥,我不由得又退了回来,要站在岸边多看一会儿,望个仔细。这个村庄十分符合中国民间对居住环境的要求,背依青山。青山像一道天然的屏障,不仅可以挡风遮雨,还成为一道厚重的背景,把整个村子衬托得更加完美、妥帖。村前的这一泓湖水碧波不惊,白墙青瓦倒映水中,如诗如画。我参观过不少名人故居,都讲究背山面水的格局,而且那大多是一幢房子或一个院子,而宏村是一个村落,经过数百年的风雨洗礼,至今保存完好的房子仍有140余幢。这难道不是奇迹?更为奇特的是,一条弯弯曲曲哗哗流淌的小溪,连接着家家户户,使全村成为一个整体。这条普普通通的小溪,不仅连接着全村人的生活,而且传递着全村的信息,连接着全村的人脉和命运。如果没有这条小溪,宏村也许不是今天这个样子。这是多么精巧的构思、多么伟大的创造!

跨过小桥,最先吸引我们的就是南湖书院。据说明末宏村就有六所私塾,为了让子孙有一个更好的读书环境,清嘉庆年间,全村人集资在南湖岸边建造了南湖书院,这样全村的子弟就可以集中到书院读书了。这是一座高大而独具特色的建筑,由志道堂、文昌阁、启蒙阁、会文阁、望湖楼、祗园等部分组成。不说别的,只看这些名字,就可见宏村人对教育的重视,以及高雅的精神境界和深厚的文化底蕴。不是吗?就是从这所书院,走出了清内阁中书汪康年、民国总理汪大燮等一批历史人物。

沿着参观路线继续游览,每一幢建筑、每一个院落都令人流连忘返。从房屋布局看,厅堂、卧室、书房、走廊、花园,处处透着朴素、大气、殷实、学问。室内摆设也深含寓意,如家家厅堂置放花瓶、镜子,寓意男人出门经商平平安安,女人勤劳守家心静如水。最醒目的是厅堂和书房的一副副对联,有的选自古人之语,有的请他人代拟或自拟,如"世间清品至兰极,贤者虚怀与竹同""春水满四泽,夏云多奇峰""传家有道唯存厚,处事无奇但率真""读书好营商好效好便好,创业难守成难知难不难"等等,或抒情明理,或励志劝学,无不表现出主人的人生追求和生活品位。宏村建筑还有一个特点,便是精湛绝伦的雕刻艺术。有砖雕、石雕、木雕,雕刻内容有花草树木,有飞鸟走兽,更有展示民俗活动的场面,生动逼真,栩栩如生。门楣窗棂、屏风墙壁、厅堂书房,放在任何地方都恰到好处。

皖南的民居反映皖南的历史和文化,给美丽的自然风光增添了丰富的内涵,使之相映生辉。这些与徽商的兴起和发展也有密切关系。徽商在明清发展到鼎盛时期,他们"十一二岁往外一丢",足迹遍及江浙等沿海沿江地区,用自己的勤奋和智慧,逐步发展壮大。他们挣了钱却没有放荡江湖,而是把财富和荣誉带回故乡,摆放在自家门口,藏在群山和密林之间。有种说法,徽商经历了太多的战乱饥荒,看到了太多的人间万象,他们对外部世界是恐惧和拒绝的。我以为可能有部分道理。徽商经历了那么多的悲欢离合和孤独寂寞，他们更能体会到平平常常、平平安安的真谛，不去追求都市的繁华和浮躁，而是把身心放在与故土、山水更近一些的地方。所以那些建筑表面上看不起眼，但在简单的或者单调的白墙青瓦里面，有他们丰富而复杂的内心世界，有他们对理想的追求和对人生的理解。

从宏村出来已是傍晚，又要赶路去江西，没有时间再继续参观，只能很不情愿地与皖南告别。但是，行驶在皖南的土地上，却把与皖南有关的记忆和知识储存调动起来。皖南有丰富悠久的历史遗存，如饱含血泪与荣光的牌坊、记录家族发展繁衍历史的祠堂；有闪烁着历史和智慧光芒的人物，如民族英雄金声，程朱理学的创始人朱熹，清代父子宰相曹文埴、曹振镛，红顶商人胡雪岩，著名画家黄宾虹，新文化运动的开创者胡适，平民教育家陶行知，等等；还有享誉世界的文房四宝，我这个淮北人听不懂的方言，以及别样的民俗风情，更有如诗如画的四季风光。皖南是一曲旋律优美的音乐，是一首浑厚壮丽的史诗，是一部内容厚重的大书！

短短一天是看不完皖南的，也是有愧于皖南的。以后，也许是不久，我一定会再访皖南。

2011 年 3 月，写于北京甘家口寓所

亚龙湾听涛

多次来过三亚,都是短差,日程又安排得太满,无暇去享受这里的阳光和海景。这一次是参加培训,要在三亚住 5 个晚上,而且又是亚龙湾一家海景很美、沙滩很好的酒店,心想可以痛痛快快地游几次泳,晒晒太阳了。

没有想到的是,每天都是早出晚归,并且规定下海的时间又是早 8 时到晚 7 时之间,实在让人遗憾。

虽然无法游泳,但亚龙湾的海是无论如何不能错过的。第一天晚上活动结束,回到宾馆已近晚上 9 点,还是急不可待地向海边奔去。

寻找海的方向,只需听涛的声音。海涛有节奏的声响把我们顺利带到海边。大海深处一片墨黑,岸边灯光点点,天空繁星闪烁。正是农历的四月十五,月亮挂在无边无垠的海天之间,很圆很大,在大海的衬托下,显得格外明亮。天空中时而飘过一片洁白的云朵,有时遮住月亮的半边脸庞,有时把她全盘收入怀抱,有时又给她蒙上一层薄薄的面纱,给人一种月朦胧、海朦胧、天地共朦胧的神秘感。我们几个远道而来的不速之客,短衣短裤,赤脚踩得沙滩发出嚓嚓的声响。5月初的三亚对于我们北方人来说,虽然如同盛夏,但海风拂来,再加上柔软细腻的沙滩、清凉滑爽的海水、洁净清新的空气,带给人的是神清气爽,使人体验到一种少有的闲适和放松。

晚间看海与白天看海是完全不一样的。白天看到的是大海的宽广深远、波浪起伏和磅礴气势;晚上不是用眼睛看,而是用耳朵听。听她连绵的涛声,轻重有别、急缓有致。时而惊涛拍岸、激情澎湃,时而舒缓绵长、如歌如诉。涛声是大海与天地的对话,与日月星辰的对话,与人类的对话。涛声是大海的灵魂。我以为大海最优美最动人的是她的涛声,涛声不仅启人深思,也让人陶醉。涛声是大海给宇宙万物的一首歌,诉说着她的过去、现在和未来,展示着她的宽广胸怀、无穷智慧和伟大力量。乍听起来海涛的声音有些单调,其实不然,她的每一次歌唱都不重复,都有不同的旋律和丰富的内涵。不仅一年四季每天不同,而且一天之内每一小时、每一分钟都不一样。

要听懂大海的声音,必须安静下来,心无旁骛。并且只有在夜晚才能听得最为真切、最为明白。

我想,涛声的轻重缓急除了受日月星辰运转的影响之外,还是海底的地壳运动、海水的深浅、风力的强弱、海岸的不同决定的。台风袭来、地震发生的时候,大海就会变成脱缰的野马,摧枯拉朽,呼啸奔突,不可阻挡;当风和日丽、波澜不惊的时候,大海就会送来一曲优美动听的音乐,把人送入梦乡。海啸应是大海的高声呐喊,海涛则是大海的浅吟低唱。

大海的神奇实在无以言说。她的滴水微波、一招一式、一颦一笑都蕴含着神秘的内容和无穷的力量。与我们同行的有一位海军少将,他从一名普通的海军战士开始,后来当舰长、舰队司令,一路成长为将军。他半生与海为伴,到过世界上的很多海域,有时在大海上航行一连数月。我问他是否有过寂寞,他笑了:"当然有过,但大海给予人们的可以让你享用终生。"

世界上海洋占地球面积的70%以上,她蕴藏着无穷无尽的宝藏,如丰富的矿物资源、大量的海洋动物,等等。另外她还是不同国家、不同民族的人们走向彼岸,开展交流合作的天然通道。正因为有了大海,世界变小了,人们的交往便利了,物质流通顺畅了,世界才成为一个大家庭。其实,大海带给人们的不光是这些物化的东西,还有精神、意志、灵感、智慧、勇气和无穷无尽超凡脱俗的想象力和创造力。如果没有大海,人类会是今天这个样子吗?

我仔细品味那位海军少将的话,恐怕只有熟悉大海、热爱大海的人才能理解其中的真谛。大海创造了许多故事,精卫填海、哪吒闹海、东海龙王、张生煮海……大海成全了多少千古文章、古今绝唱。如果没有"日月之行,若出其中;星汉灿烂,若出其里"的诗句,恐怕难以奠定曹操的诗人地位;如果没有"海上生明月,天涯共此时",我们的精神生活恐怕要单调许多;还有张雨生的歌声"如果大海能够唤回曾经的爱,就让我用一生等待……如果大海能够带走我的哀愁,就像带走每条河流"。所以大海所能给予我们的东西是丰富的、无穷的,取之不尽用之不竭,而且精神上的远远大于物质上的。对于充满激情和创造力的人,大海是一个辽阔的舞台,她能够带给人一个充满阳光、五彩缤纷的世界;对于那些失意和沮丧的灵魂,大海能够使其精神得到慰藉,给人力量、勇气和信心。在我们遇到困惑、挫折时,在我们对一些问题想不开理不清时,在我们遇到误解和伤害时,可以到海边,听听那连绵的涛声,相信会使心情平静下来,精神振作起来。所以,有了心事和烦恼就去问大海吧!

离开三亚的最后一个清晨,我依然独自一人去海边听涛。

清晨听涛更是美妙。天蒙蒙亮便起床,径直向海边走去,严格说是被涛声唤醒的。这是大海退潮的时候,沙滩流露出被海水冲刷的湿润,浪在退去,海面波光粼粼,涛声细碎而柔和,发出轻柔而舒缓的声响,像一组悠闲的田园曲。不一会儿,远方的海天相接处燃起一抹红霞,霞越来越红,面积越来越大,渐渐地太阳脱云而出,照亮四面八方。早餐的时间到了,虽不舍,但不能耽误行程。

虽然离大海越来越远,但涛声一直伴我耳际。

2012年5月,写于北京林萃公寓

观瀑维多利亚

听说过美国和加拿大的尼亚加拉大瀑布，还到过巴西的伊瓜苏瀑布，却不知道非洲东南部的津巴布韦还有被称为世界第二大瀑布的维多利亚瀑布。

维多利亚是一个只有几万人口的小镇，从机场到市内是一条笔直的上下双车道柏油路，行驶20分钟左右几乎没有遇到一辆汽车，这令整日经历堵车的我们感到从来没有的畅通和快感。倒是有几次不得不把车速降下来，甚至停下来为动物们让路。

一见面，朋友就向我们热情介绍维多利亚小镇。这里环境优美、清新宁静、治安良好。最大的特点是动物较多，有的动物会夜间出没伤人，所以有关方面常常提醒人们夜间不要单独外出，重要的区域都有警示。他还向我们讲述了自己的一次亲身经历。一天晚上一头大象闯入他家的小院，不仅掀翻了一部小车，还把整个小院糟蹋得一塌糊涂。他虽然听到动静，但为安全起见未敢贸然起床驱赶，直到大象撤退才起来收拾残局。动物多，我们已经在机场通往市区的路上有了体验,更被以后的事实证明。一出宾馆大门就会与动物为伴,这令我们好奇和开心。

本想下了飞机就直奔瀑布,但是朋友还是先把我们拉到宾馆入住。站在宾馆的阳台就看到远方丛林之间腾起一片白色云雾,像农家的炊烟,飘忽升腾。这更引发我们要看瀑布的急切心情。朋友倒是不着急,通知午饭后休息一会儿,下午2点半出发。

住地距离瀑布很近,只有不到10分钟的车程。进入景区,到处都是茂密的茅草和树林,遮天蔽日,看不到丝毫的水影,却远远就听到瀑布发出的声音,由弱变强,而且越来越强,先是呜呜作响,然后是轰轰隆隆一片,直至如雷鸣般响亮震耳。

穿过一片树林,好像还没有心理准备,突然就到了瀑布跟前。最先映入眼帘的是横跨水帘之上的彩虹,不是一道,而是两道美丽的彩虹。看到彩虹一向被认为是吉兆,是福音。我在别处也多次看到过彩虹,但这里的特别之处是,不同的角度效果完全不一样,有时宽有时窄,有时长有时短,有时清晰有时朦胧,尤其是两道彩虹同时出现是我此前从来没有看到过的。这两道架设在瀑布之上的彩虹像两座绚丽多彩的桥,连接着天上人间的桥,魔幻般神秘的桥。大家非常兴奋,赶紧拿出相机,从不同角度与彩虹合影留念。

朋友告诉我,彩虹的出现与日照的强度和角度、天气的状况、风速和风向等密切相关。根据他的经验,这个时候看彩虹最漂亮,所以决定下午2点半出发。原来,看瀑布也是要有步骤的,要先从远处观水雾,再趋近闻响声,然后穿过彩虹门,才可走到跟前体验飞流直下的感觉。

其实,我们刚刚看到的只是维多利亚瀑布的一小部分。瀑布位于非洲大陆向东流入印度洋的最大河流——赞比西河的中段,据地理学家推断,大约形成于1亿5000万年前,1855年英国传教士戴维·利文斯发现并以英国女王名字命名。这条宽1700多米的大瀑布,在津巴布韦境内1500米,在赞比亚境内还有240多米。其落差60米至100多米不等,最大落差108米。无论总宽度、落差,还是水的流量,都是尼亚加拉瀑布的1至2倍。瀑布分为五个部分,刚才我们看到的这一部分被称为彩虹瀑布。

每一部分都气象不凡,各具特色。与彩虹瀑布连接着的是马靴瀑布,水流的形状恰似一只马靴,水柱从靴口倾倒下来,喷射而出,是气势、力量,也是美,极为壮观。我更为感叹人们的想象力,为它取了一个如此形象的名字。最为激动人心的主瀑布宽幅有数百米,落差近百米,在那么大的一个立面上,水流飞奔直下,气势磅礴,卷起千堆浪花,而且声如雷电,震撼心灵。我们离瀑布虽然较远,但水雾飘过来,洒在身上,洒在脸上,有一种淡淡的甜,使人似在雨中,似在云中,又似在梦中。如雷的声响,如山的力量,加上飘忽的水雾,给人一种多层次的享受,有一种身临仙境的感觉。

不禁想起,水这种东西,带给人的心灵体验和美学享受真是独特而多姿多彩。它既有大海的浩渺无垠和风云变幻,也有湖泊池塘的微波细浪和水波不惊;既有大江大河的一日千里和急流勇"进",也有溪水涧沟的滴水穿石和潺潺细流。风情万种,绚丽缤纷,不同的存在环境和方式创造不同的美。而瀑布给予人的是什么呢?是摧枯拉朽的力量,是一泻千里的速度,是浩荡如虹的气势。这一切又都来自它的落差。真是难以想象,那么细软柔弱的水,那么上善无争的水,一旦从高处落下就变得如此坚硬无比、如此强大无比、如此美丽动人,令人唏嘘不已。

车子渐行渐远,依然听得见瀑布呜呜的响声,看得见那一团时隐时现的水雾。

2013 年 1 月,写于北京林萃公寓

赞比西河落日

看完维多利亚瀑布,当地的朋友建议再游览赞比西河,并说赞比西河落日是非常值得一看的景致。

瀑布就是赞比西河的一部分。驱车 15 分钟来到河边的一个小码头,码头停靠着三四条靠手工摇桨的木船。一群黑人小伙看来了生意,兴高采烈地载歌载舞,并热情地邀请我们一起参与,同事小朱情不自禁地跟着跳将起来。

河面宽阔,水平如镜,岸边杂草茂盛,树木葱茏。坐在木船上,优哉游哉,与刚刚看过的瀑布景观反差鲜明。那边是飞流直下一泻千里,这边是风平浪静水波不惊;那边是气势磅礴水鸣如雷贯耳,这里是天蓝水碧两岸满眼绿色;那边是力量之美、流动之美、强壮之美,这边是温婉之美、宁静之美、阴柔之美。就像欣赏一部交响乐,高潮过后,进入舒缓的乐章。

发源于赞比亚西北部山地的赞比西河是非洲南部第一大河,全长 2660 公里,流域面积 135 万平方公里。这条跨越安哥拉、纳米比亚、博兹瓦纳、津巴布韦、赞比亚、莫桑比克等 6 国,最终注入印度洋的长河,支流众多,河网纵横,大小瀑布数十处,急流险滩、高山峡谷密布,野生动物众多,被称为狂野之河。

经过长途跋涉,崎岖回还,赞比西河到了这一段已经奔波了 1000 多公里。可以想象,它一路上经历了多少风雨坎坷,高山阻隔、乱石拍打、峡谷挤压、激流冲刷,进进退退,没有什么力量能够阻挡它一往无前的脚步。现在,来到了这个天高地阔、水草丰美的地带,赞比西河要舒缓一下筋骨,很好地休整歇息一下了。在这里,看不到它的狂傲和野性,而是温驯、安静、旷阔与从容。

我们乘坐小船在河面上漫无目的地漂泊,享受这份难得的闲适和宁静。船接近对岸,划船的小伙子用手指向岸边的一片树林:"看那里是什么!"我们不约而同地望去,是大象。两头高大肥硕的大象缓慢地扇动着耳朵,迈着沉稳的脚步,左顾右盼、亦步亦趋地前行,长长的鼻子时而拍打一下树枝,时而拨开前边的茅草。来到非洲,已经多次近距离观赏大象,看到大象不觉惊奇。让人激动的是大象的旁边还有四只小象,它们围拢在大象身边,摇着尾巴,悠闲随行。有人兴奋地举起相机,想拍下这个大象家族,遗憾的是距离有些远,又不时被树木遮挡,很难把它们全部装进镜头,画面也不是十分清晰。

与大象挥别,我们的小船向河心的一个沙丘划去。

我的同事问道:"听说赞比西河有鳄鱼和河马,怎么一直没有看到?"撑船的小伙子说:"不要着急,马上就让你们见识见识。"果然,话音未落,前方的水面上露出一只河马的脑袋。河马的两只耳朵既短又小,眼睛凸出,圆而明亮,嘴巴宽大。它一会儿露出水面,一会儿沉入水中,搅动河水泛起圈圈涟漪。看到前方游船上的人们指指点点,不知发现了什么新大陆,靠近沙丘才看明白,几只鳄鱼静静地卧在沙丘上,最大的有四五米长。它们一动不动,安然地晒着太阳。突然,其中一只爬动起来,迅速钻进水中。再仔细一看,水面上有多只鳄鱼,露出尖尖的脑袋,不动声色。我们让撑船的小伙子快点划过去,离得远点。他笑着说:"不用害怕,人类只要不侵犯它们,它们是不会主动袭击我们的。"

到底是赞比西河,非洲的赞比西河,在别处,如此波澜不惊的河面上,是无论如何也不会见到河马、鳄鱼的。从岸边漫步的大象到河中从容活动的河马、鳄鱼,是不是也反映出这条长河与这片古老土地的联系?反映着它的原始、自然和野性?赞比西河流经的6个国家人口总计5300多万,也就是我国中等省份的人口数量,而面积却有350万平方公里。这里地广人稀,原始天然,加上赞比西河的一路风光,自然成为野生动物栖息繁衍的一片热土。

我们的小船悠然而行,在水天连接、宽阔而安静的河面上,显得非常小,像一片飘忽的树叶。河中还有一些零星的"树叶",随性而漫无目的地漂流。阳光已经不像刚才那样强烈耀眼,几朵白云缓慢地飘动。一群白鹭展翅翱翔,姿势优美,发出悦耳的叫声。几只叫不出名字的鸟从高空弧线飞下,翅膀拍打河面,溅起一串浪花。

忽地,河水的颜色好像发生了一些微妙变化。抬头望去,太阳变得既圆又大,静静地停留在前方的河面上,感觉距离我们非常近。西方的天空升腾起半边红霞,眼前的河面波光粼粼,泛着迷人的橘红色光芒,河面好像要用力托住鲜艳的夕阳,使其在天空多待一会儿,不让它掉进水里。终于,那个火红火红的圆球猛地掉下来,砸碎一河春水,把半边天空染成血红。这时河马、鳄鱼、大象都安静了,与我们一样,享受这美妙绝伦的时刻。这是我见到的最美的夕阳。过去所见,要么太阳落到山后或躲到云里,要么掉进树丛之中。今天鲜红的太阳含笑掉到水里,太阳优美的姿态和无边的光辉,使赞比西河的这个傍晚不再单调和沉闷,而是呈现出色彩斑斓和勃勃生机。

明天,赞比西河又将迎着朝阳,抖擞精神,跨越维多利亚大瀑布,跨越津巴布韦和赞比亚交界的彩虹桥,一路高歌,继续前进。

2013 年 5 月,写于北京林萃公寓

未曾想到

要去非洲访问,且是埃博拉病毒闹得最凶的时候,我们要去的地方偏偏有一个国家发现死亡病例。出发前,看得出几位同事有些不安,总是问这问那,甚至有人提出是否可以少去一个国家。我已经不是第一次去非洲,经历过非洲在见与未见之间的巨大反差,但去过的毕竟是非洲南部,是环境条件和经济发展都比较好的地区。而这一次要去的既有西非,也有中非,还有东非,心中还是不免忐忑。

准备工作是加强型的。按规定做了体检,打了针,吃了药;准备了足够的药品、消毒水、驱蚊剂、清凉油、免冲洗洗手液、酒精棉球、口罩等;同时带了方便面、饼干、四川榨菜、巧克力。有人笑称武装到牙齿。还把所有药品、消毒用品分装成大、小包装,大的放在行李箱中,小的随身携带,以供行进途中的不时之需。

第一站到尼日利亚的拉各斯,从飞机上往下看,建筑多是低矮的平房,也看不到国内那样纵横交错的高速公路和立交桥,更没有鳞次栉比的高楼大厦。下了飞机,机场也没有国内那么繁华、气派、现代,但是井然有序。

在拉各斯待了两天,走访和拜会当地政府部门的官员,考察参观企业,召开座谈会,出席宴会,参观艺术馆和农贸市场,一切如常,非常顺畅。接触到的当地人员,个个精干利落。宾馆虽算不上豪华,但整洁明亮,早餐还有大家最爱的稀粥和咸菜。在一个会议室开会时,有人说听到蚊子的叫声,其实一路也没有人被蚊虫叮咬,不像在北京的家里经常夜里开展扑蚊大战。

代表团里有人自言自语,哪里像想象中的非洲?

一路走下来,越发给人一种强烈印象:非洲并不像想象的那么可怕。有人说,亲眼所见,颠覆了过去对非洲的偏见。

我到过非洲的10多个国家,可能没有涉足那些最贫穷、最落后的国家和地区。相信确实有些地方很落后,但总体而言,它不仅是一块迷人而神奇的土地,而且充满生机与希望。不用说它悠久的历史文化和丰富的自然资源,以及独特的民族风情和动物世界,它在很多方面都让我们不曾想到而且羡慕不已。

先说气候。一般印象中,非洲是一个干旱少雨、常年炎热的地方。其实除了少数干旱沙漠地区,非洲的绝大多数地方气候温和,适宜人类居住和生存发展。全境没有太寒冷的地方,旱季也没有想象的那么炎热,很多地方不使用空调,最炎热的季节早晚温差较大,中午气温较高,但怎么也比北京的三伏天凉爽,更不用说亚洲南部了。有时午后阳光下尽管很热,但树荫下就比较凉快。非洲很多地方也是植被丰富,河流遍布,湖泊众多,雨量充沛。我国黄土高原地区降雨量远不如非洲。过去,我以为非洲人的皮肤是天气炎热阳光照晒的结果,实在幼稚无知。

再说资源环境。非洲地下蕴藏着丰富的自然资源,石油、天然气、煤炭、黄金、钻石等储量丰富,地上资源更是无与伦比。动植物品种丰富、数量繁多,许多花草树木都是非洲独有,有些农作物的品质是其他地区无法媲美的。这里是一块净土,地肥草美、物产丰富、山川秀丽、空气清新。从来不使用农药化肥,生产的粮食、蔬菜、水果是真正纯天然、无公害的;呼吸的空气也是纯洁干净的,很少有雾霾。可以想象,为什么非洲人有那么强健的体魄和很高的运动天赋。另外,这里能够成为动物的天堂,甚至世界上很多濒临灭绝的动物在这片土地上能够生生不息,优美的自然环境应该是一个重要原因吧。

还要说对非洲人的印象。在罗安达,一位中资企业的部门经理是美丽大方的重庆姑娘,她告诉我自己研究生毕业应聘到这家公司就被派到非洲工作,整天与自己的非洲同事相处,他们纯朴善良、性格开朗而又有责任感,聪明可爱。我开玩笑说,是否考虑过嫁一个非洲小伙。她说自己是有这个打算,但就是过不了老妈这一关。我们参观一个普通小学教师的家,窗明几净,一尘不染,家中的装饰、摆设整洁别致,充满艺术气息。3岁左右的孩子活泼而礼貌,很让人喜爱。

我到过的那些非洲国家,华人企业家告诉我,无论从事何种工作的当地员工,参加社交活动都比较讲究。他们会换下工装,洗浴梳妆,男士西装革履,女士服装靓丽,落落大方地出席活动,绝不会马虎应付。我注意观察,在政府机关和商场酒吧出入的人们不用说,即使是农贸市场和马路街边,也绝对看不到大呼小叫、袒胸露背的现象。

记得有一年去纳米比亚,华人郭先生告诉我,当地百姓遵纪守法的意识非常强,规定捉螃蟹不准超过 5 只,绝对严格遵守,而且很少有人去抓螃蟹。当地人对动物的亲近和爱护更是令人赞赏,马路上遇到动物,立即停车让路。

从西非到东非,再到中部,我们的代表团一路顺利,没有疟疾,没有登革热,更没有可怕的埃博拉。一位侨胞告诉我,他在当地待了 10 多年,从来也没有得过这病那病,而且因为环境好,食品卫生安全无公害,多年的哮喘病也不医自愈。

走了 10 来天,跨越了非洲西、东、中部,虽然也看到贫民窟、沿街叫卖,经历了道路的颠簸拥堵,但更多的是满街的鲜花和葱绿的树木,还有碧蓝的天空和洁净清新的空气,味道纯正的蔬菜、水果,以及种类众多、距离人们很近的动物,还有自由自在的滑板少年、充满生机和活力的市场和大片大片忙碌的施工现场。这才是真实的非洲。

行程要结束了,才发现所带的那些药物、方便面、饼干成了一路的负担和累赘。

发表于 2015 年 7 月 5 日《人民日报》

从新德里到老德里

从孟买飞新德里,一下飞机就有不一样的感觉,毕竟是首都,又是新建的机场,航站楼气派、现代,设施先进。航班落地已是晚间,看不清城市的面貌,空气中弥漫着的味道,让人想到北京的重度雾霾天。

新德里马路基本平坦,街道宽阔,相对整洁,绿树成荫,鲜花盛开,与我们到过的印度其他城市还是不一样的感觉。城市的楼房都不高,掩隐在树木之间,听说按照规划要求,所有建筑不准超过树的高度。不难想象,一个建筑与树木相伴成长的城市,一定是一座生长在树中、生长在绿中、生长在花鸟世界的城市。

乘车穿行在街巷,导游小强指着路旁的深宅大院说,这是某某部长的官邸,那是某某大贾的府第,还有某某明星的豪宅。从车里望去,院落开阔,建筑别致,树木繁多,鲜花开放,气象不凡。小强说:"那些建筑内部的豪华程度,主人们极度奢华、挥金如土的生活,你们无论如何也是难以想象的。"我问:"你进去过?"他摇摇头,然后笑笑,是一种非常诚恳和无奈的笑。

新德里是印度的首都,政治、文化中心,集中了大量的政府机构,最核心的就是总统府和中心广场。总统府所在位置地势较高,建筑规模宏大,雄伟壮观,富丽堂皇。总统府前边的中心广场非常开阔大气,树木葱茏,绿草如茵,鲜花争艳。站在中心广场远望有居高临下的感觉,建筑鳞次栉比,气象万千。总统府的周围是国防部、外交部、议会大厦,然后顺着中央大道,绵延数公里,一座连着一座,气势恢宏,威严庄重,一直通向有着新、老德里分界之说的印度门。总体而言,新德里是一个规划合理、基础设施完备、道路宽阔、环境整洁、楼房比肩、建筑考究、管理相对有序的城区。

之所以称它为城区,是因为新德里与老德里并不是两个独立的城市,新德里只是老城的一个新区,如同目前中国很多城市的新区一样,新德里是德里城 100 年前建的一个新区。

相传德里已经有 3000 多年的历史,公元前 1400 多年前,就有王朝在此建都。随着诸侯纷争,战乱不休,朝代更迭,德里城历经沧桑,时兴时衰,但多数时候具有都城的重要地位,直至 19 世纪中叶英国吞并印度,将政治中心迁移到加尔各答。1911 年英国人又把首都搬回到德里,并在古都城外的西南部扩建一个新城,为了区别于老城,称为新德里。1950 年印度推翻英国殖民统治宣布独立,继续定都新德里。

新德里与老德里在地理上并没有明显的界限,从中心广场的大道前行,过了印度门,就算进入老德里了。老德里毕竟是一座历史悠久的古城,有大量的老式印度建筑,透着典雅气质和浓郁的民族特色;博物馆、展览馆众多;商业区很是热闹,人流如织。

当车子驶过印度门,明显感觉到新、老德里的不同。道路越来越窄,坑坑洼洼,不停地颠簸,扬起一路的尘土;汽车、拖拉机、三轮车挤成一团,互不相让,红绿灯成了摆设;路旁各种车辆横七竖八随意停放,毫无规矩,也没有人管理过问。人们在马路上自由穿行,根本无视喧嚣的车流。路旁建筑破旧简陋,残缺不全;成片成片的贫民窟更是惨不忍睹,低矮的土坯房缺门少窗,顶破墙残,让我想起50年前家乡生产队的牛棚。

我们没有听导游小强的劝阻,执意要在一个较为繁华的街区逛逛。一下车,即被一群人围拢住,他们衣衫不整、蓬头垢面,多是10多岁的孩子,也有抱着婴儿的妇女,伸出黑黢黢的手讨钱。这种情形在新德里已经见识过,我们的车只要停下,无论遇到红灯还是堵车,都有一帮人冲过来,不停地拍打着车窗,直至车子启动才很不情愿地撤离。小强告诉我们,遇到这种情况一定不能开窗,也不能给钱,车窗打开就很难再关上,给了钱你就更难以摆脱。小强说的情况被眼前的现实证明。我的一个同事生了恻隐之心,掏出一美元递给其中一个男孩。这下可了不得,一群孩子一哄而上围住他,一起伸出手,还有的拽住他的衣角,拉着他的袖口,使他无法挪动脚步,大有不给钱就别想走开的架势。我们立即驱赶救驾,慌忙躲进街边一家商店才算冲出重围。当我们从商店出来时,又有一群孩子围拢过来,我们拨开众人,迅速上车,赶快逃离。

小强露出坏笑。我们还是不甘心,来一趟印度,总要看一看老德里的街区,但听小强的劝告,不再下车,乘车游览。

街道拥挤、脏乱,商贩在街边摆摊叫卖,尤其是那些卖食品、饮料的摊位,围拢着许多人。盛装食品的餐具非常简易,有人干脆伸出手直接去抓,使用过的餐具随意堆放,流着浑浊的汤渍,散发着怪味,蚊虫飞舞。

街边随处可见面壁小解的男人,他们无所顾忌,如入无人之境。还有当街冲凉的妇女和孩子,使用过的污水满街横流。到处都是无人问津的流浪狗,成群结队,或晃悠着觅食,或躺卧于街边,懒洋洋的,无精打采。还有牛在街上漫步,悠闲自得,俨然是这个城市的主人。牛车穿梭在大大小小的马路上,与轿车、三轮车、摩托比肩。街边随处可见动物粪便,到处堆满垃圾,空气中飘着尘土和说不清的味道。但是,人们倒是慢条斯理、不急不躁,过着悠闲自得的日子。

从新德里到老德里,看到的是不同和差别,这使我想起刚刚到过的孟买。孟买是印度的金融和商贸中心,最重要的港口城市,在印度如同上海在中国的地位。广泛流传的一个段子说,印度人激励国民时常说"要加油啊,再不努力,上海就要赶上孟买了"。在孟买,我们曾经与20多位嫁到印度的中国媳妇座谈。我问她们来印度的感受,与中国城市的比较,其中一位来自四川、快言快语的女士告诉我,她的先生说过,孟买要赶上上海,恐怕需要50年。我说没有那么大差距,各有各的优势吧。她说先生是一位印度商人,经常往返于中印之间,每年都会去上海一两次。

孟买也是一个神奇的城市，更是一个差异化极大的城市。大街上并排跑着的有昂贵的跑车兰博基尼、法拉利、宾利，更有五颜六色、价格低廉、遍体鳞伤的各种杂牌小轿车，还有突突冒着黑烟的三轮车和小货车。有全球最贵、地皮价格堪与纽约媲美、楼顶建有直升机停机坪的私人住宅，更有一半以上的人口住在贫民窟，很多人人均居住面积仅有两三平方米，每天定时供水供电，上千人共用一个公共厕所。商业区内高档名牌店与小店毗邻而居，常常一家名牌专卖店旁边就是一个黑乎乎、破破烂烂的日用百货小门店，隔壁又是一家专卖店，然后又是两座卖饮料、纸巾、饼干、拖把、铅笔等小商品的又矮又黑的小房子。孟买的港口同时停靠着军舰、豪华游艇、渔船、摆渡船，摆渡船可以在大游艇与军舰之间穿行。

在孟买，我们住的是泰姬玛哈尔酒店的配楼，据说这是当地最豪华的酒店，坐落在印度门的旁边，位置非常好。酒店外观气派别致，内部装潢考究，家具高档精致，摆设现代，充满艺术气息。我们集体去饭店的餐厅用餐，服务生全是男性，身着印度传统服装，干净得体，服务热情周到、彬彬有礼、落落大方，透着优雅高贵气质。难怪国内很多高档酒店都愿意雇用印度门童。

走出饭店，只要穿过一条马路就是印度门。印度门对着阿拉伯海，是当初英国人上岸的地方，是孟买的标志。来孟买游览印度门也是保留项目。没想到穿过这条马路要费那么大的劲，人行过道形同虚设，过往的车辆谁也不会让行。我们忽前忽后，左躲右闪，好不容易才穿过马路。印度门周边人山人海，有的席地而坐,有的躺卧酣睡,有的高声叫卖,赤着脚的、光着背的比比皆是。一群孩子伸出脏兮兮的手向我们乞讨。地上可见零落的塑料袋等垃圾。空气污浊,让人有一种透不过气来的感觉。我们本来打算好好在印度门周边转一转,从不同角度拍几张照留念,再乘船去象岛参观,见此情景只好放弃,快步流星地走向码头,只能坐在船上从远处观赏印度门了。

没有想到,饭店内外,差别之大,恍若两个世界,更不用说新德里与老德里了。

结束了在新德里的工作日程,泰姬陵是必定要去看的。泰姬陵位于距新德里200多公里的安格拉市郊。车子驶入高速公路,两旁农田绿油油的,一望无际,充满生机。听说这段高速公路是印度唯一一条高速公路,标准虽不高,但车辆很少,行驶通畅,空气也新鲜,加上两旁的景致,感觉比新德里舒服多了。泰姬陵,这座莫卧儿王朝第五代皇帝沙·贾汗为其宠妃蒙泰姬·马哈尔修建的陵寝,始建于1632年,用22年的时间建成。建筑遵循伊斯兰风格,门厅和围墙用红砂岩建造,围墙四角各有角塔一座,园内建筑及园林布局对称工整、简洁明快。主体部分中央穹顶全部用白色大理石建造,高大雄伟,肃穆庄重,高贵典雅,晶莹剔透,不愧为世界七大奇迹之一。能够将建筑与美学和艺术如此完美地融为一体,再加上动人的爱情故事,泰姬陵不能不令人叹为观止。然而,一出景区,就是狭窄不平的路面和飞扬的尘土,加上不够礼貌的叫卖声和衣衫不整的乞讨者,有一种说不出的滋味。

更让人无言的是接下来参观安格拉城堡的经历。这个城堡是莫卧儿皇帝的皇宫,已经有 500 多年的历史。建筑群规模巨大,气势恢宏,一色的红砂岩结构,蔚为壮观,虽历经战乱,大部分建筑保存完好。站在城堡的高处,泰姬陵隐约可见。这两处建筑就像两颗耀眼的明珠,记录着人们的劳动、创造、智慧,展示着数百年的文明与辉煌。然而,进入城堡的入口要穿过护城河,河水污黑,臭气熏天,令人作呕,只得掩鼻而过。站在城堡高处看它的背面,更是大煞风景。河里污水横流,墙边垃圾堆积如山。我们边走边看,导游介绍珍珠清真寺、公众大厅、葡萄牙花园以及皇帝寝宫的建筑格局、风格特点、使用功能,还有曾经发生的历史故事,引人入胜,而空气中弥漫着的恶臭味道却让人想尽快逃离。

访印 4 日,我的心情非常复杂。印度到底是什么样子呢?物理的距离相距不远,生活的色彩千差万别,同一个时空却是另一个世界。

2018 年 2 月,写于北京林萃公寓

"导游"安娜

多年前访问俄罗斯,圣彼得堡是第二站,忙完所有工作,正赶上周末,大家希望好好游览一下。华侨张先生是个热心人,提出有一位在圣彼得堡土生土长的朋友,在中国待过 10 来年,中文讲得非常流利,可兼"导游"。我们听后欢欣鼓舞。在刚刚去过的莫斯科,工作安排得实在太满,开会、座谈、走访、参观、宴会,忙得不亦乐乎。只是在著名的克里姆林宫周边走了一遭,红场也就是到此一游,几乎连驻足的时间也没有,就不用说其他景点和名胜了。更重要的是我们几个"老外"纯粹是看热闹,看完后依然脑袋空空,啥也不明白。要知道苏联、莫斯科、红场、克里姆林宫对我们这个年龄的人来说多么特殊和重要。到了圣彼得堡,曾经的列宁格勒,有个当地人当向导,实在求之不得。

"大家好,我是安娜,很高兴在我的家乡认识你们。"她身材小巧,看上去 30 多岁,黄色的长发,蓝色的眼睛,一上车就热情地与我们打招呼。我说:"这个名字好记,中国很多人都知道安娜·卡列尼娜。""别提她,性格软弱又多愁善感,我不喜欢她。我是安娜·斯琴科娃。"她的爽快一下子拉近了与我们的距离。

安娜曾在山东大学读书,并在济南工作多年,后又到北京,她自称是"北漂"。谈起山东和济南,她像一个老山东,泰山、青岛、烟台、曲阜她都去过多次,聊起一些景点和历史掌故,我们还是第一次听到。安娜说最喜欢去的地方是济南的趵突泉和大明湖,多次参观过李清照纪念馆,喜欢她的诗词,"生当作人杰,死亦为鬼雄",这气势真是巾帼不让须眉,让人敬佩。安娜话题一转,又说到山东人的传统和守旧。与她一同去济南读书的俄罗斯朋友,结识一位男友,是青岛人,已经下了要嫁的决心,而男友非要让这位朋友一起回趟老家,见过父母再决定。这位朋友一气之下,说:"我又不是嫁给你爸爸,拜拜。"我说这是两国文化的差异,有了父母的支持不是更好吗?安娜轻轻地摇了摇头。

我的同事小张说:"济南或北京的冬天比你们这里舒服多了吧?现在才是 10 月底,天就这么冷。"安娜说:"俄罗斯其实比中国冷不了多少,主要是中国的天气预报员报天气变凉时,总是说'西伯利亚冷空气南下''西伯利亚寒流来袭',把你们给误导了。"大家都笑了起来。安娜接着说,圣彼得堡天气的特点是阴雨天气太多,一年大约 300 天不是阴天就是下雨,从 10 月中下旬一直到第二年 4 月基本上是阴天,雨雪连绵。真是的,我们从到莫斯科开始,就没见过太阳。

按照我们的游览计划,先去位于圣彼得堡郊区的夏宫,然后再参观冬宫。一路上,安娜说起圣彼得堡,娓娓道来,如数家珍,充满赞美和喜爱。她说,与莫斯科比,圣彼得堡虽然建市只有300多年,是一座年轻的城市,但是从彼得大帝1712年在这里定都,到1918年迁回莫斯科的200来年间,是俄罗斯最为强大和辉煌的时期。她赞扬这座城市是俄罗斯古典风格的代表,大气典雅,更具皇家风范;还是著名的历史文化名城,古迹众多,被列入世界遗产名录的建筑、历史文化遗迹有4000余处;俄罗斯著名作家如普希金、莱蒙托夫等都在此生活和创作。她还说起十月革命,说起二战时期圣彼得堡被德国军队围困800多天,市民饥寒交迫,有数十万人失去生命。从她的话语之中,能感觉到她发自内心的自豪感和对这座城市深深的爱意。

安娜无论是说起俄罗斯的历史、圣彼得堡的城市地位和风格特点,还是介绍冬宫、夏宫的来历,以及与这座城市有关的人物故事等,都是思路清晰、逻辑严密,情节生动、绘声绘色,人物更是个性鲜明,呼之欲出,而且爱憎分明,给人的感觉是在上一堂俄罗斯和圣彼得堡的历史课和文化课,收获很大,不得不佩服她广博的知识和娴熟的汉语表达能力。

说起一些笑话和百姓生活,又感觉是在拉家常。比如她问我们在莫斯科听没听到过俄罗斯"四大怪",看到我们摇头,她说:"拉达比宝马快,干活的都是老太太,绿草白雪盖,姑娘大腿露在外。"做了进一步解释之后,她说这"四大怪"既说明俄罗斯的气候特点,又反映了俄罗斯人的个性和生活习惯。她还说,听到人们周末要去郊区的别墅,千万别以为是中国的那种别墅,而是种菜的大棚。很多城里人在郊区都会有一个种菜的大棚,就种四种菜:土豆、胡萝卜、大白菜、甜菜,家家都会做泡菜,味道鲜美。

到了夏宫,先游览外景。早就听说,夏宫作为俄罗斯历代沙皇的郊外离宫,建在森林之中,景色优美,最有特色的是喷泉景观,有"喷泉王国"的美称。因为我们去时已是冬季,大多数喷泉都没有开放,我们在周围稍微游览一下,便进入室内参观。

一切都是那么富丽堂皇,摆设的工艺品、油画价值连城,沙皇及其皇后使用过的钢琴、床、办公桌椅、沙发、餐具、卫生洁具,充满现代气息,精致考究。安娜引导我们边看边介绍,我们听得津津有味。我突然想到参观故宫时看到的一切,相比之下中国的皇帝简朴多了。

走到室外,天空与我们进来时的阴沉昏暗完全不同,太阳光挣扎着挤出厚厚的云层。我们赶快拿出相机拍照留念。然而,没过几分钟,天空又一下子阴暗起来,接着雪粒唰唰地倾斜着落下来,很急,速度很快,雪粒越来越大、越来越硬,打在脸上有点疼。

我们上了车,安娜笑道,圣彼得堡的天气就像男人的心、女人的脸,说变就变。她说,一年两年,也许五年十年,男人总是要走的,不知道什么时候他就会离开你。男人大多都要重新找一个更年轻、更漂亮的女子一起生活,所以俄罗斯的离婚率超过80%。她接着说,这是俄罗斯的历史决定的,也是被女人惯坏的。二战中死去了太多男人,战后一个村庄留下老老少少300多个女人,结果可能只回来3个小伙子,年轻漂亮的女孩就由他们随便挑。俄罗斯男人大男子主义,家务活都是女人干,男人回到家,坐在沙发上抽烟、喝茶、看报纸、看电视,很少做家务,有的想做,女人也不会让他做。

车子开过一座大桥。安娜说,圣彼得堡是一座水城,全城河道纵横,桥梁密布,为了通航的需要,不少桥都是能够开合的,每晚12点后就无法通行了。这也成为男人不回家的借口。

安娜毫无顾忌地向我们说起她自己的家事。她的父亲是圣彼得堡一所大学的中层领导,30多岁时离开前妻和儿子,与安娜的妈妈结婚。妈妈生下她和妹妹后,又离婚,嫁给了一个比自己大6岁的男人,安娜由继父抚养长大。安娜14岁与男友在一起,22岁时遭抛弃。这个男人后来与一个女人结婚,却同时又找了一堆情人,与现在的妻子没有离婚,也不生活在一起。

我们被安娜的坦率感动,静静地听她诉说,不打断她。停顿了一会儿,她又接下去说:"为什么像女人的脸呢?被无情的生活摧残,女人只能逆来顺受,所以烦躁不安使她们变得面目狰狞、气急败坏。"这时我才明白,刚见面时,她就说不喜欢安娜·卡列尼娜的真正原因。

听着安娜的故事,不知不觉窗外的雪停了,我们赶到冬宫。冬宫位于圣彼得堡宫殿广场,最早是叶卡捷琳娜二世的私人博物馆,与伦敦大英博物馆、巴黎罗浮宫、纽约大都会博物馆并称为世界四大博物馆。它面向涅瓦河,宫殿四周的两排廊柱气势雄伟,宫内以大理石、孔雀石、碧玉等镶嵌,包金、镀银装潢,各种质地的雕塑、壁画、绣帷装饰气派非凡,建筑和谐美观,浑然天成。室内艺术品陈列更是琳琅满目,令人叹为观止。

安娜带着我们参观了古埃及文物馆、欧洲文艺复兴时期雕塑馆,最后来到绘画馆。在达·芬奇的油画《戴花的圣母》《圣母与圣子》前,她说这两件作品是镇馆之宝,并介绍画的意境、笔法、特点和艺术价值,称这是达·芬奇具有里程碑意义的作品。

参观结束,张先生请安娜与我们一起用晚餐。席间大家非常开心,举起酒杯,感谢安娜一天的辛苦和陪伴。我的同事小朱邀请安娜抽空回北京看看。安娜说,北京她一定还会去的,但最近两年不行,要先生个孩子。我们几乎都瞪大了眼睛。她丝毫也没在意我们的表情,继续说道,生一个孩子是肯定的,只是还没有想好与谁生。与前男友生?她似乎在自言自语。面对我们这帮中国人,又是刚刚认识一天,她坦率到如此地步,实在让我们意外。也许这是俄罗斯式的说笑或幽默。

没有想到的是,两年后我的同事小朱又到访圣彼得堡,她打通了安娜的电话,希望约安娜出来坐坐。安娜在电话那边高兴极了,并连忙抱歉地说:"因为刚刚生了一个女儿,抽不出身,这次就不能陪你们了。圣彼得堡值得看的地方很多,下次再来,孩子长大了,一定陪着你们好好转转。"

2018年7月28日,写于北京林萃公寓

后　记

　　1978级是"文革"之后,率先经历全国统考的一届大学生,也是颇为特殊的一个群体。2018年秋,我们三人重返母校,参加入学40周年纪念聚会。触景生情,抚今追昔,已不年轻的我们不禁焕发了青春的感慨。乃商定同心协力,合出一部散文集,展示我们的人生轨迹和情感历程,以纪念改革开放,也作为新时期成长的一代青年的"心电图"。此一创意,在同届大学生中尚属首例。

　　三人联袂出一本散文集,是同窗情缘的牵连,更是共同的文学情怀的汇聚。大学同学4年,毕业后分居各地,人生经历和工作岗位不同,把我们联系在一起的,除了学友情感,还有共同的爱好——散文写作。感谢母校为我们打下专业基础,几十年来一直拥有热爱文学的情怀,保持着将生活见闻、感受、思考诉诸笔端的习惯。三人写作只是业余之事,但靠着这种爱好和坚持,相互砥砺,多年来都积累了一些作品,也都曾出版过自己的专著。

　　现在选取各自的作品汇成一册,有些文章已经在报刊上发表过,有的则是旧作或"博文",收入本书时我们又都认真做了修改。多人合集,先例甚多。五四时期,宗白华、田汉、郭沫若合著的书信集名曰《三叶集》,20世纪80年代出版的辛笛、穆旦等九人的诗集名为《九叶集》。一书容纳多人作品,也有特殊的好处:不仅可以见到一株株"木",还能看见一片小小的"林",感受到彼此之间的情感联系和心灵呼应。本书副标题名曰"三人行",体现的是三位作者散文写作的实践之行,展示出不断前进的脚步、互相激励的行踪,有1+1+1＞3的效果。这对于作者和读者,意义应当都是相同的。

三人的作品各成一卷,按年龄大小排序,每卷中各有类别划分。在散文写作的共性之中,又可以看出三位作者书写内容和文字风格的个性。有些作品在发表时附有图片,与文字相映成趣,收入本书时,为了编辑体例的统一而删去了图片,特作说明。

文学前辈、著名散文家王宗仁先生热情为本书作序,对我们勉励有加。序言为本书增色甚多,在此谨致诚挚的感谢!

感谢时代出版传媒股份有限公司总编辑朱寒冬先生,他的热忱关心和大力支持,使本书能够顺利出版。这是对我们三位从安徽走出的作者的热情鼓励和鞭策,更是对78级大学生的一种厚爱。

但愿此书能够成为与读者心灵交流的桥梁!

本书作者
2019年5月